KB120753

장정일

삼국지

8

장정일 삼국지 8

저자	장정일

1판 1쇄 인쇄　2004. 11. 17.
1판 4쇄 발행　2004. 11. 25.

발행처　김영사
발행인　박은주

등록번호　제406-2003-036호
등록일자　1979. 5. 17.

경기도 파주시 교하읍 문발리 출판단지 514-2 우편번호 413-834
마케팅부 031)955-3100, 편집부 031)955-3250, 팩시밀리 031)955-3111

값은 표지에 있습니다.

ISBN　89-349-1547-1　04820
　　　　89-349-1539-0(전10권)

독자의견 전화　02)741-1990
홈페이지　http://www.gimmyoung.com
이메일　bestbook@gimmyoung.com

좋은 독자가 좋은 책을 만듭니다.
김영사는 독자 여러분의 의견에 항상 귀 기울이고 있습니다.

장정일

삼국지

8

동정과 남정
東征 南征

김영사

[등장인물]

진복秦宓 촉의 문신. 문장이 뛰어나고 언변이 좋아 유비의 총애를 받았다. 하지만 유비가 관우의 남정을 결정하자 죽을 각오로 나서서 말리다가 옥에 갇혔다. 아우의 복수를 위해 군사를 일으킨 유비의 행동은 의리가 헌신짝보다 못하게 취급되던 그 시대에 찾아보기 힘든 미담에 속한다. 하지만 위·오·촉의 국력이 언제나 6 : 3 : 1 이었다는 사실은 유비의 남정이 오·촉이 함께 연합하여 천하삼분의 구도를 계속 유지하면서 공동의 적에 대항해야 한다는 큰 틀의 술책을 무시한 거병이었음을 말해준다.

맹획孟獲 남만의 왕으로 제갈량에게 일곱 번 사로잡혔다가 일곱 번 놓여난 고사로 익히 알려진 칠종칠금(七縱七擒)의 주인공. 이 일화는 제갈량의 후덕과 재능을 드러내보이기 위한 가공의 이야기이면서 강자가 약자를 다스리는 지혜도 함축하고 있다. 하지만 맹획의 시각으로 이 일화를 뒤집어보면, 강대국의 위협 앞에서 약소국이 자치권을 확보하는 방법에 대한 이야기로 읽힌다. 맹획이 제갈량에게 처음 생포되었을 때 항복을 선언했다면 일곱 번씩이나 다시 잡히는 수모도 당하지 않았을 테지만 촉나라의 업신여김을 당하며 노예생활을 해야 했을 것이다. 하지만 육전칠기(六陸七起)의 끈질긴 저항을 했기에, 제갈량은 남만을 정복하고도 맹획에게 자치권을 인정해준 채 군대를 철수시켰던 것이다.

범강范彊 장달張達 장비의 수하에 있던 장수들. 이릉으로 출병하기 직전 장비로부터 곤장을 맞고 생명의 위협을 느낀 끝에 잠자고 있던 장비의 목을 베어 오나라로 귀순한다. 관우가 무장들을 소중히 여기고 문인관료들을 냉대했던 반면, 장비는 문인 관료들을 존경하고 학문이 낮은 무인들을 경멸했다.

유선劉禪 유비의 친아들로 아명은 아두. 나관중·모종강본 『삼국지』는 유선을 유약하고 귀가 얇은 암군으로 폄하하고 있으나 정사 『삼국지』에서는 그렇지 않다. 촉나라가 멸망한 다음 사마소가 유선의 속을 떠보기 위해 잔치를 벌였을 때의 일화는 볼모로 잡힌 자의 불가항력적인 상황을 감안해 받아들여야 한다.

관평關平 장포張苞 관우와 장비의 장자로 부친이 살아 있을 때는 그 이름조차 등장하지 않다가 관우와 장비가 죽은 직후부터 부모의 복수를 위해 전장을 누비고 다닌다. 아마 이 두 사람의 활약이 없었다면 『삼국지』 후반부는 많이 지루했을 것이다. 나관중·모종강본 『삼국지』는 관평이 관우의 양자로 묘사되어 있으나 실제로는 친자다. 두 편찬자가 왜 친자를 양자로 바꾸어놓았는지 그 깊은 속은 알 길이 없으나, 정사에서는 장비보다 먼저 요절했던 장포를 다시 살려낸 것은 납득이 간다. 관우·장비가 한 쌍이었던 것처럼 두 명의 장자가 나란히 부친의 복수에 나서는 설정이 그럴듯한데다가 재미를 자아냈기 때문이다.

초주譙周 촉의 대학자로 삼국시대의 정사를 쓴 진수의 스승이다. 유선이 주색에 빠지고 강유가 국력을 허비하면서 거듭 북벌에 나서는 것을 보고 「구국론」을 지어 황제에게 간언했다. 초주는 그 글을 통해 '후한이 망해가는 지금은 진나라 말기처럼 조정이 붕괴되는 형태가 아니라 춘추전국시대처럼 여러 나라가 할거하는 시대다. 따라서 한 황실 복원이라는 명분을 앞세워 국력만 낭비하는 전쟁에 몰두하기보다 착실히 내실을 다지는 장기전으로 가야 한다'고 주장했다.

차례

8 ─ 동정과 남정
東征
南征

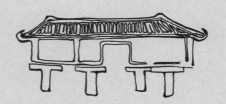

삼국시대 지도

선비족

양주 (凉州)

황하

요동

유주

위

서량

병주   기주

청주

업   태산

웅주   사주   낙양   허도

농서   천수   연주

정군산   장안   남양   예주   하비

기산   한중   상용   양양   수춘   서주

강족   면죽   합비   건업

익주   가맹   이릉   남군   오군

섬도   효정   언양   강하   회계

가릉   파군   무릉   적벽   장강

아미산   장사   양주 (揚州)

익주   형주   오

천축   운남   건녕   영릉   계양

영창

교주

장비의 죽음

　헌제가 퇴위를 당하고 조비가 대위의 황제가 되었다는 소식은 촉의 염탐꾼들에 의해 성도의 유비에게 전해졌다. 그와 더불어 항간에는 산양으로 내쫓긴 헌제가 화흠의 하수인들에게 시해되었다는 소문이 흉흉하게 나돌았다. 이 소식을 들은 유비는 내전에 들어가 하루 종일 대성통곡을 했다. 그러다가 편전으로 나와 문무백관을 불러모은 다음 상복을 입을 것과 제단을 쌓아 가묘假墓를 만들고 장례를 지낼 것을 명했다. 그날 유비는 헌제에게 효민황제孝愍皇帝라는 시호를 추존하고 울며 절했다.

　관우를 잃은 후로 깊은 시름에 빠져 있던데다가 헌제마저 억울하게 시해를 당하자 화병이 난 유비는 공무를 돌볼 수 없을 지경이 되었다. 모든 정무를 제갈량이 도맡아 하던 어느 날, 제갈량은 태부太傅 허정과 광록대부光祿大夫 초주를 불러 말했다.

"헌제가 안타깝게 시해된 후로, 주상께서 크게 의지하던 마음의 대들보를 잃으신 듯하오. 어떡하면 저 병을 고칠 수 있겠소?"

제갈량의 뜻을 간파한 허정이 말했다.

"천하에는 하루라도 임금이 없을 수 없지요. 아마 주상의 병은 그 때문에 생기신 듯하오."

그러자 초주도 오늘의 이야기가 어떻게 돌아가는지 감을 잡았다.

"소문에 듣자 하니 최근에 상서로운 일들이 여기저기서 일어나고 있습니다. 성도의 서북방에는 황금색 기운이 하늘까지 뻗쳐 있어서 사람들이 구경을 하느라 난리이고, 천문을 보면 황제의 별인 필畢·위胃·묘昴가 삼위를 이루며 보름달같이 빛나고 있어요. 이런 징조는 한중왕께서 황제의 위에 올라 한의 적통을 계승해야 한다는 천명이 아닐는지요?"

제갈량이 말했다.

"경들이 이렇게 말해주니 참으로 고맙구려. 헌제가 시해되어 한 황실의 대가 끊어진 것 같이 보이지만, 우리 주상은 한나라의 후예요. 그러니 한 황실의 대를 이어 황제의 자리에 오르는 것도 천의를 따르는 길이오. 조비가 저처럼 유아독존하며 날뛰니, 내 생각에 한중왕의 제위 등극은 빠를수록 좋겠소. 천하를 평정하기 위해서 꼭 한번은 위나라와 부딪쳐야 하는데, 그 싸움에서 이기려면 실제 전투도 중요하지만 명분 싸움에서도 이겨야 하는 법이오. 비록 조비가 좋은 조건으로 제왕 자리에 먼저 오르긴 했지만, 지금도 늦지 않았소. 한중왕이 하루빨리 제위에 오르면 오를수록 한나라를 계승한다는 적통 시비에서 유리한 고지를 차지할 수 있소. 그리고 서촉처럼 작은 나라일수록 천하의 이목을 집중시키는 게 중요하오. 그래야 인재도 모이고 백성

도 모이게 되는 거요."

허정과 초주는 제갈량의 말에 크게 고개를
끄덕였다. 그날 세 사람은 대소 관료들의 뜻을
하나로 규합하여 한중왕에게 표를 올리기로 하고
밤늦게 헤어졌다. 며칠 뒤, 유비는 연명으로 올
린 대신들의 표를 보고 깜짝 놀라 소리쳤다.

"아니, 경들은 나를 진흙탕으로
밀어넣으려는 거요?"

제갈량이 대답했다.

"조비가 한나라 황제 자리를
찬탈하고 스스로 천자라고 칭하는
마당에 한 황실의 후예이신 주상께
서 황위를 이어 한 황실을 보전하는 것
은 조금도 이상한 일이 아니지 않습니까?

성도에 떠도는 소문. 촉과 중원 사이는 멀고 또한
험한 산으로 가로막혔기 때문에 촉에는 독특한 문화가 발달했다.
당시 사천의 화상석을 통해 촉나라 사람들의 풍습을 알 수 있다.
정사에 따르면 촉에 떠돌던 소문과 달리, 헌제는 제위에서 물러난 다음
산양공의 칭호를 받고 편안한 여생을 보냈다고 한다.

그러니 깊이 생각해보십시오."

유비는 자리에서 일어나며 소리쳤다.

"나더러 역적을 본받으라는 거요?"

한중왕 유비가 얼굴을 붉히며 어전을 떠나자 문무백관들도 삼삼오오 짝을 지어 흩어졌다. 그날 저녁 허정과 초주는 다시 제갈량의 집에 모였다. 제갈량이 말했다.

"한중왕께서 서촉에 자리를 잡으시기 전까지 그토록 오랫동안 동가식 서가숙하신 것은 오로지 한 황실 부흥이라는 대의에 헌신하기 위해서였소. 그런 충의만 아니셨다면 그처럼 고생을 감수하시지 않고도 부귀영화를 누리실 수 있는 기회가 숱하게 있었어요. 그러니 우리가 주청한다고 단번에 황제의 위에 오르는 것을 수락하지 않으실 것이오. 이 일은 문무백관들이 충심을 다해 거듭 간해야만 성사될 것입니다."

세 사람은 며칠 후에 다시 한번 주청을 드리기로 하고 그 사이에 문무백관들의 단결을 다지기로 했다. 그로부터 3일 후 제갈량을 비롯한 문무백관들은 한중왕이 조례당에 나오자 일제히 엎드려 절하며 황제의 위에 오를 것을 청했다. 허정이 말했다.

"한나라의 마지막 천자이신 헌제가 조비에게 독살당하시고 조비가 천자를 참칭하고 나선 마당에 주상께서 즉시 제위에 오르시지 않는다면 두 가지 과오를 저지르게 됩니다. 하나는 천하를 돌보지 않고 백성을 고아로 만들었다는 비방을 듣게 될 것이라는 점이며, 다른 하나는 주상께서 한나라의 사직을 이어받아 황제가 되는 일을 주저하면 할수록 천하는 조비의 농간에 쉽게 놀아나게 될 것이라는 점입니다. 이렇게 되면 훗날을 도모하기 힘들어질 것입니다. 지금 백성들은 주상께서 제위에 올라 역적 무리를 쳐서 천하를 안정시키고, 억울하게 죽은 효민황제의 한을 풀어주기를 바라고 있습니다. 그러니 어서 결단을 내리십시오."

유비가 대답했다.

"내가 비록 경제의 후손이라고는 하지만 백성들을 편히 하고 천하를 안정시키는 덕을 쌓지는 못했소. 그러고도 함부로 제위에 오른다면 후세 사람들이 나를 가리켜 역적이라 한들 무슨 변명을 할 수 있겠소?"

유비의 뜻이 너무 완강해서 그날도 제갈량을 비롯한 문무백관들은 그냥 물러날 수밖에 없었다. 그러나 그날 이후부터는 조례 때마다 황제의 위를 거절하는 유비와 황제가 되기를 청하는 신하들 사이의 설득과 거절의 논변이 많은 시간을 차지하게 됐다.

이 일을 어서 매듭지어야겠다고 생각한 제갈량은 어느 날 허정에게 한 가지 계책을 말해주고 나서 며칠째 집에 드러누웠다. 유비가 대신들에게 제갈량이 어전에 나오지 않는 까닭을 묻자, 허정이 대답했다.

"제갈 공께서는 원인 모를 병으로 두문불출하고 계십니다."

유비는 제갈량이 아프다는 말을 듣고 직접 제갈량의 집을 방문했다.

"군사께서 앓고 계시는 병명이 무엇입니까?"

제갈량은 시름이 가득한 목소리로 말했다.

"의원에게 물어봐도 확실한 병명이 없다고 하니 아무래도 죽을 병인 것 같습니다."

"증상이 어떻소?"

유비가 다시 묻자 제갈량은 시치미를 떼고 말했다.

"가슴이 답답하고 억장이 막히는 듯하니 모두가 마음의 근심 때문인 듯합니다."

"대체 군사께서 걱정하시는 일이 무엇입니까?"

유비가 간곡히 캐물었지만 제갈량은 눈을 감은 채 쉽게 대답하지 않았다. 그러다가 한중왕 유비가 울먹이며 다시 묻자 그제야 제갈량은 한숨을 길게 내쉬며 입을 열었다.

"신이 초가에서 낮에는 밭을 갈고 밤에는 책을 읽으며 살다가 주상을 만나 출가한 이후 주상을 성심성의껏 보필해온 것을 잘 아실 것입니다. 또 다행히 주상께서도 저의 말을 귀담아들으시고 저의 간책을 따르셨기에 양천兩川을 얻게 되셨습니다. 그런데 근래에 조비가 함부로 황제를 참칭하니 보다 못한 문무백관들이 주상께 황제의 위에 오르시어 한 황실의 사직을 이으시길 권했습니다. 신의 생각에도 위를 멸하고 유劉를 일으키는 것이 천명이라 여겨집니다. 하지만 주상께서는 신하들의 뜻은 아랑곳하지 않으시고 자신의 체면만 고집하시니 모든 신하들은 머지 않아 명예를 찾아 조비의 휘하로 떠나지 않을까 염려됩니다. 만일 문무백관들이 마늘쪽 쪼개지듯이 흩어진다면 주상께서는 어떻게 양천을 지킬 것이며 천하통일은 어찌 이루려 하십니까?"

유비는 병상에 누운 제갈량이 간곡한 어조로 말하는 것을 듣고, 누그러진 목소리로 말했다.

"내가 무턱대고 신하들의 주청을 물리치는 것은 아니오. 다만 천하의 사람들에게 손가락질 받는 게 두려울 뿐이오."

제갈량이 '이젠 됐구나' 싶어서 설득했다.

"옛 성인의 말에 '대의명분이 옳지 않으면 어떤 변설로도 천하를 설득할 수 없다'고 했습니다. 그러나 주상께서는 대의명분을 충분히 갖추고 계시니 무슨 탓할 게 있겠습니까? 오히려 하늘이 내리는 명을 피하려는 것이 손가락질 받을 일이 아니겠습니까? 대저 세상일에는 나아감과 물러남에 원칙이 있고 또 한번 실족하면 천추에 씻을 수 없는 허물이 된다 했으니 단안을 내려주십시오."

"정 그렇다면 어서 원기를 회복하시기나 하시오. 내가 즉위하고 말고는 군사의 병세에 달렸소."

유비의 말을 들은 제갈량은 병상에서 벌떡 일어나 박수를 쳤다. 그러자 병풍 뒤에 숨어 있던 신하들이 일시에 앞으로 나와 유비에게 절을 하며 말했다.

"주상께서 제위에 오르실 것을 수락하셨으니, 좋은 날을 택하여 제위식을 거행하도록 하십시오."

유비가 깜짝 놀라 병풍 뒤에서 걸어나온 신하들의 면면을 바라보니 거기엔 태부 허정 · 안한장군安漢將軍 미축 · 청의후靑衣侯 상거尙擧 · 양천후陽泉侯 유표劉豹 · 별가別駕 조조趙祚 · 치중治中 양홍楊洪 · 의조議曹 두경杜瓊 · 종사 장상張爽 · 태상경 뇌충雷忠 · 광록경光祿卿 황권黃權 · 좌주祭酒 하증何曾 · 학사學士 윤묵尹默 · 사업司業 초주 · 대사마 은순殷純 · 편장군 장예張裔 · 소부少府 왕모王謀 · 소문박사昭文博士 이적 · 종사랑從事郎 진복秦宓 등이 엎드려 있었다. 속았다는 것을 안 유비는 불만에 찬 목소리로 말했다.

"경들은 어쩌자고 이토록 끈질기게 나를 불의한 사람으로 만들려고 하시오?"

그러자 제갈량이 대답했다.

"주상께서 윤허하신 일이니 신하들을 탓해 무엇 하시겠습니까? 저희들은 주상의 결정에 따라 길일을 택하여 대례를 거행할 뿐입니다."

유비는 자신의 입으로 내뱉은 말도 있고 해서, 더 이상 버텨봤자 소용없다는 걸 알고 대궐로 돌아왔다.

즉위식 준비는 일사천리로 진행됐다. 의전에 밝은 박사랑博士郞 허자許慈와 간의諫議 맹광孟光에게 즉위식 절차를 모두 일임하니 두 사람은 무담武擔 남쪽에 높고 널찍한 제단을 쌓았다. 그러자 문무백관들이 한중왕 유비를 난가鑾駕(천자가 타는 어가)로 무담까지 모신 다음, 단에 오르게 했다. 초주가 하늘을 향해 미리 준비한 제문을 읽었다.

건안 26년(221년) 4월 열이틀 날, 황제 유비는 감히 하늘과 땅에 알립니다. 옛날 왕망이 책모로서 한 황실을 찬탈하여 신나라를 세웠으나 광무光武 황제께서 결연히 떨치고 일어나시어 사직이 다시 보존되었습니다. 그러나 조조가 반역을 일으켜 황후를 죽이기까지 했고, 조조의 자식인 비는 천자를 죽이고 제위를 찬탈하는 대죄를 저질렀습니다. 그리하여 천하의 앞날을 걱정하는 선비들과 장수들이 모여 유비를 황제의 위에 오르게 하니, 위로는 끊어진 한 조정의 적통을 잇고 아래로는 황제를 잃어버린 백성들의 원망을 대신 받고자 합니다. 유비는 부덕하여 제위에 오르기를 송구스럽게 여기지만, 조상의 대업은 하늘의 법도에 따라 새로 교체되지 않을 수 없으며 한시도 천하의 주인이 없을 수는 없습니다. 그리하여 저 유비는 온 나라의 법도와 소망을 한몸에 짊어지고 안으로는 백성들에게 묻고 밖으로는 오랑캐들에게 알립니다. 이 유비 하늘의 명을 받아 두려운 마음으로 황제의 옥새와 인수를 받들어 고조와 광무제의 대업을 이으려 하오니 신명은 두루 이 나라를 살펴주십시오. 이유비 몸소 천명을 받들려 하오니 새로 태어나는 한 황실을 길이길이 편안하게 해주십시오!

초주가 제문 읽기를 마치자 제갈량은 문무백관을 대표해서 옥새를 바쳤다. 그러자 한중왕 유비는 옥새를 받아 제단에 올려놓고 문무백관을 향해 또 한번 겸양의 말을 했다.

"저는 원래 재주와 덕이 부족한 사람입니다. 그러니 재주와 덕을 갖춘 분에게 이 옥새를 바치도록 하십시오."

제갈량이 말했다.

"주상께서는 오랫동안 역도들과 싸우시면서 그들과 사사로이 타협한 적이 없으십니다. 그러니 지금 천하의 영웅호걸 가운데 누가 주상의 충절을 따라가겠습니까? 또 주상은 대한大漢의 종친이시니 하늘의 허물을 피하고자 한다면 마땅히 끊어진 사직을 잇는 것이 옳지 않습니까? 천지신명께 제문을 올려 고했는데 어찌 이제 와서 사양하신다는 말입니까?"

제갈량의 채근이 끝나자 문무백관들이 일제히 만세를 불렀다. 그러자 유비는 사방을 보며 한 번씩 절하고 단상에 놓아둔 황제의 옥새와 인수를 받아들었다. 문무백관들은 그제야 안도의 숨을 내쉬며 차례대로 황제가 된 유비 앞에 나와 예를 올렸고, 연호를 장무章武 원년으로 고쳤다. 그리고 왕비 오씨를 황후에 봉하고 장자 유선은 태자에 봉했으며, 차자 유영은 노왕魯王에, 또 삼자 유리는 양왕梁王에 봉했다. 이날 제갈량은 승상이 되었고 허정은 사도가 되었으며 대소관료들도 모두 한 작위씩 승급했다. 황제가 된 유비는 대사면령을 내려 온 고을의 감옥에 갇혀 있는 죄인들을 방면하고 군사는 물론 백성들에게 잔치를 베풀었다.

즉위식을 무사히 치른 다음 날, 문부백관은 조례당에 양쪽으로 나누어 서서 유비를 황제의 예로 맞았다. 그러자 유비는 신하들의 예를 받고 나서 황제가 된 다음 첫번째 조서를 내렸다.

"짐은 도원에서 관우·장비 두 형제와 하늘에 맹세하기를 죽어도 같이 죽고 살아도 같이 살기로 결의했다. 그러나 아깝게도 운장이 동오의 손권에게 먼저 죽었으니 이제 나는 그 맹세를 지키려 한다. 짐은 비록 이 전쟁으로 나라가 기우는 한이 있더라도 군사를 일으켜 동오를 치고 손권의 씨를 말리려고 한다. 그러니 대신들과 장수들은 내 가슴에 맺힌 한을 풀어주기 바란다."

그러자 유비의 말이 끝나기도 전에 누군가 단 아래 엎드리며 말했다.

"그것은 안 될 말씀입니다."

유비가 내려다보니 뜻밖에도 호위장군 조운이었다.

"나라의 역적은 조조이지 손권이 아닙니다. 지금 조조의 아들 조비가 헌제를 독살하고 황제의 위를 찬탈하여 천지신명과 온 백성들이 모두 분노하고 있습니다. 이때 폐하께서 먼저 관중關中을 손에 넣으신 다음 위하渭河 상류에 병사들을 진격시켜 흉악한 역적을 쳐부순다면 관동(함곡관 동쪽 지역)의 충의로운 인사들이 두 손을 들고 나와 폐하를 지원할 것입니다. 그러나 만일 위를 토벌하지 않고 동오를 징벌하신다면 천하의 여론이 돕지 않을뿐더러 장강이라는 장애물에 걸려 쉽게 토벌되지도 않을 것입니다. 폐하께서는 신이 드리는 간언을 깊이 헤아려주십시오."

유비가 대답했다.

"동오에는 짐의 아우를 해친 원수만 있는 게 아니라 부사인·미방·반장·마충 등의 원수들이 함께 있소. 놈들을 죽여 씨를 말리고 동오를 망하게 해야 짐을 위해 죽어간 용사들의 한이 풀어질 텐데 어찌 자룡이 내 뜻을 막으려 하시오?"

조운이 다시 말했다.

"한적 조비를 죽이는 것은 공적인 대사이지만 형제나 장수들의 적을 죽여 원수를 갚자는 것은 사적인 일입니다. 꿇어 엎드려 청하건대 폐하게서는 천하대사를 중히 여기십시오."

유비가 대답했다.

"황제이기 때문에 형제의 원수를 갚지 못한다니! 자룡의 말이 옳다면 천하가 내 손안에 있더라도 황제란 지극히 하찮은 것이오."

유비는 조운을 원정군에서 제외하기로 하고 강주江州로 내려보내 군량미와 마초를 준비하라고 명령했다. 그리고 곧바로 무릉의 오계五谿로 파발을 보내어 번병番兵 5만을 대기토록 하고, 낭중으로도 사람을 보내 장비를 거기장군에 봉하고 사예교위司隸校尉 서향후西鄉侯와 낭중목의 벼슬을 겸하도록 했다.

한편 낭중에 있던 장비는 관우가 손권에게 죽었다는 소식을 들은 이후로 밤낮을 가리지 않고 울다가 멍하니 하늘을 쳐다보곤 했다. 그 모습을 보다 못한 부하 장수들이 장비의 슬픔을 위로하기 위해 술을 권하자 술에 취한 장비는 더욱 슬퍼하며 손권에 대한 복수심으로 이를 갈았다.

장비에겐 평소에 술에 취하면 꼬투리를 잡아 아랫사람들을 곧잘 때리는 버릇이 있었다. 식음을 전폐하고 술에만 의지하던 장비는 하루 걸러 한 번씩 인사불성이 되어, 누구든지 죄를 범하는 부하가 있으면 지휘고하를 막론하고 채찍으로 벌거벗은 등짝을 때려 반죽음으로 만들어놓았다. 자기 부하들에게 애꿎은 화풀이를 실컷 하고 난 장비는 피 묻은 채찍을 내팽개치고 부릅뜬 눈으로 남쪽 하늘을 보며 욕을 해대거나 목놓아 통곡을 했다.

사자가 낭중에 온 것은 바로 장비가 그런 지경에 있을 때였다. 장비는 술에 취해 공청에 드러누워 있다가, 황제의 사자가 왔다는 말을 듣고 벌떡 일어나 사자를 맞아들인 뒤에 황제의 칙서를 읽었다. 칙서를 다 읽은 장비는 작위를 내려준 황제에게 감사를 표시하고자 성도 쪽을 향해 절을 올렸다. 그런 다음 술상을 마련해 사자에게 대접하며 말했다.

"둘째 형님이 손권의 독수에 걸려 해를 입으신 것을 생각하면 나혼자서라도 장강을 넘어 손권이 있는 건업으로 쳐들어가고 싶소. 성도에 있는 장수들 가운데 폐하의 신하된 자로 군사를 일으켜 동오를 토멸하자고 나서는 자가 하나도 없단 말이오?"

사자가 답했다.

"조정의 대신들은 국적인 위를 먼저 토멸하고 동오는 나중에 손보아야 한다는 의견을 내놓았습니다."

장비가 버럭 화를 냈다.

"아니 그게 말이나 되오? 옛날 폐하와 더불어 관우 형님과 나는 살아도 같이 살고 죽어도 같이 죽기로 하늘에 맹세한 사이요. 이제 둘째 형님께서 불행히도 화를 당하셨는데 어떻게 누구는 황제가 되고 누구는 작위를 받는단 말이오? 자, 이대로 있어서는 안 되겠으니 그만 일어나시오. 내가 천자 앞에 직접 나가 도원의 맹세를 상기시켜드리고 나서 선봉대장을 자원하겠소. 상복을 입고서라도 동오를 응징하고 역적 손권을 사로잡아 둘째 형님의 영전에 바쳐야겠소."

장비는 그 길로 사자와 함께 성도로 향했다. 그때 유비는 친히 교련장에 나가 군마를 돌보거나 군사들을 훈련시키면서 정벌에 나설 채비를 하고 있었다. 대소 신하들이 승상부로 가서 제갈량을 만나 물었다.

"지금 폐하께선 천자의 대위大位에 오르신 지 얼마 되지 아니하였고, 나라의 기틀도 아직 완비되지 않아 어수룩한 데가 많습니다. 그런데 친히 군사를 거느리고 먼 정벌길에 오르시겠다니 심히 염려스럽습니다. 승상께서는 폐하께 국가의 안위를 위해 진언해야 할 자리에 계시면서도 어찌 아무 말이 없으십니까?"

제갈량이 공경公卿들에게 말했다.

"수차에 걸쳐 진언을 드렸으나 전혀 듣지 않으시니 어떡하면 좋습니까? 이처럼 공들이 합심해서 오셨으니 오늘은 나와 함께 폐하께 가서 만류해보십시다."

제갈량과 문무백관들이 교련장으로 몰려가 유비에게 한입으로 말했다.

"폐하께서 6군을 통솔하시어 한적漢賊 조비를 정벌하시려는 뜻은 천하대의에 걸맞는 일입니다. 하지만 관장군의 복수를 위해 동오의 손권을 응징하기 위해서라면 상장군에게 맡기셔도 충분히 가능한 일입니다. 그러니 그만 어전으로 드시어 나라의 기틀을 쌓고 백성들을 편히 하는 일에 주력하시는 게 낫지 않겠습니까?"

유비는 그제야 비로소 공적인 일과 사적인 일이 구분되어야 함을 어렴풋이 깨달았다. 그런데 바로 그때 시자가 와서 낭중에 있던 장비가 성도에 도착해서 이곳으로 오고 있다는 소식을 알렸다. 유비는 너무 반가운 나머지 장비를 맞으러 달려갔다. 유비가 연무대鍊武臺를 나서기도 전에 입구에서 장비를 만났다. 유비를 만난 장비는 땅바닥에 엎드려 절하고 나서 유비의 두 발을 부여잡고 대성통곡을 했다. 그러자 유비도 바닥에 주저앉아 장비의 어깨를 껴안고 함께 울었다. 장비가 말했다.

"폐하께서는 보위에 오르시더니 제일 먼저 도원의 맹세를 잊으셨습니까? 어찌하여 둘째 형님의 원수를 갚고자 당장 나서지 않고 오늘까지 미적거리고 계십니까?"

유비가 말했다.

"황제가 되고 보니 사사로운 감정으로 정사를 좌지우지할 수 없었네."

"황제께서 나라에 매인 몸이라서 사사로이 움직일 수 없다면, 신 혼자서라도 목숨을 걸고 둘째 형님의 원수를 갚으려 합니다. 군사를 움직일 수 있도록 윤허해주십시오. 손권의 목을 베어 동오를 멸망시키지 않는다면 저는 하늘을 쳐다볼 수 없습니다."

장비가 다시 울먹이며 말하자, 유비는 사적인 일과 공적인 일을 다시 혼돈하게 됐다.

"내가 언제부터 황제였더냐? 나도 너와 함께 원수를 갚으러 출정할 테니 걱정 말아라. 너는 먼저 낭중으로 가서 군사를 준비하고 있거라. 나는 성도의 병사들을 모아 강주로 나갈 테니 거기서 함께 만나 동오를 토멸하고 손씨의 씨를 말리자."

장비는 유비의 말을 듣자마자 낭중으로 되돌아가려고 했다. 그러는 것을 유비가 붙잡아 성도에서 하루를 쉬게 했다. 그러면서 멀리서 온 장비를 위해 작은 주연을 베풀며 이렇게 당부했다.

"둘째가 없으니 이제 아우가 두 사람의 몫을 해야 하네. 그러니 무엇보다도 아우는 술을 삼가야 할 것이야. 아우는 술을 마시면 늘 부하들을 심하게 매질하곤 하는데 그렇게 욕보인 부하를 곁에 두고 부리는 것은 만용일세. 그러다가 언젠가 큰 화를 당하게 되니 꼭 이 말을 명심하여 다시는 부하들을 때리지 말게."

"예, 폐하의 말씀을 새겨들어 앞으로는 부하들을 잘 대하겠습니다."

유비와 장비는 옛날 이야기로 밤늦게까지 술잔을 주고받다가 각자의 잠자리를 찾아 들어갔다. 영빈관에서 잠깐 눈을 붙인 장비는 동이 트기도 전에 일어나 곧바로 낭중을 향해 말을 달려갔다. 그날 조례당에서 학사 진복이 말했다.

"폐하께서는 만백성의 어른이시고 천하의 주인이십니다. 그런 자리에 계시면서 사사로운 원한을 따라 행동하시는 것은 소의小義를 행하는 것입니다. 원컨대 폐하께서는 이번 정벌을 고쳐 생각해보시기 바랍니다."

유비가 대답했다.

"경들이 말하는 대의와 소의 사이에서 갈등하지 않은 바 아니오. 하지만 하늘에 대고 했던 맹세를 쫓는 게 대의이거늘 경들은 왜 자꾸 소의라고 하는 거요?"

진복이 바닥에 엎드려 다시 말했다.

"폐하께서 신의 간언에 귀 기울이지 아니하여 큰 낭패를 당하실까 걱정스럽습니다."

유비는 역정을 내며 말했다.

"짐이 군사를 일으키려 하는데 어찌 그리 불길한 언사로 트집을 잡는 거요?"

유비가 무사를 시켜 당장 머리를 베라고 영을 내렸으나, 진복은 태연히 웃으며 한마디를 더 보탰다.

"매질을 두려워하여 아비를 말리지 못하면 효자라고 할 수 없고,

주살誅殺(죄인을 매질하여 죽이는 것)을 두려워하여 임금에게 간하지 못한다면 어찌 충신이라 하겠습니까? 신이 죽는 것은 두렵지 않으니, 힘들여 창업하신 나라가 안정을 잃고 뿌리째 뒤집힐까 걱정할 따름입니다."

그러자 좌우의 신하들이 황제의 면전에 엎드려 진복의 죄를 면해줄 것을 빌었다. 유비는 눈을 감고 잠시 생각하는 듯하더니 새로 영을 내렸다.

"함부로 제왕의 길을 막았으니 죄를 면할 수는 없다. 짐이 원수를 갚고 돌아올 동안 잠시 옥에 가두어두어라."

진복이 죽기를 무릅쓰고 유비에게 진언할 때 제갈량은 조례에도 참석하지 않고 오로지 북벌을 구상하고 있었다. 동오의 손권은 위왕에게 스스로를 신하라고 낮추어 부를 만큼 신중한 인물이다. 그러니 당분간 그대로 놔두더라도 천하를 어지럽힐 일은 하지 않을 것이었다. 그러니 세상을 크게 어지럽힐 인물은 아버지의 후광을 받아 천자가 된 위 황제밖에 없었다. 동정東征을 만류하는 대다수 신하들과 마찬가지로 제갈량도 촉이 상대해야 할 주적은 위나라라고 생각했다. 북벌이라는 피할 수 없는 사안이 자꾸 떠오름에도 불구하고 제갈량이 유비의 동정을 강력하게 저지하지 않은 것은, 크게 손해볼 것이 없다는 생각에서였다. 적어도 제갈량은 촉군이 오군을 거뜬히 이길 것으로 확신하고 있었기 때문에, 황제가 북벌을 위해 국력을 모으기를 바랐지만 굳이 동정을 떠나더라도 북벌이라는 최종 목표에 변수가 생기지는 않을 것이라는 계산을 하고 있었다. 그때 승상부에서 달려온 시자로부터 진복이 간언을 하다가 하옥을 당하게 됐다는 전갈을 듣고 그를 구하기 위해 황제에게 표를 올렸다.

동오의 역적 손권이 간교한 책략으로 관장군을 해치고 형주마저 빼앗았던 사실을 신과 만조백관이 어찌 모르겠습니까? 장성將星(관우)을 두우斗牛(북두칠성과 견우성) 사이에 떨어뜨리고 천하를 떠받칠 재목을 무참하게 꺾어놓았으니 이 슬프고 참담한 마음을 어찌 잊을 수 있겠습니까? 그러나 오늘날 한나라를 갉아먹고 다른 나라로 바꾸어놓은 것은 조비임을 명심하십시오. 만일 위의 역적을 물리치기 위해 애를 쓰신다면, 동오의 역적들은 자연스레 고개를 숙이고 폐하의 신하가 되기를 청해올 것입니다. 손권의 무리들을 그때 처벌한다 해도 결코 관장군의 복수를 등한히 한 것은 아닐 것입니다. 원컨대 폐하께서는 진복의 신중한 사태 판단을 고려하시어 사직을 위해 먼저 정벌해야 할 역적이 어디에 있는가를 깊이 살피십시오.

유비는 제갈량의 표를 읽고는 시자에게 넘겼다.

"짐은 이미 뜻을 굳게 정했다. 그러니 두 번 세 번 간하더라도 소용없는 일이다."

유비는 제갈량을 불러 정사를 돌보며 성도와 태자를 지키라고 영을 내리고, 표기장군 마초에게는 아우 마대와 함께 진북장군鎭北將軍 위연을 보좌해서 위의 침범에 대비하라고 지시했다. 그리고 정벌군으로는 선봉장에 노장 황충을 세우고 강주로 내려보낸 조운에게는 후군을 맡아 군량미와 말먹이를 책임지게 했다. 또한 황권과 정기는 참모로 삼고 마량과 진진에게는 문서를 맡겼으며, 풍습馮習과 장남張南은 부장으로 삼았다. 그리고 부동傅彤과 장익은 중군호위中軍護尉에 임명하고 조융趙融과 요순寥淳에게는 후군을 돕게 했다.

장무 원년인 서기 221년 7월 병인일丙寅日.

유비는 양천의 장수 수백 명과 오계의 번장番將들을 합친 20만 대
병력을 이끌고 동오를 치기 위해 출병했다. 한편 손권을 치러 가겠다
는 유비의 약조를 받아내고 낭중으로 날 듯이 달려간 장비는 말단 지
휘관들을 불러 3군에게 입힐 흰 갑옷과 흰 깃발을 3일 안으로 만들라
고 영을 내렸다. 그런데 그 이튿날 하급 장수인 범강范彊과 장달張達
이 장비의 군막을 찾아왔다.

　　"흰 갑옷과 흰 깃발을 사흘 내에 만드는 것은 너무 어려우니 며칠
더 시일을 늦춰주십시오."

　　장비는 그 말을 듣고 크게 화를 내며 욕설을 퍼부었다.

　　"나는 하루라도 더 빨리 역적을 잡아 죽이러 가지 못하는 것이 한
스러운데, 너희는 어쩌자고 그 날짜를 뒤로 미룬다는 말이냐?"

　　장비는 부하들에게 두 하급 장수를 나무기둥에 붙들어매고 각각
50대씩 매질하게 했다. 채찍질이 끝나자 장비는 범강과 장달에게 새
로 영을 내렸다.

　　"너희 둘은 내일 안으로 흰 깃발과 흰 갑옷을 완벽히 갖추도록 하
라. 만일 내일까지 이 임무를 완수하지 못하면 군무를 태만히 한 죄
로 참수형에 처할 것이다."

　　범강과 장달은 피투성이가 된 몸을 끌고 자신의 군막으로 돌아갔
다. 분하고 막막한 심경을 누구에게 하소연할 수도 없었던 두 말단
장수는 장막을 치고 은밀히 내일 일을 걱정했다. 범강이 말했다.

　　"이보게 장달, 오늘은 그나마 태형으로 끝났지만 내일이 더 걱정일
세. 내일까지 임무를 완수하지 못하면 목을 베겠다고 하는데 우리가
무슨 수로 그 일을 해내겠는가? 장비의 성질로 보아 우리는 내일 살
아남지 못할 게 분명하네."

장달이 맞장구를 쳤다.

"자네 말이 옳네. 저 개백정은 우리를 죽이고도 남을 걸세. 하지만 우리 같은 말단 장수에게 무슨 방법이 있겠는가? 내일 다시 빌어보는 수밖에……."

"이 사람아, 자네는 진승陳勝과 오광吳廣의 이야기도 들어보지 못했나? 그들도 우리처럼 기일 내에 임무를 완수하지 못하면 참형을 당해야 할 운명이었네."

시황제가 죽은 다음 해인 기원전 209년, 진승과 오광은 고향인 하남성에서 900여 명의 인부를 인솔하여 북쪽 변방인 어양漁陽(현재의 북경 부근)으로 가고 있었다. 그런데 대택향大澤鄕(현재의 안휘성 동남)에 이르렀을 때 큰 장마가 계속되어 시일 내에 목적지까지 도착할 수 없게 됐다. 당시의 진나라 법령은 매우 엄하여 군인으로서 명령을 어긴 자는 어김없이 요참腰斬에 처했다. 어양에 뒤늦게 당도해봤자 죽임을 당하거나 일생 동안 변방에서 부역을 해야 할 처지에 직면한 진승과 오광은 인부들을 향해 "어찌 왕후장상의 씨가 따로 있겠소? 우리도 하면 되는 것이 아니겠소!"라고 충동질하여 호응을 얻었다. 진승과 오광이 진시황 타도의 깃발을 높이고 왕이라 일컬은 것은 겨우 6개월에 불과했으나 그들이 타도된 지 6개월 뒤에 농민 지도자들로부터 주도권을 넘겨받은 토호들과 옛 귀족들이 곳곳에서 군사를 일으켰다. 후에 천하를 놓고 사투를 벌이게 될 항우와 유방은 그때 일어났던 여러 반란군 가운데 일파였다.

장비를 죽이자는 범강의 말에 장달은 선뜻 찬동하지 못하고 머뭇거렸다.

"하지만 진승과 오광의 말로는 비참하지 않았나?"

범강이 설득했다.

"이 사람아, 내가 언제 나라를 세우자고 했나? 여기 있다가는 개죽음을 당할 테니 장비를 죽이자고 했지!"

그제야 장달은 범강의 말에 따르기로 했다. 하지만 결심을 했다고 해서 문제가 해결된 건 아니었다. 장달이 말했다.

"그놈은 힘이 장사인데 우리가 무슨 수로 죽인단 말인가?"

"우리가 죽을 운명이 아니라면 그놈은 늘 그렇듯이 오늘도 취해 있을 것이고, 죽을 운명이면 취해 있지 않을 것일세. 그러니 뭐든 해보는 게 안 하는 것보다 나을 걸세."

두 사람은 저녁 무렵에 장비의 군막으로 갈 것을 모의하고 채찍에 맞은 상처를 치료하며 저녁이 오기를 기다렸다. 한편 군막 안에 앉아 있던 장비는 가슴이 답답하고 머리가 어지러웠다. 그래서 옆에 남은 부장에게 말했다.

"혼자 있기만 하면 마음이 초조하고 떨리며 가슴이 갑갑하여 숨이 마디마디 끊어지는 것 같으니 이게 무슨 연유인가?"

부장이 답했다.

"장군께 그런 증상이 나타나는 것은 돌아가신 관장군의 죽음으로 크게 상심해 계시기 때문입니다. 속시원히 원수를 갚지 못하여 울화가 치미는 탓입니다."

부장의 말을 들은 장비는 화를 다스리기 위해 술을 가져오게 하여 부장과 함께 대작했다. 그러다가 언제 취했는지도 모르게 대취하여 군막에 쓰러져 깊이 잠들었다. 범강과 장달은 장비의 군막 근처에 있다가 장비의 코 고는 소리가 들림과 동시에 부장이 나오는 것을 지켜보았다. 그런 후에 중대한 기밀을 보고하러 왔다며 초병을 속이고 장비의 군막으로 들어갔다. 두 사람이 장비의 침상으로 다가가 각기 숨겨 온 단도를 품속에서 꺼내려는 찰나 범강과 장달은 깜짝 놀라 소리를 지를 뻔했다. 장비가 눈을 뜨고 두 사람을 노려보고 있었던 것이다.

'이제는 죽었구나' 하고 생각하는 순간, 장비의 코고는 소리가 귀에 들어왔다. 장비는 누운 채 미동도 하지 않았다. 두 사람이 정신을 가다듬고 보니 장비는 눈을 뜬 채 자고 있었다. 범강과 장달은 안도

수하 범강 · 장달에게 죽임을 당하는 장비. 정사에는 장비와 관우를 비교해 이렇게 평했다. "관우는 병사들을 잘 대해주었지만 사대부에게는 오만하였다. 반면 장비는 군자는 아끼고 존경했지만 소인배라 생각되면 보살피지 않았다. 유비는 이점을 경계하여 '이것은 화를 초래하는 길이다' 라고 말하곤 했다."

의 숨을 가만히 내쉬며 소리나지 않게 침상으로 다가가서 장비의 배와 가슴을 나누어 찔렀다. 그러자 장비는 코고는 소리를 단번에 그치더니 고요히 숨을 거두었다. 이때 장비의 나이 55세였다.

범강과 장달은 장비의 수급을 베어 군막을 나선 뒤, 심복 수십여 명을 데리고 밤새도록 말을 달려 동오의 손권에게로 달아났다. 다음 날 장비의 진영에서 이 사실을 알고 군사를 몰아 뒤쫓아갔으나 도망자들을 따라잡기에는 너무 늦었다. 그때 장비의 부장은 오반吳班이었는데, 그는 유비가 특별히 뽑은 아문장牙門將으로 장비를 도와 낭중을 지키게 했던 사람이다. 그는 장비의 난데없는 죽음에 옷을 찢고 땅을 치며 통곡했다. 그리고 곧바로 황제에게 표를 올려 장비의 죽음을 알리고 장비의 큰아들 장포에게 관을 마련해 입관토록 했다. 그리고 둘째 아들 장소張紹에게 낭중을 지키게 한 후 장포와 함께 성도로 달려갔다.

한편 유비가 동정군東征軍을 이끌고 성도를 출발하던 날, 제갈량은 대소 관료들과 함께 10리 밖까지 황제를 전송했다. 그런 다음 성으로 돌아온 제갈량은 왠지 심기가 불편했다. 유비가 동정을 떠났음에도 그의 마음 속에서는 북벌이 우세했다. 하지만 이 심정을 같이 상의할 사람이 없으니 답답한 노릇이었다. 그래서 함께 성으로 돌아온 관료들을 돌아보며 혼잣말을 했다.

'법효직(법정)이 살아 있었더라면 황제의 동정을 제대로 막을 수 있었을 텐데……'

동정군을 이끌고 강주로 행군을 하던 유비는 저녁이 되어 야산에 진채를 세우고 하루를 군막에서 머물기로 했다. 그런데 그날 밤은 이상하게도 잠이 오지 않고 머릿속에는 불안하고 초조한 잡념이 들끓었다. 유비는 밤늦도록 침상에서 뒤척이다가 군막을 나와 진채를 둘러보았다. 그러다가 머리를 들어 서북쪽 하늘을 보니 커다랗게 빛을 내뿜던 별 하나가 갑자기 긴 꼬리를 매달고 땅으로 떨어져내렸다. 유비는 기분이 좋지 않아 급히 사람을 성도로 보내어 제갈량에게 운세를 보게 했다.

상장군 하나를 잃게 될 징조입니다. 며칠 내로 정확한 소식을 듣게 될 것입니다.

숨차게 달려온 연락병이 전해준 제갈량의 답신에는 그렇게 씌어 있었다. 그렇지 않아도 마음이 불안하던 유비는 제갈량의 답신을 받고나서 더욱 초조해졌다. 편치 않은 마음으로 동진을 계속하던 어느 날, 사신 하나가 급히 달려와 말했다.

"낭중의 거기장군 오반이 인편에 표를 올렸습니다."

그 말을 듣는 순간 유비는 장비에게 좋지 않은 일이 생겼음을 직감했다.

유비가 급히 표를 받아 읽어보니 아니나 다를까 장비가 죽었다는 흉보였다. 유비는 관우가 죽었을 때처럼 또다시 옷을 찢으며 울다 지쳐 땅에 쓰러졌다. 주위의 시자들이 땅바닥에 실신해 누워 있는 황제 유비를 부축해 군막으로 옮기고 팔 다리를 주무르니 유비는 겨우 눈을 뜨고 일어났다.

유비의 동정

　이튿날 낭중이 있는 방향에서 뿌연 먼지를 일으키며 일단의 군마가 촉군의 진채로 달려왔다. 유비는 장비의 진영에서 소식이 온 줄 알고 미리 영문에 나가 기다렸다. 유비가 멀리서 바라보니 흰 투구에 흰 갑옷을 입은 장수가 말에 채찍질을 하며 달려오고 있었다. 그는 장비의 아들 장포였다.

　"범강과 장달이 아버님을 죽이고 수급을 거두어 동오의 손권에게 도주했습니다."

　유비는 가슴이 찢어지는 듯한 고통을 느끼며 다시 한번 실신했고, 깨어난 뒤로는 아예 식음을 전폐했다. 그러자 주위의 여러 신하들이 황제에게 진언했다.

　"폐하께서 이렇듯 용체龍體를 훼손하시면 두 분 아우님의 원수는 어찌 갚으시겠습니까?"

그제야 유비는 음식을 입에 대기 시작했다. 유비가 장포에게 물었다.

"네 손으로 부친의 원수를 갚을 수 있도록 할 테니, 너는 오반과 함께 낭중의 군사들을 거느리고 선봉에 설 수 있겠느냐?"

"나라를 위하고 부친의 원수를 갚는 일인데 어찌 최선을 다하지 않겠습니까? 만 번을 죽는 한이 있더라도 반드시 선봉에 서겠습니다."

황제가 장포에게 낭중으로 돌아가 출병 준비를 하라고 명을 내리고 있을 때, 멀리서 한 떼의 군마가 빠른 속도로 다가오고 있다는 전갈이 들어왔다. 잠시 후, 시자가 젊은 장수 하나를 데려왔는데 그 역시 장포처럼 흰 투구에 흰 갑옷을 입고 있었다. 젊은 장수는 유비의 군막에 들어와 바닥에 엎드려 통곡했다. 관우의 아들 관흥이었다.

관흥을 본 유비는 또다시 관우가 생각나 관흥과 함께 통곡하기 시작하니 곁에서 장포도 따라 울었다. 관우·장비의 아들들과 한바탕 통곡을 하고 난 유비가 말했다.

"나는 한창 어려웠던 시기에 너희들의 부친을 만나 의형제를 맺고 생사를 같이 하기로 맹세했었다. 그런데 지금 나는 천자가 되어 있고 두 아우는 부귀를 누리기도 전에 모두 비명에 가고 말았구나. 졸지에 두 아우를 잃고 슬퍼하던 중에 두 조카를 대하니 젊은 날의 운장과 익덕을 보는 것 같아 간장이 끊어질 듯하다."

말을 마친 유비가 다시 목놓아 통곡하자 곁에 있던 시자들이 황제를 위로하며 진정시켰다. 그들이 장포와 관흥에게 말했다.

"두 장군이 계시면 황제께서 슬픔을 잊지 못하실 테니 잠시만 물러가 계십시오."

장포와 관흥이 물러난 뒤에 시자들이 유비에게 간청했다.

"육순이 넘으신 몸으로 애통해하시는 일이 너무 과도하면 옥체를 보전하지 못할 것입니다. 아무쪼록 폐하께서는 용체를 보살피십시오."

"두 아우가 죽었는데 어찌 내 몸만 성하기를 바라겠느냐!"

말을 마친 유비는 머리를 벽에 부딪치며 또다시 통곡했다. 주위의 시자들과 장수들은 황제의 울화가 쉽게 진정되지 않을 것을 알고 대책을 논의했다.

"황제께서 저토록 애통해하며 괴로워하시니 무슨 좋은 수를 강구해야겠소."

그러자 마량이 말했다.

"그렇소. 폐하께서 친정親征을 나선 터에 하루 종일 슬픔에 잠겨 두 아우 생각만 하고 있으니 군의 사기에도 좋지 않고 올바른 작전이 나오기도 어려울 것입니다."

모두들 마량의 말에 동의하며 고개를 끄덕였다. 진진陣震이 한 가지 방법을 내놓았다.

"소문에 듣건대, 성도의 청성산青城山 서쪽에 세수가 300여 세나 되는 이의李意라는 선비가 은거해 있다고 합니다. 그 사람은 능히 사람의 생사와 길흉을 꿰고 있다고 하니, 천자를 설득하여 그에게 길흉을 알아보도록 합시다. 신선의 입에서 나온 말이라면 천자도 곧이 들을 것이니, 우리가 진언하는 것보다 훨씬 나을 것입니다."

군중의 관원들과 장수들이 유비에게 이런 사실을 알리며 이의를 만나도록 권하자 심신이 병약해 있던 유비는 진진 편에 조서를 내려 이의를 모셔오게 했다. 황제의 영을 받은 진진은 밤새도록 말을 달려 청성산에 이르러 그곳 지방 사람들의 안내를 받아 이의가 있다는 산으로 올라갔다. 반나절을 올라갔을 때 갑자기 눈앞에 구름이 나타나면서 땅밑에서부터 신령스러운 안개가 솟아올랐다. 구름과 안개를 헤치고 조그마한 선장仙莊에 다다르자 문앞에 동자 하나가 나와서 진진을 맞으며 말했다.

"혹시 선장을 찾아주신 분은 진효기孝起(진진의 자) 선생님이 아니십니까?"

진진은 생전 처음 보는 동자가 자신의 성명을 알고 있는 것에 깜짝 놀라 물었다.

"동자는 어떻게 내 이름을 알게 되었는가?"

"오늘 아침 저의 선생님께서 '오늘 오후쯤에 진효기라는 사람이 황제 폐하의 조서를 가지고 올 것이다' 라고 말씀하시며 저더러 문간에서 맞으라고 하셨습니다."

진진은 세간의 소문이 헛소문이 아님을 알았다.

"과연 청성산의 신선이구나! 이제라도 폐하의 동정을 막을 수 있겠다."

진진은 동자의 인도로 선장으로 들어가 이의를 만났다. 진진이 이의에게 황제의 조서를 전하자 이의는 읽지도 않고 탁자 위에 얹어놓았다. 그리고 이렇게 말했다.

"나는 이미 산을 오르내릴 수 없을 만큼 늙은데다가, 속세의 일에 관여한 지도 오래되었소."

진진은 무릎을 꿇고 간청했다.

"천자께서 어려운 지경에 처할지도 모르니 이옹은 학가鶴駕(신선들이 타는 수레)를 아끼지 말아주십시오."

진진이 온 마음으로 간청하니 이의는 비로소 동행을 수락했다. 진진이 안도하는 마음으로 이의를 모시고 청성산을 내려오는데 백발이 성성한 노인의 발걸음을 도저히 따라갈 수 없었다. 땀을 흘리며 죽을 힘을 다해 노인을 따라가보지만 앞서간 이의는 늘 반 리 정도 앞선 곳에서 좌선을 하고 있었다.

유비는 진진이 이의를 모시고 온다는 전갈을 듣고 어영御營 밖까지 나가 기다렸다. 유비가 어영 앞에 당도한 이의를 보니 한눈에도 보통 사람이 아니라는 것을 알 수 있었다. 머리칼은 학의 깃털처럼 하얗고 얼굴은 주름살 하나 없는 동안에 눈은 네모나고 눈동자는 푸른 광채를 뿜고 있었다. 게다가 몸은 오래된 동백나무처럼 날렵하고 굳건해 보였다. 두 사람은 어영에 들어와 상견례를 하고 마주앉았다. 이의가 먼저 말했다.

"이 늙은이는 깊은 골짜기에서 약초나 캐고 살면서 서책 한 권 제대로 읽은 게 없습니다. 폐하께서 저 같은 촌부에게 조서를 내리신 까닭을 헤아릴 수 없습니다."

유비가 대답했다.

"제가 관우 · 장비 두 형제와 생사를 함께 하기로 결의를 맺은 지 30년이 훌쩍 넘었습니다. 그런데 두 아우가 연이어 해를 입게 되어 친히 군사를 일으켜 원수를 갚아주려 합니다. 오랫동안 소문에 듣자니 이옹께서는 하늘의 깊은 비밀과 세간의 지혜에 달통해 계시다고 하니, 이번 원정이 어떻게 될지 앞날을 예견해주시고 좋은 방법을 가르쳐주시면 감사하겠습니다."

이의가 지그시 눈을 내리감았다.

"그 일이야 모두 폐하께서 애쓰시는 대로 되겠지요."

유비가 이의의 옷자락을 잡고 수차례에 걸쳐 간청하자 이의는 못 이기는 듯이 지필묵을 가지고 오라고 한 다음 종이 위에 군사와 군마·병기를 어지럽게 그렸다. 유비와 주위의 사람들이 보니 이의는 눈을 감고 있었고 그 손에 들린 붓은 무당의 신대처럼 저절로 마구 움직였다. 이의는 40장 넘게 그림을 그린 다음 그것들을 갈기갈기 찢어버렸다. 그러고 나서 또 한 장의 종이를 바닥에 정갈하게 편 다음, 한복판에 어른 하나가 땅바닥에 큰 대大자로 누워 있는 형상을 그리고 그 옆에 다른 사람이 그 사람을 묻는 모습을 그렸다. 그러고 나서 흰 백白자를 상단 왼쪽에 크게 써넣은 후 유비에게 머리를 조아리고는 아무 말도 없이 어영을 떠났다. 이의의 행동과 그가 그려주고 간 그림을 본 유비는 주위의 문무 신하들에게 말했다.

"소문을 믿고 미친 노인을 부른 내가 우습구나!"

유비는 시자들에게 그림을 모두 태워버리게 하고, 장수들을 불러 군사들을 정비하여 진군할 것을 명령했다. 이때 진군 명령을 받고 장포가 들어와 청했다.

"마침 오반이 군마를 거느리고 폐하를 맞으러 나왔으니, 신이 이 부대를 이끌고 선봉에 서겠습니다."

유비는 장포의 뜻을 갸륵하게 여겨 곧바로 선봉장의 인수를 내주었다. 장포가 유비로부터 선봉장의 인수를 받아 어영을 나서려고 할 때, 한 장수가 앞으로 나서며 외쳤다.

"선봉장의 인수를 장포에게 주는 것은 불가합니다! 저에게 주십시오!"

유비가 쳐다보니 목소리의 주인공은 관흥이었다.

불시에 도전을 받게 된 장포가 말했다.

"아니, 관형! 방금 내가 조칙을 받은 걸 못 보았소?"

하지만 관흥은 물러설 태세가 아니었다.

"장형, 장형은 선봉장에 설 능력이 되지 않소."

"관형, 그게 무슨 소리요? 나는 어려서부터 무예를 연마해서 이제까지 화살 한 대 빗나간 적이 없었소."

두 조카의 입씨름을 지켜보던 유비가 말했다.

"그렇다면 두 조카들이 무예를 겨루어보아라. 선봉장은 그때 다시 정하겠다."

유비는 군사들에게 길게 늘어선 군막 끝에 붉은색 원을 그린 과녁을 설치하게 하고, 100보 밖에 두 조카를 세웠다. 장포가 먼저 강궁에 화살을 메겨 세 발을 연거푸 쏘자, 세 발 모두 한가운데에 명중했다. 숨을 죽이고 지켜보던 사람들이 장포의 뛰어난 활솜씨에 감탄했다. 그러자 관흥이 장포의 활을 넘겨받고 소리쳤다.

"전투에서는 병사든 말이든 모든 게 움직이는데, 가만히 고정되어 있는 과녁을 맞히는 게 뭐가 그리 대단하다는 말이오?"

때마침 군막 위로 기러기 떼가 날아가고 있는 것을 발견한 관흥이 말했다.

"나는 저기 날아가는 기러기 떼 가운데 세 번째 놈을 떨어트리겠소."

관흥은 자신만만한 태도로 강궁에 화살을 메기더니 시위를 놓았다. 그러자 화살은 눈 깜짝할 사이에 세 번째 기러기를 맞혀 땅에 떨어뜨렸다. 설마하며 관흥의 화살을 지켜보고 있던 신하들과 병사들은 일제히 감탄 소리를 내며 박수를 쳤다. 장포는 크게 흥분하여 잽싸게 말에 올라타고 부친이 사용하던 장팔사모를 들고 관흥에게 외쳤다.

"관형의 활솜씨는 나와 비길 만하오. 그러면 이제 무예를 겨뤄봅시다.”

관흥도 지지 않고 말에 뛰어올라 칼을 뽑아들었다.

“장형이 창을 얼마나 잘 쓰는지 모르겠지만, 내 칼솜씨가 장형의 창솜씨에 뒤지지는 않을 것이오.”

두 젊은 장수가 혈기에 넘쳐 진검 대결을 펼치려고 하자 유비가 두 사람을 꾸짖었다.

“너희들은 어쩌자고 서로를 다치게 하려고 하느냐!”

유비의 꾸짖음을 들은 관흥과 장포는 타고 있던 말에서 급히 내려 무기를 버리고 유비 앞에 엎드려 사죄했다. 유비가 두 조카를 부드럽게 타일렀다.

“짐은 젊어서부터 너희들의 부친과 의형제를 맺고 친형제 이상으로 의좋게 지냈다. 너희 둘은 부친으로부터 이 이야기를 자주 듣지 않았느냐? 그런데 하찮은 일로 서로 다투다니, 하늘에서 너희 부친들이 이 모습을 내려다본다면 얼마나 나를 책망하겠느냐? 너희들은 따로 의형제를 맺지 않더라도 이미 형제간이나 마찬가지다. 그러니 이를 깊이 깨닫고 부친의 원수를 갚는 데 힘을 합치도록 하라.”

장포와 관흥은 부친의 이야기가 나오자 숙연해졌다. 유비가 두 사람에게 물었다.

“조카들 중에 누가 연장자인가?”

“제가 관흥보다 한 살 위입니다.”

장포가 대답하자 유비는 관흥에게 명하여 장포에게 사죄하고 차후로는 형으로 받들라고 시켰다. 그러자 관흥은 장포에게 허리 굽혀 읍하며 동생으로서의 예를 차렸다. 두 사람은 유비 앞에서 화살을 꺾으며 살아 있는 동안 서로를 도우며 힘을 합쳐 부친의 원수를 갚는 데 매진하기로 했다. 이에 유비는 크게 기뻐하며 새로 조서를 내려 오반을 선봉장에 임명하고 장포 · 관흥에게는 어가를 호위하도록 지시했다.

한편 장비의 수급을 베어들고 손권에게 투항한 범강과 장달은 그간에 있었던 일은 물론 유비의 동정을 세세히 고해 바쳤다. 손권은 두 사람을 크게 치하하는 한편 급히 문무백관을 모아 대책을 협의했다.

"짚신장수 유비가 제위에 오르더니 보이는 게 없는 모양이오. 20만 병사를 몰아서 관우와 장비의 원을 풀러 온다고 하니 이 일을 어떡하면 좋겠소?"

유비가 대군을 몰고 복수를 하기 위해 내려온다는 말을 들은 문무백관들은 서로의 얼굴만 쳐다보며 속시원한 대책을 내어놓지 못했다. 그러자 제갈근이 앞으로 나서며 계책을 냈다.

"신은 오래전부터 오후의 녹을 먹으면서도 내세울 만한 공을 세우지 못했습니다. 청컨대 저를 사신으로 삼아 촉으로 보내주신다면 촉주를 만나 이번 전쟁의 무익함을 잘 설명해보겠습니다. 아울러 천자를 독살한 조비의 죄를 묻고자, 오국과 촉이 함께 힘을 합하자고 설득해보겠습니다."

제갈근의 말을 들은 손권은 크게 기뻐하며 그를 사자로 보내 유비를 설득하게 했다. 손권이 촉군의 동정을 막고자 제갈근을 사자로 보내는 한편 만일에 대비해 군사들을 점검하는 사이에, 유비가 이끄는 촉군은 한 달 동안 진군한 끝에 기관夔關에 도착하여 백제성에 군사를 부렸다. 그리고 오반의 선봉군은 천구川口까지 나갔다. 그때 시자가 와서 유비에게 알렸다.

"동오에서 제갈근이 와서 폐하를 알현하고자 합니다."

유비는 제갈근이 온 까닭을 짐작하고 그를 만나보지도 않고 되돌아가게 했다. 그러자 황권이 옆에서 진언했다.

"손권이 사신을 보낸 까닭은 촉군을 회군시키려는 것이 분명합니다. 하지만 제갈근의 아우는 우리 촉의 승상인데 어찌 그냥 되돌려보낼 수 있습니까? 승상의 체면을 보아서라도 손권의 사신을 만나 말을 들어보는 게 좋지 않겠습니까? 그래서 따를 만하면 따르고 귀담아들을 만하지 않으면 그때 가서 꾸짖어도 일을 잘못 처리하는 게 아닐 것입니다."

유비가 생각해보니 황권의 말이 틀리지 않았다. 근처의 군막에서 기다리고 있던 제갈근은 유비가 있는 어영으로 들어오자 바닥에 엎드려 절하여 예를 차렸다. 유비가 말했다.

"자유께서 어쩐 일로 먼 길을 오셨습니까?"

"신의 아우가 오랫동안 폐하를 모시고 있는 것만 믿고서 형주의 일을 특별히 의논드리러 왔습니다. 운장이 살아계실 적에 우리 오후께서는 수차에 걸쳐 화친을 맺으려 했으나 관장군이 강직하여 받아들이지 않았습니다. 그후 관공이 양양으로 진격하자 조조가 여러 차례 편지를 보내어 운장이 비운 형주를 공격하라고 했습니다. 그러나 오후께서는 조조의 속셈을 눈치채고 군사를 가볍게 움직이지 않았습니다. 그런데 오후의 뜻에 따라 자중해야 할 여몽이 관장군과 불목하더니, 오후 몰래 군사를 일으켜 이와 잇몸 같았던 오와 촉 사이를 크게 갈라놓았습니다. 이 일에 대해 오후께서 뼈저리게 뉘우치고 계십니다. 운장이 돌아가신 것은 천하대세를 읽지 못한 여몽 때문이지 오후 때문이 아닙니다. 그러나 지금은 여몽도 죽었으니 그것으로 원수를 갚은 셈치시고 다시 한번 촉과 오가 맹약을 맺고 황제의 위를 찬탈한 조비를 토벌하러 가는 것이 어떻겠습니까? 손부인께서도 폐하께 돌아가시기를 원하고 있어 오후께서는 저를 사신으로 삼아 손부인을 귀환시키는 한편, 때맞추어 익덕을 죽인 두 도살자를 결박지어 보내고 형주도 곧 반환하고자 합니다."

유비는 두 아우에 대한 의리와 오로지 복수를 해야겠다는 일념에 빠져 제갈근이 제시한 손권의 선물 보따리를 제대로 풀어보고 음미하지 못했다. 제갈근이 말했듯이 촉과 오는 순망치한의 관계가 되어야 했다. 게다가 형주를 반환하고 덤으로 범강과 장달까지 인도한다면, 처자식을 늘 의복처럼 여겼던 유비에게 손부인이야 귀환하든 말든 상관없지만 촉으로서는 상당한 득실도 생기고 명분도 있는 타협안이었다. 하지만 유비는 체계적으로 제왕의 도를 배운 사람이 아니었다.

"이미 동오가 짐의 아우를 해쳤는데 이제 와서 어찌 그런 감언이설로 나를 회유하려 하오?"

"신이 좀더 차근차근 이번 일의 선후와 경중을 고할 수 있게 해주십시오. 폐하께서는 돌아가신 천자의 황숙이십니다. 그런데 어찌하여 제위를 찬탈한 조비를 토멸할 생각은 않으시고 성씨가 다른 관우나 장비와의 의리만 생각하십니까? 이는 누가 보더라도 대의를 버리고 소의를 취하는 격이니 이번 동정이 천하의 여론을 얻기가 힘듭니다. 지금 조비가 차지하고 있는 땅은 천하가 생긴 이래로 중하中夏로 불려온 유서 깊은 땅이요, 조비의 수중에 있는 낙양과 장안은 오랫동안 대한조大漢朝가 400년 동안 수도로 삼았던 요지입니다. 한 황실의 부흥을 기치로 내세우신 폐하께서는 마땅히 이 귀중한 땅을 찾기 위해 애쓰셔야지 어찌 형주 땅만 차지하려고 하십니까? 이는 옥을 버리고 돌덩이를 취하시는 것이니 당치 않습니다. 천하의 백성들은 폐하께서 제위에 오르셨으니 당연히 한 황실을 일으켜세우고 잃었던 산하를 다시 수복하시리라 믿고 있습니다. 그런데 폐하께서는 동오를 징벌하려 하시니 이것은 역적인 조비를 위함이 아니겠습니까? 폐하께서는 다시 한번 생각해보시기 바랍니다."

제갈근이 조목조목 동정의 불가함을 지적하자 유비는 버럭 화를 냈다.

"공이 무슨 말을 하더라도 나는 아우를 죽인 원수와는 같은 하늘 아래 살 수 없소! 내가 군사를 파할 때는 내가 죽거나 손권이 죽은 이후일 것이오. 승상이 그대의 아우가 아니었다면 당장 목을 베어 동정 길의 제물로 삼았을 것이나 승상의 체면을 보아 살려보내니 손권에게 돌아가서 목이나 늘이고 있으라고 전하시오."

제갈근은 유비를 설득시키는 것을 포기했다. 동오로 돌아가는 길에 제갈근은 동생이 있는 성도 방향의 하늘을 바라보며 혀를 찼다. 어쩌면 동생이 암군暗君을 만난 것인지도 모른다고 생각하니 가슴이 아파왔다. 한편 제갈근이 사자로 자청하여 유비를 만나러 떠난 뒤에, 장소가 손권에게 간했다.

"자유가 유비에게 간 것은, 촉의 군세가 강한 것을 잘 알고 화친을 맺으러 간다는 핑계로 오후를 배반하고 촉에게 투항하기 위한 것입니다. 이번에 가면 분명 돌아오지 않을 것입니다."

"내가 그를 버리지 않는데 그가 나를 저버릴 까닭이 어디 있겠나? 옛날 자유가 시상에 있을 때 제갈량이 동오에 온 적이 있었네. 그때 내가 자유에게 아우 제갈량의 마음을 돌려보라고 권하자 자유는 '아우 량은 오래전부터 현덕을 따랐으니 이제 와서 의를 저버리는 행동은 하지 않을 것입니다. 아우가 두 마음을 품지 않는 것처럼 저도 마음을 바꾸어 다른 주인을 섬기는 일은 없을 것입니다'라고 했네. 그 래서 나와 자유는 생사를 같이 하기로 하늘에 맹세한 바 있네. 그런 그가 촉의 군세가 무서워 투항을 하겠는가? 누가 무슨 말을 하더라 도 나와 자유 사이의 각별한 친교는 떼어놓을 수 없네."

그때 제갈근이 돌아왔다는 전갈이 날아들었다. 손권이 어린 아이 처럼 환히 웃었다.

"보시오, 내가 뭐라고 했소?"

장소는 얼굴을 붉히며 어전을 바삐 나갔다. 잠시 후, 제갈근이 돌 아와 손권에게 예를 올리고 유비가 화친을 맺으려 하지 않는다는 결 과를 보고했다. 그러자 손권은 근심에 잠겼다.

"내가 유비의 역린逆鱗을 건드렸구나!"

걱정하는 손권의 모습을 보고 대신 하나가 앞으로 나와 진언했다.

"저에게 맡겨주신다면 강동의 위기를 해소해보겠습니다."

도열해 있던 백관들이 바라보니 중대부中大夫 조자趙咨였다. 손권이 조자를 반기며 물었다.

"덕도德度(조자의 자)에게 좋은 계책이 있는가?"

조자가 말했다.

"주군께서 저에게 표문을 써주시면 제가 위제魏帝 조비를 만나 이 해득실을 설명하고 한중을 공격하게 하겠습니다. 그러면 촉병은 할 수 없이 군사를 물리게 될 것입니다."

손권은 그런 계책이 있는 줄 모르고 근심했던 좀 전의 자신이 민망 스러웠다.

"미처 그 생각을 못했다니 나도 참 아둔하구려. 경은 당장 위제에 게 달려가 동오의 급박한 사정을 알리되, 동오의 체면을 떨어뜨리는 일이 없도록 하시오."

"행여 조금이라도 실수하여 동오의 위신을 추락시킨다면 돌아오는 길에 장강에 빠져 죽겠습니다. 그렇지 않고서 어찌 강남 사람들의 얼굴을 대하겠습니까?"

손권은 조자의 높은 기개를 기특하게 생각하며 크게 치하한 다음, 스스로 위제의 신하가 되기를 청하는 표를 써서 조자에게 주었다. 조자는 그 표를 품속에 넣고 밤새 말을 달려, 다음날 저녁 무렵 허창에 도착했다. 허창에 도착한 조자는 먼저 태위 가후를 찾아가 사정을 설명하고 도움을 구했다. 그러자 가후는 내일 아침 위제를 만나게 해주겠다고 약속했다. 다음날 아침 가후는 문무백관들과 함께 조비를 찾아가 말했다.

"동오의 손권이 중대부 조자를 사자로 삼아 표를 올렸습니다."

그러자 조비는 웃으며 말했다.

"촉병을 대신 물리쳐달라고 왔구나!"

조비는 사신을 불렀다. 조자는 위제에게 엎드려 절하고 나서 손권이 써준 표를 올렸다. 조비는 그것을 받아 읽고 나서 궁금히 여기던 것을 물었다.

"오후는 사람됨이 어떠한가?"

"총명하기 이를 데 없으시며 인자하기는 어버이와 같습니다. 거기에 지략과 용맹을 더하시니 강동의 복이라고 할 수 있습니다."

조자가 흐르는 물처럼 자연스레 대답했다.

"경은 듣지 못하는 오후에게 아첨을 하는 게 아닌가?"

조자가 힘들이지 않고 나오는 대로 대답했다.

"신이 군이 아첨할 필요가 있겠습니까? 저희 주공은 아무도 알아주지 않는 노숙 같은 인물을 발탁해 중용했으니 총명한 것이요, 행군하는 사졸들 틈에서 여몽의 재주를 간취하고 장수로 뽑아 썼으니 혜안이 있는 것이요, 우금을 포로로 잡았으나 해치지 않고 송환했으니 어진 것이요, 형주를 탈환하되 칼에 피를 묻히지 않았으니 지략이 뛰어난 것이요, 삼강三江에 터전을 잡고 호랑이 눈처럼 천하를 관망하고 있으니 영웅인 것이요, 폐하께 몸을 굽히니 계략이 있다 할 수 있습니다. 이런 증거로 판단하건대 어찌 총명하고 인의롭고 지략이 뛰어나며 용맹한 군주라 하지 않을 수 있겠습니까?"

그제야 조비는 고개를 끄덕였다.

"오후가 학문은 했느냐?"

조자가 쉬지 않고 말했다.

"저희 오후께서는 강에 1만여 척의 군선을 띄워놓거나 100만 군사를 사열하실 줄 알며 숱한 현사를 적재적소에 쓰실 줄 압니다. 이렇듯 군문의 일로 눈코 뜰 새 없이 바쁘면서도 시간이 나면 항상 경서를 펼쳐 드시거나 시전詩傳을 읽으시고 특히 역사서를 곁에 두시고 그 뜻을 음미하길 좋아하십니다. 하지만 어떤 책을 읽으시든 그 대지大旨를 취하는 데 중점을 두시고 안방의 서생처럼 아름다운 문장이나 찾아 외우거나 글을 짓는 심장적구尋章摘句(옛사람의 글귀를 뽑아서 시문을 지음)는 해본 적이 없습니다."

조비는 정색을 하면서 조자를 떠보았다.

"내가 벌써부터 동오를 징벌할 계획을 세웠는데 막아낼 수 있겠느냐?"

"대국은 소국을 집어삼킬 군사를 가지고 있듯이, 소국은 대국의 군사를 막아낼 대비책을 항시 마련해두고 있습니다."

"동오가 대위와 맞서 얼마나 버틸 수 있다는 말이냐?"

"동오에는 언제라도 동원할 수 있는 100만의 대군이 있을 뿐 아니라 능히 100만 대군의 역할을 하는 강과 늪지대가 있으니, 가히 200만 군사를 거느리고 있는 것이나 마찬가지입니다. 무엇이 두렵겠습니까?"

조비는 조자의 과장을 호탕하게 웃어넘겼다.

강동에는 그대와 같은 재주꾼이 얼마나 되느냐?"

"아주 총명한 책사는 수를 줄여 잡아도 80~90명이나 되고 저와 같은 하수들은 수레로 실어 나를 정도로 흔합니다."

위제는 전혀 막힘이 없는 조자의 기개를 치하했다.

"그대는 사자로서 어떤 어려운 사정에 처하더라도 자기 군후를 욕되게 하지 않을 인물이다."

조비는 조자를 영빈관으로 데려가 후히 접대하라고 시자들에게 일렀다. 그리고 태상경 형정邢貞을 불러 손권을 오왕에 봉하고 구석九錫을 더한다는 조칙을 쓰게 하고 사신의 역할을 맡겼다. 다음날 아침, 조자가 조비의 조서를 받고 절한 뒤 형정과 함께 동오로 떠나자 대부 유엽이 조비에게 진언했다.

"손권이 사자를 보내어 폐하의 신하가 되기를 청한 것은 촉병의 예봉을 피하려는 의도입니다. 신의 미욱한 생각으로는 촉과 동오가 서로 전쟁을 벌인다면 둘 다 국력을 소진하여 허약해질 것입니다. 그때 폐하께서 장수들에게 명령을 내려 군사들을 거느리고 강을 건너게 한다면 동오는 협공을 견디지 못하고 10일 이내에 사라지고 말 것입니다. 동오가 그렇게 망하고 나면 촉은 고립무원이 되어 아무도 도와줄 수가 없게 됩니다. 폐하께서는 왜 이처럼 좋은 기회를 그냥 넘기려고 하십니까?"

조비가 말했다.

"손권이 이미 신하되기를 청하고 짐의 발밑에 엎드렸는데 동오를 공격한다면 천하의 사람 가운데 누가 짐의 사람이 되고자 항복을 하겠는가? 그대로 받아들이는 게 앞날을 위해서 좋은 일이다."

유엽이 다시 말했다.

"사자의 말처럼 손권이 용맹하고 재주가 있다 할지라도 그는 고작 표기장군 남창후에 불과했습니다. 그가 항상 중원을 두려워했던 것은 그처럼 벼슬이 보잘것없었기 때문입니다. 그런데 폐하께서 그에게 왕위를 내렸으니 이제 손권의 지위는 폐하와는 한 등급밖에 차이가 나지 않게 됩니다. 이처럼 폐하께서 그의 지위를 높여주셨으니 그것은 호랑이에게 날개를 달아주는 격이 되어 기고만장하지 않을까 염려스럽습니다."

"그럴 수도 있겠지만 짐의 생각은 경과 다르다. 짐이 손권의 지위를 높여준 것은 촉과 싸우도록 하기 위해서이다. 짐은 이번 전쟁에서 동오든 촉이든 그 어느 편도 돕지 않을 것이다. 두 나라가 싸우기를 기다렸다가 하나가 망하는 틈을 타서 나머지 나라를 친다면 천하를 안정시킬 수 있다."

그러자 가후가 조비를 칭송했다.

"폐하의 계책을 들으니 갑자기 『장자』에 나오는 일화 하나가 떠올랐습니다. 춘추시대의 위衛나라에 포정庖丁이라는 백정이 살았는데, 그 사람의 칼은 19년 동안이나 수천 마리의 소를 잡았는데도 늘 새것 같았다고 합니다. 그래서 혜왕惠王이 포정을 불러 '칼이 닳지 않는 비결이 무엇이냐?'고 물었답니다. 그러자 그는 '보통의 백정은 한 달에

한 번 칼을 바꾸고 오래된 기술자도 1년에 한 번은 칼을 바꾸지만, 도道의 경지에 올라가면 평생 칼을 바꾸지 않아도 될뿐더러 칼을 갈지 않아도 된다'고 대답했습니다. 혜왕이 무척 궁금해서 '도란 어떤 것이냐?'고 다시 묻자 포정은, 칼이 닳는 이유는 칼날이 뼈에 부딪치고 질긴 살점을 자르기 때문이라고 설명하면서 '도의 경지에 오르면 소의 뼈마디와 살점 사이의 빈 틈으로 칼을 넣는다'고 대답했습니다. 폐하께서 동오와 촉을 다루는 능력은 과연 포정의 칼과 같으니, 신들은 아무 걱정할 필요가 없을 듯합니다."

위제가 그런 전략을 내놓고 있을 때, 동오에서는 손권이 문무백관을 모아 연일 촉병을 막을 대책을 의논하고 있었다. 그러던 차에 위제가 손권을 오왕에 봉하기 위해 사자를 파견했다는 전갈이 당도했다. 이를 듣고 손권은 크게 안도하며 사자가 중간에 쉬고 있는 곳까지 달려가 영접하려고 했다. 그러자 고옹이 진언했다.

"주공께서는 지금 상장군上將軍 구주백九州伯이라는 당당한 지위에 계십니다. 그런데 굳이 위나라 황제라고 참칭하는 조비로부터 작위를 받을 필요가 있습니까?"

손권이 큰 소리로 웃었다.

"경은 패공沛公(한고조 유방)도 항우에게 벼슬을 받은 일이 있다는 것을 모르는가? 내가 이러는 것은 때를 기다리는 것이니 걱정하지 말라."

손권이 문무백관들을 거느리고 위제의 사자가 쉬고 있는 곳까지 직접 영접하러 나갔을 때, 형정은 황제의 사자임을 내세워 수레에서 내리지도 않고 발만 약간 걸은 채 손권에게 고갯짓을 했다. 형정이 그처럼 거드름을 피우며 성안으로 들어서려 하자 장소가 더 이상 참

지 못하고 큰 소리로 꾸짖었다.

"대저 예라는 것은 누가 보아도 불경하지 않아야 하고 나라 간의 법도는 엄숙해야 하는데, 너는 어찌 일개 사신으로 왔으면서 한 나라의 존대한 주군 앞에서 이렇듯 방자하게 구느냐? 네놈의 목을 강남에서 만든 칼로 자르지 못할 줄 아느냐?"

목을 베겠다는 위협에 형정은 기겁을 하고 수레에서 내려 손권에게 고개 숙여 절을 했다. 그리고 수레를 나란히 하여 성문을 향했다. 그러자 이번에는 수레 뒤를 따라오던 장수 하나가 칼로 바닥을 치며 대성통곡을 했다.

"우리가 목숨을 바쳐 충성하지 못한 탓에 우리 주공께서 오늘 남의 나라 사신과 수레를 나란히 하게 되었구나! 주군이 이처럼 욕을 당하게 되었으니 우리는 기어서 가야 하지 않겠느냐?"

그렇게 말하며 땅바닥에 엎드려 기어가는 사람을 보니 서성이었다. 주위의 문무 관원들이 서성을 만류하며 일으켜세우려 했다. 그러나 서성은 일어나지 않고 계속 기어가기를 고집하니 수레 뒤가 소란스러웠다. 형정은 수레 뒤에서 옥신각신하는 소리를 듣고 탄식했다.

"강동의 장수들이 저토록 분기탱천하니 남의 밑에 오래 있지는 않겠구나!"

어전에 든 손권은 위 황제의 사신을 통해 오왕의 작위를 받았다. 손권이 동오의 문무백관들로부터 축하를 받고 나자 형정이 말했다.

서성은 목숨을 바쳐 충성하지 못해 주군이 욕을 당하게 되었다며 대성통곡을 한다.
무변대관(武弁大冠)을 쓴 무신들도, 진현관(進賢冠)을 쓴 문신들도 함께 탄식해 마지않는다.
수레를 달리는 위나라 사신 형정과 수행원의 모습은, 한나라 화상석에서 즐겨 다뤄지는 소재
'거마행렬(車馬行列)'에 근거하였다.

서성

ate

"황제께서는 저를 보내시며, 오왕의 태자이신 손등孫登을 후侯에 봉하겠다고 하셨습니다. 그러니 제가 돌아가는 길에 함께 허창으로 가서 황제를 뵐 수 있도록 해주십시오."

아들을 인질로 달라는 사신의 말에 손권이 아무 말 하지 못하고 있자, 형정과 함께 위나라에서 돌아온 오의 사자 조자가 말했다.

"황제가 그런 말씀을 하시는 걸 사자인 내가 듣지 못했는데, 태상경은 어찌 그런 이야기를 하시오? 아무리 작은 나라라고 할지라도 그렇게 힘으로 밀어붙이면 원성을 산다는 걸 모르시오? 태자는 나이가 어리니 아직 작위를 받기는 너무 이르오."

형정은 조자와 오의 문무백관들이 험악한 표정을 짓는 것을 보고 말꼬리를 감추었다.

"그래도 이 일은 황제께서 제게 맡기신 어명이라 빈손으로 돌아갈 수 없습니다. 오왕께서는 제가 허창으로 돌아갈 때, 저를 대신해서 입이 되어줄 사자를 함께 딸려보내 주십시오."

그러자 손권은 형정을 안심시키고, 그가 위로 돌아갈 때 값진 보물과 물품은 물론 승상부에서 일하는 말단 서기 심형沈珩을 사자로 딸려보냈다. 위제는 진상품을 보고 나서 오의 사자인 심형에게 물었다.

"태자는 왜 오지 않았느냐?"

그러자 심형이 대답했다.

"저는 오왕의 사자로 오긴 했으나, 신분이 너무 낮아 회의나 연회에 참석하는 일이 전혀 없습니다. 그러니 태자를 보내라는 조칙이 있었는지는 전혀 몰랐습니다."

조비가 얘기해본즉, 심형은 말단 관리임에도 불구하고 머리가 비상하고 임기응변에 뛰어났다. 그래서 오랫동안 허물없이 담소를 즐

기다가 많은 하례 물품을 주어 오나라로 돌려보냈다. 건업으로 돌아간 심형이 손권에게 보고했다.

"위나라의 현재 분위기는 강남을 쳐서 함락할 생각에만 몰두하고 있는 듯했습니다. 그러니 주상께서는 옛 병법이 이르는 대로 '적이 침입하지 않기를 바라지 말며, 적이 침입할 수 없도록 미리 방어를 하라'는 말에 따르십시오. 제 생각에 지금 강남은 무엇보다 농사에 중점을 두고 군량미를 증산하는 데 힘을 기울여야 합니다. 그런 다음 병선·마차·병기를 만드는 데 힘쓰고 그것을 비축해야 합니다. 백성들을 잘 보살펴 저마다 생업에 몰두할 수 있게 하고, 병사들의 사기를 높이며, 인재를 발탁하기에 게을리하지 않는다면 주상의 손에 의해 천하통일이 이루어질 것입니다."

손권은 심형에게 큰 상을 내렸다. 그때 유비가 이끄는 촉군은 강남 땅을 향해 진군하고 있었고, 전선으로부터 매일 수 차례씩 파발이 당도했다.

"서촉 황제 유비가 오반을 선봉으로 삼아 본국의 대병은 물론이고 만蠻왕 사마가沙摩柯의 토병 수만과 동계東溪의 한장漢將 두로杜路·유녕劉寧이 모아온 수만의 군사까지 거느리고 수륙 양면으로 진격해오고 있는데 그 군세가 엄청납니다. 배로 움직이는 수군은 이미 무구巫口까지 왔고 보병은 자귀秭歸까지 육박했습니다."

손권은 문무백관들에게 말했다.

"자, 이제 전쟁은 피할 수 없는 대세다. 어떻게 하면 촉병의 위세를 꺾을 수 있겠느냐?"

위병이 오기를 기다리며 방어전으로 일관하자는 의견만 무성할 뿐, 누구 하나 나가서 싸우자는 사람이 없었다. 손씨 3대가 그만큼 오랫동안 강동을 정비했음에도 불구하고 호족과 군벌들은 아직까지 독립적인 세력을 이루고 있었다. 그래서 큰 일이 있을 때마다 손씨 정권을 위해 적극적으로 나서는 사람이 드물었다. 손권이 탄식했다.

"주유가 죽은 후에는 노숙이 나를 돌봐주었고, 노숙이 죽은 후에는 여몽이 그를 대신했는데 이제 와서는 나를 도와 근심을 덜어줄 인물이 하나도 없구나."

손권이 말을 끝마칠 사이도 없이 누군가가 앞으로 나와 바닥에 엎드려 말했다.

"신은 어려서부터 갖가지 병서를 익혀왔습니다. 비록 실전 경험은 많지 않지만 저에게 수만의 군사만 맡겨주신다면 사력을 다해 촉병을 쳐부수겠습니다."

귀가 번쩍 뜨이는 소리를 듣고 바라보니 손환孫桓이었다. 그의 부친 이름은 하河였고 원래 성은 유劉씨였으나, 손책이 하를 특별히 아껴 손씨 성을 내렸다. 하에게는 아들 넷이 있었는데 장남인 환은 어려서부터 병서를 읽고 아이들과 전쟁놀이를 할 때 작전 내리기를 즐겨했다. 그리고 말을 탈 나이가 되면서부터 익힌 궁마 솜씨는 타의 추종을 불허할 만큼 출중했다. 환은 오왕이 토번土蕃을 정벌하러 갈 때마다 따라가서 공을 세워 25세의 나이에 무위도위武衛都尉란 벼슬에 올랐다. 환의 말에 손권은 얼굴이 환해졌다.

"너는 적을 이길 계책을 미리 세워놓았나 보구나!"

손환의 목소리엔 자신감이 넘쳤다.

"제가 데리고 있는 장수 가운데 이이李異와 사정謝旌은 졸개 1만여명을 충분히 감당할 수 있는 능력을 가지고 있습니다. 그러니 제게 수만 명의 군사만 주어진다면 촉군을 대파하고 유비를 사로잡을 수 있습니다."

손권이 주위의 장수들을 둘러보았다.

"조카의 기개와 용맹은 내가 잘 알지만, 아직 경험이 일천하다. 누가 나서서 젊은 장수를 도와줄 사람이 없겠느냐?"

호위장군 주연이 앞으로 나왔다.

"손환 장군이 나선다면 제가 함께 나가 공을 세우고 싶습니다."

손권은 즉석에서 손환을 좌도독으로 삼고 주연을 우도독으로 삼아 수륙 군사 5만 명을 내주며 유비의 군사를 막게 했다. 오왕이 개전을 결심하고 군사를 모으고 있을 때 촉의 경계에 나가 있던 세작과 연락병들이 달려와 촉병이 의도宜都에 도착하여 영채를 치고 있다는 보고를 올렸다. 그리고 촉군이 이르는 고을마다 모조리 유비에게 투항하고 있다는 불길한 소식도 전했다. 오왕이 머뭇거리며 강하게 대응하지 못하니 변방의 토후들이 흔들리는 것은 당연한 일이었다. 그 소식을 들은 손환은 더 이상 미루지 않고 2만 5천 명의 군사를 이끌고 촉군의 진영이 보이는 의도 어귀까지 진격해 군사를 부렸다.

칼에 피 한 방울 묻히지 않고 의도까지 진격한 오반은 세작을 통해 손환이 오군의 대장이 되어 군사를 이끌고 의도 어귀에 진을 쳤다는 보고를 받았다. 오반은 이 사실을 자귀에 머물고 있는 유비에게 알렸다. 유비가 분노하여 소리쳤다.

"손권놈은 관을 메고 냉큼 죄를 빌러 오지 않고 어쩌자고 젖먹이 같은 어린 놈을 사지로 내모는 것이냐!"

옆에 있던 관흥이 말했다.

"파리를 잡는 데 소 잡는 칼을 쓰겠습니까? 손권이 새파란 장수를 대장으로 내보냈으니 다른 장수를 내보내지 마시고 저를 보내주십시오. 단번에 놈을 사로잡아 폐하의 위엄을 보이겠습니다."

부친을 닮아 유달리 자존심이 강했던 관흥이 어서 출전해서 공을 세울 양으로 애써 겸손하게 말하자 유비가 농담조로 말했다.

"네가 언제부터 파리채가 되었느냐?"

유비는 관우가 죽은 뒤로 오랜만에 너털웃음을 지어보이며 관흥에게 손환을 잡아오게 했다. 관흥이 읍을 하고 어영을 나서려는 순간, 장포가 숨이 차도록 달려와 유비에게 말했다.

"관흥이 적을 무찌르러 나간다니 저도 함께 나가 싸우겠습니다."

"허허, 서천엔 파리채가 왜 이리도 많으냐?"

그러자 장포는 의아해서 황제와 관흥을 번갈아 쳐다보았다.

"좋다. 두 조카가 함께 나가 손발을 맞추는 것을 보게 되었으니 하늘에 계신 너희 부친들도 기뻐할 것이다. 방심하지 말고 서로를 잘 지켜주도록 하라."

나란히 어영을 나선 장포와 관흥이 선봉에 서서 오군의 진채를 향해 말을 달렸다. 촉군이 몰려오고 있다는 전갈을 받은 손환은 이이와 사정을 불러 전투 준비를 시켰다. 너른 들판에 양쪽 군사가 마주 보며 둥그렇게 진을 쳤다. 손환이 이이와 사정을 좌우에 거느린 채 말을 타고 적진을 바라보니 촉병의 진영에서도 자기만큼 젊은 두 장수가 흰 갑옷과 흰 투구 차림으로 흰 말 위에 올라 있었다. 자세히 보니 두 장수 옆에 펄럭이고 있는 깃발도 흰색이었다. 손환이 이이에게 물었다.

"저놈들은 흰색에 환장한 놈들이냐?"

"두 놈 다 아비를 잃은 지 얼마 되지 않아 제 정신이 아닌 게 분명합니다."

이이의 말이 채 끝나기도 전에 장포가 벽력 같은 목소리로 말했다.

"손환은 듣거라! 어린 나이에 승진을 계속하더니 그것이 일찍 죽는 일인 줄 몰랐더냐! 어린 놈이 어찌 천병天兵과 맞서 싸우려 하느냐!"

손환이 아픈 곳을 찔렀다.

"네 아비는 술에 취해 죽는 줄도 몰랐다는데 너는 낮술이라도 마셨느냐! 술이 모자라면 나와 함께 강동으로 가는 게 어떻겠느냐!"

장포는 부친을 욕보이는 말을 듣자 분노가 치밀어 곧바로 말을 달려 손환의 목을 베려 했다. 그러자 손환의 등 뒤에서 사정이 달려나와 장포와 대적했다. 손환이 1만여 명의 졸개를 충분히 당해낼 수 있다고 자랑했던 사정의 무예는 과연 뛰어났다. 하지만 장포의 무예는 범이 고양이 새끼를 낳을 리 없다는 것을 증명하고도 남았다.

사정은 30여 합을 싸우다가 더 견디지 못하고 말 머리를 돌려 달아났다. 그러자 장포가 그 뒤를 바짝 추격했다. 사정이 도망치는 것을 목격한 이이가 한손에 도끼를 휘두르며 황급히 말을 몰아 장포와 맞섰다. 장포는 달아나는 사정을 놓아두고 앞길을 가로막은 이이와 접전을 벌였다. 이이 역시 1만여 명의 졸개와 맞먹는다는 손환의 자랑이 무색지 않았다. 두 사람이 휘두르는 장팔사모와 도끼가 공중에서 맞부딪치며 사방에 불꽃이 튀었다. 손에 땀을 쥐게 하는 접전을 지켜보던 손환의 비장 담웅譚雄은 이이의 무예로는 10여 합을 더 버티지 못할 것을 짐작하고 가만히 활을 꺼내 살을 메기고 힘껏 당겼다.

장포의 말은 앞가슴에 화살을 맞고도 주인을 태우고 촉진을 향해 달렸다. 하지만 진영에 다 이르기도 전에 네 다리를 하나씩 꺾으며 주인을 고이 땅위에 내려놓고 숨을 거두었다. 화살에 맞은 말을 타고 자기 진영으로 달아나는 장포를 따라온 이이는 기회를 놓치지 않고 도끼를 높이 쳐들어 장포의 뒤통수를 박살내려고 했다. 손쉽게 적장의 수급을 취하려는 찰나, 이이의 눈앞에 희고 눈부신 검광劍光이 번뜩이는 듯했다. 그리고 연이어 푸른 하늘과 누런 땅이 반죽처럼 엉키며 바람개비마냥 회오리쳤다. 그것은 떨어진 목이 땅위를 떼굴떼굴 구르며 본 마지막 세상 풍경이었다.

오, 이렇게 신기한 세상이 어디 있었나?
머리 위에 떠 있던 하늘이 땅으로 내려오고
발밑에 차이던 땅이 구름 높이 솟구치네!
오, 이렇게 재미난 놀이가 어디 있었나?
대가리 하나로 풀밭 위를 떼굴떼굴 굴러가자니
왕후장상이 쓰레기장의 개만도 못하구나!

이이의 목을 베고 위기일발의 순간에 장포를 구한 사람은 관흥이었다. 그는 이이와 싸우는 장포를 보며 곧 이이의 목을 베겠거니 하고 안심하고 있다가 적진에서 활을 쏘는 것을 보고 냉큼 말을 달려나갔다. 짐작대로 아군의 진영으로 도주해오는 장포의 뒤를 이이가 바짝 쫓아왔다. 이이가 땅바닥에 내려선 장포의 목을 내리치려는 순간 관흥의 칼이 먼저 그의 목을 벤 것이다. 촉군은 적장의 목이 떨어지는 것을 보고 함성을 지르며 오군의 진지로 쳐들어갔고, 손환은 징을 울려 황급히 군사를 뒤로 물렸다.

다음날 아침, 손환은 어제의 패배를 설욕하기 위해 일찍 군사들을 깨워 배를 든든히 불리고 나서 촉군의 진지 앞으로 나가 싸움을 걸었다. 어제와 같이 장포와 관흥이 나란히 말을 몰고 나오자 손환이 이 이를 잃은 분풀이를 할 셈으로 욕을 해댔다.

"너희 둘은 한 형제가 아닌데도 쌍둥이처럼 함께 나서니 웬 까닭이냐? 혹시 아버지는 달라도 배는 같은 모양이구나!"

관흥이 그 말을 듣고 화가 나서 말을 타고 돌진하자 오늘은 손환이 직접 관흥을 대적했다. 하지만 손환의 무예는 입담만큼 강하지 못해서 30여 합을 견디지 못하고 말 머리를 돌려 자기 진지로 달아났다. 관흥·장포가 그 기회를 놓치지 않고 군사를 몰아 오군의 진지를 덮치니 칼과 창에 찔리고 말에 짓밟히는 오군의 숫자는 부지기수에 달했다. 뿐만 아니라 두 젊은 장수의 뒤에서 대기하고 있던 오반·장남·풍습이 본진을 거느리고 합세하니 오군의 진영은 아비규환을 이루었다.

장포는 달아나는 동오의 군사들 속으로 뛰어들어가 종횡무진으로 적을 쓰러뜨렸다. 그러다가 어제 싸운 적이 있던 사정을 만나 단번에 장팔사모로 심장을 꿰뚫어 넘어뜨린 뒤에 목을 베어 말 꼬리에 매달았다. 오병은 저승사자 같은 장포의 모습을 보고 전의를 잃은 채 무기를 버리고 달아나기 바빴다. 촉군이 오군의 진지를 일거에 휩쓸어버리고 있을 때, 관흥의 모습이 오랫동안 보이지 않는다는 생각이 장포의 뇌리를 얼핏 스치고 지나갔다.

"아뿔싸, 폐하께서 그토록 주의를 주셨건만, 관흥 아우를 잃고 나면 나는 무슨 면목으로 폐하를 뵙는단 말이냐!"

장포는 장팔사모를 힘주어 꼬나들고 말을 몰아 오군이 달아난 쪽으로 달려갔다. 한참을 헤매다니며 오군의 진영을 들쑤시고 있는데 관흥이 왼손에는 칼을 들고 오른손에는 적장 한 명을 밧줄로 묶은 채 말을 달려오고 있었다. 장포는 그제야 안도하며 관홍에게 물었다.

"아우가 끌고 오는 놈은 누군가?"

숨이 턱까지 찬 관홍이 말했다.

"이놈이 투구를 벗어던지고 달아나는 것을 보고 쫓아가 잡아오는 길이오."

장포가 자세히 살펴보니 어제 자신의 말을 쏜 담웅이 분명했다. 장포와 관홍이 크게 기뻐하며 말을 나란히 하여 진지로 돌아오니 촉군은 대승을 거둔 기쁨으로 온통 들떠 있었다. 오반은 담웅을 참수하여 그 피로 주인을 위해 사력을 다했던 장포의 말을 위해 제사를 지냈다. 그리고 파발을 띄워 자귀에 둔병하고 있는 유비에게 승전보를 알렸다.

한편 손환은 두 차례에 걸쳐 많은 군사를 잃은데다가 믿었던 이이와 사정은 물론 담웅 등의 장수까지 잃자 혼자 힘으로는 버틸 수 없다고 판단하고 손권에게 원병을 청하는 사자를 보냈다. 그 사이에 촉장 장남과 풍습이 오반에게 건의했다.

"지금 동오의 군사들은 넋이 나가 있습니다. 이때를 놓치지 말고 적의 진지를 급습하면 큰 효과가 있을 것입니다."

오반이 신중하게 대답했다.

"손환이 비록 어리고 이번 전투에서 많은 장수를 잃었다고는 하지만 강 상류에는 주연이 수군을 거느린 채 버티고 있소. 손환의 진지를 공격할 때 강 상류에 있던 수군이 내려와 우리의 퇴로를 끊는다면 오도 가도 못하게 될 것이오. 모르긴 해도 어제 오늘의 손실로 동오가 일시에 무너지진 않을 것이오. 그러니 좀더 생각을 해봅시다."

장남이 다시 말했다.

"그 점이 걱정스러우시다면 장포와 관흥 두 장수에게 각각 5천의 군마를 주어 산골짜기에 매복하게 하십시오. 그랬다가 주연이 나타 났을 때 좌우에서 일제히 협공하면 꿩 먹고 알 먹는 일이 될 것입니다."

그러자 오반은 두 장수의 계책에 약간의 보완을 했다.

"오군의 진지를 쳐들어가기 전에 먼저 군사들을 보내어 주연에게 거짓 투항을 하게 하시오. 그리고 병사들로 하여금 우리가 손환을 공격할 것이라는 거짓 정보를 흘리게 하시오. 그러면 주연이 손환을 구하러 올 테니 그때 숨겨둔 복병이 일격을 가한다면 쉽게 적을 타도할 수 있을 것이오."

풍습과 장남은 오반의 계책이 제대로 들어맞을 것이라며 맞장구를 쳤다. 한편 동오의 장수 주연은 손환이 많은 군사와 장수들을 잃었다는 소식을 듣고 구원하기 위해 부하들에게 출병 준비를 시켰다. 그런데 정찰병이 촉에서 투항해온 사졸 너댓 명을 데리고 왔다. 주연은 의심이 나서 물었다.

"너희들은 왜 투항을 했느냐? 그럴듯한 까닭이 있으면 받아들이되 조금이라도 미심쩍은 데가 있다면 살아남지 못하리라."

"저희들은 풍습의 휘하에 있는 병사들로, 그는 상벌이 분명치 못하고 군령이 너무 엄해 견뎌낼 수 없었습니다. 그래서 특별히 장군께서 좋아하실 기밀을 엿듣고 이렇게 투항하러 왔습니다."

주연의 귀가 솔깃해졌다.

"그래, 그 기밀이란 무엇이냐?"

"오늘 새벽 1시쯤, 풍습과 장남이 손환 장군의 진지를 기습한다고 합니다. 공격을 하기 전에 불길을 올려 군호를 삼는다고 하니 유념하십시오."

주연은 투항한 사졸들의 말을 그대로 믿고 손환에게 기습에 대비할 것을 알리려고 연락병을 보냈다. 그러나 사자는 가는 길에 관흥에게 잡혀 참수당하고 말았다. 주연은 사자를 보내놓고 나서 안심이 되지 않아 따로 군사를 소집하여 손환의 진지로 달려가려고 했다. 그러자 부장 최우崔禹가 주의를 주었다.

"투항한 촉군의 말을 곧이곧대로 믿으시면 안 됩니다. 그들이 가지고 온 기밀을 온전히 믿기에는 그들의 계급이 너무 낮습니다. 장군께서 군사를 이끌고 나갔다가 만일 낭패를 보시면 오군은 수륙 양군이 결딴나게 됩니다. 대신 제가 손환의 진지로 가보겠으니 장군께서는 수채水寨를 지키고 계십시오."

주연은 그 말에 따라 자신은 수채를 지키고 최우에게는 1만의 구원병을 내주어 손환을 지원하게 했다. 밤이 깊어 새벽 1시가 되었을 무렵 오반·풍습·장남은 군사를 세 갈래로 나누어 손환의 진지를 습격했다. 동오의 병사들은 잠자다가 깨어나 무기를 들 틈도 없이 촉군에게 도륙을 당하거나 살길을 찾아 진채를 버리고 달아났다.

촉군은 미리 준비한 횃불과 건초더미로 오군의 진지 여기저기에 불을 놓으니 사방이 마치 환한 대낮 같았다. 최우는 지원병을 이끌고 황급히 달려가던 중에 손환의 진지에서 갑자기 불길이 일어나는 것을 보고 군사들을 더욱 조급히 닦달했다.

최우의 군사가 험준한 산골짜기에 다다랐을 무렵 골짜기 양쪽에서 북소리가 크게 울리더니 난데 없이 관흥과 장포가 한 떼의 촉병을 거느리고 오병을 시살하기 시작했다.

적의 간계에 속았다는 것을 직감한 최우는 기겁을 하며 군사들을 뒤로 물리려 했다. 하지만 좁은 산골짜기에서 좌우로 협공을 받은 군사들이 효율적으로 후퇴를 하는 것이 쉬운 일은 아니었다. 최우는 자기 혼자 달아나기 위해 아군과 적군으로 뒤엉킨 북새통을 이리저리 헤집고 다니다가 장포와 정면으로 맞닥뜨렸다. 최우는 살아 있는 장비를 보는 듯 부친을 빼닮은 장포를 보고 놀라, 칼을 든 팔을 몇 번이나 헛놀리다가 장포에게 사로잡혔다.

동이 틀 무렵, 수채를 지키고 있던 주연은 살아 돌아온 손환의 병사를 통해 촉군의 기습으로 진지를 잃고 병사가 모조리 흩어졌을 뿐 아니라 손환의 생사조차 확인되지 않았다는 전갈을 받았다. 그런데 조금 있으니 최우를 따라갔던 병사가 숨차게 달려와 최우는 촉장에게 사로잡혀 가고 구원병은 거의 전멸 당했다고 보고했다. 깜짝 놀란 주연은 병사들을 배에 싣고 50리 가량을 도망쳤다.

야밤에 진지를 기습당하고 많은 군사를 잃어버린 손환은 한줌의 패잔병을 거느리고 밤새 도망을 치다가 방위를 잃어버렸다.

"여기가 어딘가? 근처에 군량미가 많고 오래 지키기 좋은 성이 있느냐?"

그러자 부장이 대답했다.

"이 길로 곧바로 가면 북쪽에 이릉성彝陵城이 있습니다. 그곳은 군량미도 꽤 비축되어 있고 성벽도 잘 정비되어 있습니다."

손환은 부장의 말에 따라 북쪽으로 곧바로 도망쳤다. 뒤에서는 촉의 선봉장 오반이 손환을 놓치지 않기 위해 바짝 뒤쫓아왔다. 죽을 힘을 다해 추격을 뿌리친 손환은 간발의 차이로 이릉성에 닿아 성문을 굳게 닫고 나오지 않았다. 그러자 오반은 이릉성을 완전히 포위하고 연락병을 불러 표를 써주며 황제에게 현재의 전황을 보고했다.

한편 매복 길에 큰 전과를 세운 장포·관흥은 사로잡은 오장 최우를 앞세우고 유비가 있는 자귀로 귀환했다. 유비는 장포·관흥에게 전투 상황을 듣고 또 들으며 두 조카의 용맹과 군공을 치하했다. 그리고 최우를 끌어내어 참형에 처하도록 하고, 연승을 거둔 병사들에게 후한 상과 음식을 내렸다. 강남의 문무백관들과 백성들은 오군을 대파한 촉군의 위세에 간담이 서늘해졌다. 한편 이릉성에 포위된 손환은 백방으로 사자를 보내어 손권에게 구원병을 요청했다. 손권이 문무백관을 불러 당면한 문제를 협의했다.

"큰소리를 치고 나간 손환은 겨우 목숨을 부지하여 이릉성에 갇혀 있고, 주연이 거느린 수군도 패퇴하여 50리를 후퇴했다고 한다. 앞으로 촉병은 더욱 기세등등하여 거칠 것이 없을 텐데 이 일을 어찌하면 좋겠는가?"

장소가 선뜻 나서서 진언했다.

"비록 두세 번의 전투로 장수와 군사를 잃었다고 하지만 아직 10여 명의 용장이 남아 있습니다. 주군께서는 왜 적벽의 백전노장들을 불러 쓰지 않습니까? 어서 한당을 대장으로 세우고 주태를 부장으로 삼으며 반장을 선봉장에 임명하십시오. 그리고 능통에게는 후군을 거느리게 하고 감녕에게는 예비부대를 주어 급한 전투에 융통성 있게 대처하도록 하십시오. 동오에 아직 10만 병사가 남아 있는데 유비를 두려워할 까닭이 어디 있습니까?"

손권은 장소의 말을 듣고 비로소 안도하며 장소가 시킨 대로 지휘관을 새로 임명했다. 이때 감녕은 이질을 심하게 앓고 있어 군령에서 제외하려고 했으나 아픈 몸을 이끌고 자청해서 부대장을 맡았다.

한편 연승에 고무된 유비는 자귀를 떠나 무협巫峽과 건평建平을 거처 이릉의 경계에 이르는 70여 리에 50여 채의 진지를 구축하여 서로를 방어할 수 있게 했다. 그 기간 중에도 장포·관흥은 오군과 크고 작은 전투를 벌이며 적진을 유린했다. 유비는 그것을 보고 크게 기뻐하며 군막에 조촐한 술자리를 마련하여 두 사람을 격려했다.

"오래전부터 짐을 위해 싸우던 장수들이 모두 늙어서 기용할 수 없게 되었는데, 그 뒤를 이어 두 조카가 뛰어난 용맹으로 적의 간담을 서늘하게 하는구나. 이것이야말로 장강의 뒷물이 앞물을 밀어내는 것과 하나도 다르지 않다."

그때 연락병이 달려와서 한당·주태가 동오의 새 대장이 되어 10만 군사를 이끌고 이리로 오고 있다는 보고를 했다. 유비는 즉시 장수들을 불러 70여 리에 이르는 긴 진지를 점검하고 전투 준비에도 만전을 기하라고 영을 내렸다. 그러자 가까운 신하 하나가 송구스러운 듯 입을 뗐다.

"노장군 황충이 심복 5, 6명을 데리고 동오쪽으로 몰래 달려갔다고 하는데 아무래도 투항하러 간 듯합니다."

그러자 유비에게 뭔가 짚이는 것이 있었다.

"짐이 큰 실언을 했구나. 조금 전에 노장은 늙어서 쓸 수가 없다고 한 말을 듣고 황충은 그렇지 않다는 것을 보이려고 일부러 적진으로 달려간 것이다. 황장군은 결코 짐을 배반할 사람이 아니다."

유비는 장포와 관흥에게 무장을 갖추도록 영을 내렸다.

"황장군이 서둘러 나갔다고 하니 행여 실수가 있을지도 모른다. 조카들은 수고스럽더라도 빨리 황장군을 뒤쫓아가도록 하라. 황장군이 작은 공이라도 세우면 더 이상 욕심내지 말고 속히 무사 귀환하도록 설득하라."

장포 · 관흥은 황제에게 읍하고 어영을 물러나와 대기하고 있는 군사를 거느리고 황충이 사라진 쪽을 향해 급히 달려갔다. 유비의 짐작대로 황충은 동정 길에 황제를 따라나섰다가 '노장군은 쓸모 없다'는 말을 듣고 심하게 자책하는 한편 황제에게 섭섭한 감정을 느꼈다. 그래서 작은 술자리가 벌어진 군막을 빠져나와 심복 몇 기만 거느리고 이릉의 진지를 향해 달려갔다. 아무 연락도 없이 노장군이 흰 수염을 휘날리며 말을 달려오자 이릉을 포위하고 있던 오반 · 장남 · 풍습이 황장군을 맞이했다.

"노장군께서 갑자기 최전방에 오시다니 폐하께서 시찰을 보내셨습니까?"

황충이 분개하여 말했다.

"나는 장사 시절부터 천자를 모시어 오늘까지 이르렀소. 그 동안 한 번도 딴마음을 품은 적이 없고 내게 맡겨진 임무를 성실히 해내지 않은 적도 없었던 것을 장군들은 잘 알 것이오. 내 나이 어언 70이 넘었지만 끼니 때마다 고기 열 근은 거뜬히 먹을 수 있고 활을 당겨 활등을 부러지게 할 수 있으며 아직도 하루에 천 길을 달릴 수 있으니 기력이 쇠한 늙은이라고 할 수 없소. 그런데 폐하께서 노장들은 쓸모 없다고 말씀하시니 내가 이곳에서 동오의 장수를 베어 황충이 늙지 않았다는 것을 보이려고 하오."

때마침 이릉성을 구원하기 위한 동오의 선봉대가 몰려와 촉군의 진지 앞에 이르렀다는 보고가 날아들었다. 황충은 그 말을 듣자마자 자리에서 일어나 군막의 휘장을 걷고 자신이 타고 온 말에 뛰어올랐다. 그러자 노장군의 안위를 걱정하는 풍습이 달려와 황충의 발이 놓인 박차를 잡고 만류했다.

"황장군님은 멀리서 달려오셨으니 우선 숨이나 고르십시오."

황충은 풍습의 말이 마치 '노장들은 쓸모없다'던 유비의 말처럼 들려 멈추기는커녕 도리어 박차를 가해 달려나갔다. 그러자 뒤따라 나온 오반이 풍습에게 군사를 거느리고 나가서 노장군을 엄호하라고 말했다.

황충은 나는 듯이 동오의 진지에 이르러 적장을 불러냈다. 그러자 반장은 황충이 너무 늙은 것을 보고 부장 사적史蹟을 시켜 황충과 싸우게 했다. 사적은 백발이 성성한 늙은이가 단기로 달려와 칼을 공중에 휘두르는 것을 보고 노망든 전쟁광戰爭狂이 아닐까 하는 생각에 섬뜩한 기분이 들었다. 하지만 명령을 받은 터라 노인이라고 사정을 봐줄 수도 없어 창을 들고 나갔다. 황충은 적장이 나오지 않고 부장급의 장수가 귀찮다는 듯 말을 타고 느릿느릿 달려오자 재삼 농락당하는 것 같아 속에서부터 불길이 치솟았다. 그런 사정도 모른 채 사적은 창을 들고 대수롭지 않게 황충을 몇 번 찔러보았다. 그러자 황충은 어린애 젓가락질보다 못한 사적의 창을 칼로 막을 필요도 없이 이리저리 몸을 비틀어 피한 후 단칼에 목을 쳐버렸다.

자신의 부장이 단칼에 목이 날아가는 것을 본 반장은 크게 화를 내며 관우를 죽이고 전리품으로 얻었던 청룡도를 공중에 휘두르며 황충에게 복수하러 나갔다. 그러나 수십 합을 겨루어도 쉽게 승부가 나지 않았다. 반장 역시 70세가 훌쩍 넘은 황충을 얕잡아보았으나 칼날을 부딪칠수록 그의 실력이 만만치 않음을 알고 말 머리를 돌려 도망쳤다. 그러자 황충도 단기로 달려온 터라 더는 추격하지 않고 오반의 진지로 돌아오다가 장포·관흥을 만났다. 황충이 다치지 않고 돌아오는 것을 보자 관흥은 안도의 숨을 쉬었다.

"저희들은 황제의 특별한 영을 받들어 노장군을 엄호하러 왔습니다. 폐하께서 말씀하시길 장군께서는 너무 섭섭해하지 말라고 하셨습니다."

황충은 아무 대답도 하지 않고 두 젊은 장수와 함께 진지로 돌아왔다. 다음날 아침, 동오의 선봉장 반장은 촉군 진지 앞에 와서 싸움을 걸었다. 그러자 장포·관흥이 말릴 사이도 없이 황충이 날 듯이 말에 올라 5천여 병사를 거느리고 달려나갔다. 오반이 돕기 위해 따라나섰지만 황충은 손을 저어 거절했다. 반장은 어제처럼 황충과 창칼을 맞대고 싸웠으나, 황충의 기세에 질려 불과 수 합을 이기지 못하고 달아났다. 그러자 황충이 그 뒤를 쫓았다.

"반장은 거기 섰거라! 내가 관장군의 원수를 갚아주겠다."

황충이 앞만 보고 30여 리를 쫓아갔을 때 갑자기 길 사방에서 북소리와 함성이 진동하며 오병들이 튀어나왔다. 황충이 깜짝 놀라 사방을 살펴보니 오른쪽에는 주태, 왼쪽에는 한당, 앞에는 반장, 뒤에는 능통이 각자의 부하를 거느리고 촉군을 에워싸고 있었다. 황충은 적들이 미리 복병을 숨겨놓고 자신을 유인한 것을 깨닫고 죽을 힘을 다해 포위망을 뚫으려 했다. 하지만 높은 산에서 황충을 노리고 있던 궁사가 집중적으로 활을 쏘아대는 바람에 어깨와 등에 화살을 맞고 말에서 굴러떨어졌다. 그러자 오군이 함성을 지르며 황충을 포박하기 위해 달려왔다.

그때 한 떼의 군마가 오군을 양쪽으로 밀어붙이며 쏜살같이 황충을 향해 파고들었다. 황충을 돕기 위해 곧바로 뒤를 쫓아온 장포·관흥이었다. 동오의 장수들 몇 명이 그 앞을 막아보려 했으나 기세등등한 장포·관흥의 창검이 두려워 대적하는 시늉만 할 뿐이었다. 그 사이에 두 젊은 장수는 전광석화 같은 몸놀림으로 황충을 구해 자기 진영으로 달아났다.

화살을 수 대나 맞은 황충은 진지로 돌아와 곧바로 치료를 받았으나, 피를 많이 흘린데다가 화살에 맞은 상처가 워낙 깊어 그날로 자리에 눕고 말았다. 오반은 연락병을 보내 황충이 중상을 당했다는 소식을 황제에게 알렸다. 유비는 한달음에 황충이 누워 있는 이릉으로 달려와 그의 상처를 어루만지며 말했다.

"노장군이 화살을 맞고 중상을 입게 된 것은 모두 짐의 과실 때문이오."

황충은 자꾸 감기려는 눈을 크게 뜨고 유비를 바라보았다.

"신은 한낱 무부의 몸으로 하릴없이 지내다가 폐하를 만나 하늘이 가리키는 큰 뜻이 있다는 것을 알았습니다. 폐하를 만나지 않았다면 일흔다섯이 되도록 무슨 사명을 가지고 살 수 있었겠습니까? 부디 용체를 보전하시어 반드시 한 황실을 일으켜세우시기 바랍니다!"

황충은 그 말을 마치자 곧바로 혼수상태에 빠졌다. 그리고 그날 밤을 넘기지 못하고 숨을 거두었다. 유비는 황충이 죽은 것을 보고 슬픔을 참지 못하고 통곡했다. 그러자 주위의 대소 관원들이 유비의 건강을 걱정하여 위로하며 달랬다. 유비는 황충의 시신을 성도로 옮겨 후하게 장사지내게 한 뒤, 성도로 가는 운구를 물끄러미 바라보았다.

"오호대장 가운데 이미 세 사람이나 죽었는데, 중원을 도모하기는커녕 원수조차 갚아주지 못하고 있으니 애통하구나."

서기 222년 2월 중순.

유비는 여러 장수들을 불러모아 작전을 협의한 끝에 군사를 8개 방면으로 나눈 다음 효정虓亭을 향해 곧바로 진군하기로 했다. 한편 촉군의 움직임은 동오의 진영에 낱낱이 보고되어, 한당·주태가 유비군의 남하를 저지하기 위해 진을 치고 기다렸다. 동오의 군사가 앞길을 가로막고 나서자 촉군도 진을 치고 서로 대치했다. 한당과 주태가 멈춰선 촉군의 진영을 바라보니, 흰 깃발을 단 군사들이 좌우로 늘어선 가운데 한 사람이 황금빛 비단에 금실로 수놓은 거개 밑에 앉아 있었다. 한당은 그가 촉군을 거느리고 내려온 유비라는 것을 알아챘다.

"폐하는 제멋대로 황제가 되셨으니 궁궐이나 지키시지 않고 뭐하러 이렇게 먼 험지까지 오셨소! 소풍은 끝났으니 이제 그만 돌아가시오!"

유비는 한당의 비아냥을 한 귀로 흘려들었다.

"동오의 역적들이 짐의 수족을 해했으니 벌을 받아 마땅하다. 이제라도 항복하면 선처할 것이나 끝내 대적하면 강동 땅 전체가 화를 면치 못할 것이다."

한당은 천자연하는 유비의 말투가 귀에 거슬렸다.

"누가 나가서 천자병에 걸린 저놈을 잡아오너라!"

그러자 부장 하순夏恂이 창을 꼬나들고 달려나갔다. 유비 뒤에 있던 장포가 그 모습을 보고 장팔사모를 비껴든 채 앞으로 달려나갔다. 두 사람이 서로의 눈을 바라볼 수 있을 정도로 가까워지자, 하순은 장포의 험악한 얼굴과 벽력 같은 목소리에 겁을 집어먹고 쥐고 있던 말고삐를 당겨 뒤로 달아날 궁리를 했다. 기세 좋게 달려갔던 하순이 멈칫거리는 것을 본 주태의 아우 주평周平이 칼을 바람개비처럼 허공에 휘두르며 말을 몰아 달려나갔다. 그러자 관흥이 가만있지 않고 주평을 대적하기 위해 박차로 말허리를 차고 나갔다.

양군이 대치한 너른 들판에서 창칼을 든 네 사람이 실타래처럼 뒤엉켰다. 하지만 그 순간은 그리 길지 않았다. 장포가 갑자기 크게 소리를 지르며 장팔사모를 드는 순간, 하순은 가슴이 찔려 말 밑으로 떨어져 뒹굴었고 그 모습을 보고 놀랄 사이도 없이 주평 역시 관흥의 칼에 목이 달아났다. 이를 지켜보던 유비는 젊었을 적의 관우와 장비가 살아 돌아온 듯 흐뭇한 기분이 들었다.

"호랑이가 언제 강아지를 낳는다더냐!"

장포·관흥은 그 여세를 몰아 한당과 주태의 목을 취하기 위해 오군의 진영을 향해 달려갔고, 그 뒤를 사기충천한 촉군이 물밀 듯이 따라갔다. 그러자 동오의 군사들은 감히 대적할 엄두를 내지 못하고 달아나기 바빴다. 여덟 개의 길로 진격하던 촉군이 성난 물결처럼 동오의 군사를 쫓아가니 동오의 평평한 들녘은 온통 시체로 산을 이루었다.

한당과 주태가 대패하여 쫓기고 있을 때, 배 안에서 병을 치료하던 감녕은 오군을 지원하기 위해 아픈 몸을 일으켜 군사를 거느리고 달려가다가 중도에서 만병蠻兵을 만났다. 감녕은 이들을 처음 보는지라 그 모습에 기겁을 했다. 만병들은 맨발에 산발을 하고 있어 섬뜩한 분위기를 자아냈다. 이들을 거느린 장수 사마가의 얼굴 또한 피를 뒤집어쓴 듯 붉은데다가 파란 눈은 툭 튀어나와 있고, 두 손에는 뿔이 돋아 있는 철퇴를 하나씩 움켜쥔 채 허리에는 두 자루의 활을 차고 있었다. 사마가의 괴이하고도 위풍당당한 모습을 본 감녕은 쳐들었던 칼을 내리고 황급히 말 머리를 뒤로 돌렸다.

'저건 사람이 아니야!'

감녕이 싸워보지도 않고 말을 타고 달아나자 사마가는 허리춤에서 활을 뽑아 감녕의 목덜미를 향해 쐈다. 목에 화살을 맞은 감녕은 말을 달려 부지富池까지 달아났다. 그리고 큰 나무를 들이받더니 그 아래 쓰러져 죽었다. 나무 위에 앉아 있던 수백 마리의 까마귀 떼가 놀라서 부산히 가지를 옮겨다니며 울어대다가 하나 둘씩 감녕의 시체로 모여들었다.

　나무 아래 누워 있는 이 사람은 누구인가?
　내 자는 흥패興霸요, 서릉西陵 태수 절충장군折衝將軍 감녕이라 하네.
　죽어서 숨도 못 쉬는 주제에 무슨 성명이 그리 복잡한가?
　욕하지 마소, 나도 원래는 장강에 배 띄우고 좋은 술이나 탐하고자 했었네.
　그런데 목에 달고 있는 그 이상한 쇠젓가락은 뭔가?
　아아, 자네들도 조심하게 푸른 눈에 붉은 얼굴을 가진 괴상한 까마귀를!

　유비의 8로군은 내친 김에 진격을 거듭하여 단번에 효정을 점령했다. 동오의 조정은 발등에 불이 떨어진 듯 다급해졌다. 엎친 데 덮친 격으로 탈영자마저 늘어났다. 한편 효정을 점령하고 난 뒤 유비가 장수들을 살펴보니, 관흥이 보이지 않았다. 늘 함께 다니던 장포를 불러 관흥의 행방을 물었지만 어수선한 전투 중에 헤어졌다는 말만 들었다. 유비는 장포에게 일단의 군사를 거느리고 관흥을 찾아보라고 명했다.
　그때 관흥은 산 속에서 길을 잃고 헤매고 있었다. 관흥이 후퇴하는 오군을 뒤쫓아 정신없이 섬멸하고 있는 중에 우연히 반장과 맞닥뜨렸다. 반장은 관우를 결구에 몰아넣은 장본인이었고, 아버지를 사로잡은 마충은 반장의 부장이었다. 관흥이 부친의 원수를 갚을 양으로 반장에게 덤벼들자 질겁을 한 반장은 뒤도 돌아보지 않고 산 속으로 달아났다. 관흥은 달아나는 반장을 따라 산골짜기 구석구석을 뒤졌으나 날이 저물도록 찾지 못하고 어둠 속에서 길을 잃고 말았다. 그날 밤 다행히도 달빛이 훤하고 별빛도 총총해 겨우 산 아래로 내려올 수 있었다. 그때가 밤 10시쯤이었다.

관흥이 지친 말에서 내려 고삐를 잡고 산기슭을 터벅터벅 걸어오다가 외따로 지어진 사저의 불빛을 발견하고 반갑게 다가가 문을 두드렸다. 그러자 주인인 듯한 노인이 기척도 없이 나와서 문을 열었다.

"야심한 시간에 찾아온 장수는 누구시오?"

관흥은 노인의 태도가 범상치 않아 정중히 읍부터 했다.

"저는 촉 황제와 함께 싸우러 온 장수로 어쩌다 산 속에서 길을 잃었습니다. 하룻밤 묵어갈 잠자리와 허기라도 면할 요깃거리를 좀 주시면 잊지 않고 사례하겠습니다.

노인은 관흥을 한번 훑어보더니 말 없이 집안으로 들어오게 했다. 관흥이 노인의 인도를 받아 객방客房으로 가는 중에 촛불이 켜진 작은 사당을 지나가게 되었다. 얼핏 곁눈질해보니 당 위에는 아버지의 초상과 신상神像이 놓여 있고 그 주위로 촛불이 환히 밝혀져 있었다. 관흥은 부친의 초상과 신상을 보자 사당 안에 들어가 그 앞에 절하고 꿇어 엎드려 소리내어 울었다. 노인은 가만히 지켜보다가, 그 울음소리가 하도 애절해 관흥에게 물었다.

"장군은 누구시기에 관장군의 초상을 보고 이렇듯 애절하게 우시오?"

"여기 제수되어 계신 분은 저의 부친입니다."

그러자 노인은 다짜고짜 관흥에게 절을 했다. 관흥도 가만히 있을 수 없어 함께 맞절을 하고 물었다.

"노옹께서는 어떤 연유로 제 부친의 사당을 짓고 제를 올리게 되었습니까?"

노인이 대답했다.

"저는 오래전부터 관장군을 흠모하며, 그 충절을 사람들에게 널리 알려왔습니다. 그러던 차에 관장군이 비명에 돌아가신 것을 알게 되어 내내 마음이 아프고 세상을 살고 싶은 생각이 없다가 사당을 짓고 매일 공양을 하면서부터 다시 살아갈 힘을 얻었습니다. 이 늙은이가 사당을 지어놓고 매일같이 비는 것은, 천하 사람들에게 관장군의 충절이 널리 알려지고 어서 촉군이 와서 장군의 원수를 갚기를 바라는 마음에서입니다."

관흥과 노인은 서로 감격하며 서로의 손을 잡고 어루만졌다. 그후 노인은 자리에서 일어나 술과 음식을 차려 대접하고 말의 안장을 벗기고 마구간으로 데려가 먹이를 주었다. 관흥이 식사를 마치고 잠자리에 눕자 자정이 되었다. 피로에 지친 관흥이 막 눈을 붙이려는 순간 장원의 문을 두드리는 사람이 있었다. 관흥은 자리에서 일어나 칼을 빼들고 객방 문 옆에 귀를 기울이고 앉았다. 노인이 문쪽으로 다가가 누구인지 물었다. 그러자 야밤의 방문객이 대답했다.

"나는 동오의 장수 반장인데, 군작전상 이 집에서 하루를 묵어야겠소."

노인은 모르는 척 문을 열어주었다. 그리고 자신의 안방을 내주며 편히 쉬게 하고 칼과 창은 한쪽으로 치우게 했다. 그런 다음 밥상을 차려오겠다고 말하고는 관흥이 있는 객방으로 와서 그 사실을 알렸다. 관흥은 노인 대신 상을 들고 들어가며 안방의 문을 밖에서 잠그게 했다. 관흥은 방으로 들어서자마자 밥상을 반장의 얼굴을 향해 내던졌다.

"이놈, 내가 누구인 줄 알겠느냐?"

반장은 깜짝 놀라 일어서며 손이 닿는 곳에 있는 무구를 잡으니, 관우를 죽인 전리품으로 얻은 청룡도였다. 하지만 좁은 방안에서 기다란 청룡도는 젓가락만큼도 쓸모가 없었다. 관흥은 반장이 부자연스럽게 휘두르는 청룡도를 피하며 가까이 다가가 칼로 목을 찔렀다. 그러고 나서 반장의 목을 베고 심장을 도려내 사당에 올리고 노인과 함께 제사를 지냈다.

아침 동이 트자, 관흥은 부친이 쓰던 청룡도를 거두고 말 꼬리에는 반장의 수급을 매단 뒤 노인에게 감사 인사를 올렸다. 노인은 관흥에게 길을 일러주며 앞날의 무운을 빌고, 관흥이 떠나자 반장의 시신을 모아 화장했다.

관흥이 반장의 수급을 가지고 진지로 돌아가는 길에 앞에서 사람들이 웅성거리는 소리와 말발굽 소리가 들려왔다. 관흥이 말을 멈추고 가만히 살펴보니 다가오는 군마의 제일 앞에 반장의 부장 마충이 있었다. 관흥은 부친의 원수를 보자 단기필마인 것도 잊은 채 마충 앞으로 말을 달려갔다. 마충은 자신을 향해 달려오는 관흥의 손에 청룡도가 들려 있고 말 꼬리에 사람의 목이 매달려 흔들거리는 것을 보고 상관인 반장이 죽었음을 직감했다. 두 사람은 원한으로 눈이 뒤집혀 서로를 잡아먹을 듯이 달려갔다. 관흥이 청룡도를 몇 번 휘두르자 300여 명이나 되는 마충의 부하들이 일제히 고함을 치며 달려와 관흥을 포위했다. 그제야 자신이 혼자임을 깨달은 관흥은 마충을 버려두고 죽을 힘을 다해 청룡도를 휘두르며 포위망을 뚫고자 했다. 하지만 혼자 힘으로 300여 명의 적병을 헤치고 나가기란 불가능했다.

'부친의 원수가 앞에 있는데도, 나 살기만 바라다니! 아, 하늘이시여!'

장포가 수색대를 몰고 온 것은 바로 그때였다. 서북쪽에서 촉군의 깃발을 휘날리며 일단의 군마가 달려오더니 곧바로 마충의 군사들을 시살해나갔다. 마충은 뜻하지 않은 촉군을 만나 부하들을 데리고 혼비백산하여 도망했다. 전세는 역전되어 이번에는 장포·관흥이 마충의 뒤를 쫓아갔다. 정신없이 얼마를 추격했을 때, 미방·부사인이 군사를 몰고 마충이 도망가려는 쪽에서 달려왔다. 그러자 마충은 안도의 숨을 내쉬며 말 머리를 돌려 미방·부사인과 함께 반격을 해왔다. 관흥은 마충에 더하여 미방·부사인까지 한꺼번에 달려나오자 벅찬 목소리로 장포에게 외쳤다.

"오늘은 부친의 원수를 갚기 참 좋은 날이오!"

장포와 관흥의 수색대는 숫자가 적었지만 마충·미방·부사인의 많은 군대와 막상막하의 혈전을 벌였다. 하지만 시간이 흐를수록 수적 열세가 두드러져 눈물을 머금고 말 머리를 돌릴 수밖에 없었다. 부친의 원수를 뒤로하고 효정으로 돌아온 관흥은 반장의 수급을 유비에게 바쳤다. 그리고 산 속에서 만난 노인과 부친의 사당에 대해 자세히 이야기했다. 유비는 관흥이 반장의 목을 베어온 것은 물론, 관우를 위해 누군가가 사당을 지어 그 충절을 기리고 있다는 소식에 눈물을 흘리며 기뻐했다.

오군 진지로 돌아간 마충은 한당·주태에게 반장이 죽은 사실을 보고했다. 한당·주태가 맥성에서 관우를 사로잡을 때 큰 공을 세웠던 반장을 생각하며 아쉬워하고 있을 때, 예비부대에 소속되어 있던 패잔병들이 달려와 감녕의 죽음을 알렸다. 한당과 주태는 아픈 몸을 이끌고 자청해서 종군했던 오랜 동료의 죽음을 슬퍼하는 한편, 촉군의 위세에 두려움을 느꼈다. 두 장수는 생존자를 가려서 따로 부대를 편성하고 중상자들을 치료하게 했는데 중상자의 숫자는 이루 헤아릴 수 없을 만큼 많았다. 마충은 미방·부사인과 함께 촉군이 바라다보이는 강언덕에 둔병하고 적진을 살폈다.

그날 밤 11시쯤, 미방은 전선을 점검하기 위해 강언덕으로 갔다가 진지 여기저기서 군사들의 통곡 소리와 말소리를 듣게 됐다. 무슨 영문인지 궁금해진 미방이 군막에 귀를 기울여보니 병사들이 잠을 자지 않고 격론을 벌이고 있었다.

"우리들은 원래 관장군 밑에 있던 형주의 군사였잖아. 그런데 여몽의 꾐에 빠져 오군이 되었지. 그러니 원칙대로 따지면 우리는 유비 밑에 있어야 하는 촉군이라구. 지금 오나라가 당하는 것은 여몽이 유비의 의형제인 관장군을 죽였기 때문인데, 유비가 어가를 타고 여기까지 내려왔으니 강남은 이제 결딴이 난 거야. 그러니 우리도 여기서 우물쭈물할 게 아니라 미방과 부사인의 목을 베어 촉으로 투항하는 게 살길이라구. 자, 어때 우리가 여기서 개죽음 당할 필요는 없잖아?"

그러자 많은 병사들이 맞장구를 쳤다.

"그건 자네 말이 옳아. 하지만 너무 성급하게 굴다가는 우리가 다칠 수도 있네. 그러니 저들이 마음을 놓고 있거나 좀더 혼란에 빠질 때까지 기다리자구."

　군막에 귀를 기울이고 있던 미방은 소스라치게 놀라 부사인이 자고 있는 군막으로 달려왔다.

　"이보게 부장군. 내가 군심을 정탐해보니 군사들의 마음이 크게 동요하고 있는 것 같네. 아무래도 이대로 있으면 형주군에 의해 부장군이나 내가 해를 당할 것 같아. 설사 형주 군사들의 해를 피한다고 하더라도 이 전쟁이 길어질수록 우리에게 불리해. 유비가 잡아 죽이려는 원수들 가운데 이젠 우리 두 사람과 마충밖에 남지 않았네. 그러니 잘 생각해보게나. 오왕이 유비를 회유할 목적으로 우리를 바둑판의 버린 돌처럼 넘겨줄 수도 있다는 사실을……."

　잠에서 덜깬 부사인이 물었다.

　"그래서 어쩌자는 건가?"

　"어쩌긴 이 사람아. 마충의 목을 베어가지고 황제께 바치는 거지. '부득이한 사정으로 우리가 동오에 항복을 하긴 했지만, 때가 되면 공을 세워 황제께 돌아가기로 마음먹고 있었습니다'라고 하는 거야."

　부사인은 잠이 번쩍 달아났다.

　"그건 자네 혼자 생각이야. 돌아가면 반드시 화를 당할 걸세."

　미방은 부사인 앞으로 바싹 다가앉았다.

　"유현덕은 원래 관대하고 어질며 후덕한 분이시네. 게다가 태자 아두는 나의 생질이 아닌가? 그러니 설령 잠시 잘못된 판단을 했더라도 정리를 생각하여 죽이기까지는 하지 않을 것이네."

　부사인이 정신을 가다듬고 생각해보니 그 방법밖에 없는 것 같았다. 미방에게 말은 하지 않았지만 형주병들의 동요를 그도 감지하고 있었고, 여차하면 손권이 자신들을 유비에게 공물로 바칠 것이란 짐작도 하지 않은 것은 아니었다. 두 사람은 투항을 결정하고 새벽 2시가 되자 마충의 장막으로 몰래 들어갔다. 그리고 잠에 곯아떨어져 있는 마충의 수급을 베어 동오로 투항할 때 데리고 왔던 심복 수십 명을 거느리고 유비가 둔병해 있는 효정을 향해 말을 달렸다. 하지만 이들은 매복 경계를 나왔던 촉병에게 잡혀 무장이 해제된 채로 장남·풍습에게 인도됐다.

장남·풍습은 이들을 오랏줄에 꽁꽁 묶은 다음 지체 없이 유비가 있는 어영으로 말을 달렸다. 날이 밝자 어영에 당도한 장남·풍습은 부사인·미방을 유비에게 데리고 갔다. 장남이 말했다.

"부사인과 미방이 마충의 수급을 베어와 지난날의 죄과를 용서받고자 합니다."

유비가 오랏줄에 묶여 꿇어앉아 있는 두 사람에게 말했다.

"네놈들은 어쩌자고 자기가 맡은 성을 죽음으로 지키지 못했느냐?"

미방이 머리를 조아리며 대답했다.

"신들은 폐하를 저버릴 뜻이 추호도 없었습니다. 여몽이 간사한 혀를 놀려 관장군께서 이미 돌아가셨다고 하기에 그만 거기에 속아 성문을 열어주었습니다. 저희는 동오에 건너가서도 항상 폐하만 생각하며, 친히 동정에 나서시기만 기다렸습니다. 여기 마충의 목을 베어 바치니 폐하께서는 저희를 용서해주십시오."

유비는 미방의 변명을 꾸짖었다.

"짐이 성도를 떠나 강동의 코앞에 당도한 게 언제였느냐? 투항할 생각이 있었다면 왜 진작에 죄를 빌러 오지 않고, 전황이 불리해진

지금에야 찾아와서 중언부언하며 목숨을 애걸하느냐? 짐이 너희들을 살려준다면 무슨 낮으로 구천九泉에서 관공과 해로하겠느냐?"

유비는 관흥에게 시켜 어영 앞에 관우의 영위를 차리게 했다. 그리고 미방·부사인을 그 앞에 꿇어앉힌 다음 직접 마충의 머리를 제단에 올리고 절을 했다. 그리고 다시 관흥에게 변절했던 두 장수의 갑옷을 벗기게 하고는 청룡도를 건네받아 손수 미방·부사인의 목을 쳤다. 유비는 그들의 수급을 마충의 수급이 놓인 제단에 올리고 다시 절했다. 관우의 한을 달래는 제사를 마치자, 장포가 울면서 유비 앞에 꿇어엎드려 말했다.

"둘째 백부님의 원수는 모조리 잡아 그 목을 베었지만, 제 부친의 원수는 언제 갚을 수 있겠습니까?"

유비가 장포의 어깨를 어루만지며 위로했다.

"조카는 너무 조급히 생각하지 말라. 짐이 강남을 평정하여 두 도적을 잡으면 너의 처분에 맡길 테니 조금만 더 힘을 내자꾸나."

장포는 유비의 말을 듣고 울음을 멈추었다.

돌
아
온
육
손

유비가 거느린 촉군이 연전연승하며 강남으로 육박해오자, 동오의
군사들은 촉군 얘기만 나와도 두려워 떨기부터 했다. 한당·주태는
부사인·미방이 마충의 목을 베어 유비에게 투항했다는 사실과 촉의
위세에 압도된 군사들의 사기가 땅에 떨어진 것을 함께 보고했다. 그
러자 손권은 또다시 문무백관을 불러 앞일을 의논했다. 보즐이 앞으
로 나와 말했다.

"유비가 군사를 거느리고 싸우러 온 까닭은 두 형제의 원수를 갚기
위해서입니다. 그런데 여몽·반장·마충·미방·부사인은 이미 죽었
으니 관우의 복수는 이룬 거나 마찬가지입니다. 하지만 장비를 죽이
고 투항한 범강과 장달이 아직 동오 땅에 있으니 물러가려고 하지 않
을 것입니다. 주공께서는 그 두 놈을 오랏줄에 묶어 장비의 수급과 함
께 돌려보내는 것이 어떻겠습니까? 그러면서 형주를 반환하고 손부

인을 함께 돌려보내십시오. 그 편에 동오와 촉이 화친을 맺자는 편지를 써서 사자에게 전하게 하면서 함께 힘을 모아 위를 치자고 말해보십시오. 그러면 유비는 득실을 따진 끝에 성도로 물러날 것입니다."

손권은 지푸라기라도 붙잡는 심정으로 보즐의 말에 따랐다. 손권은 태자태부太子太傅 정병程秉을 사신으로 삼은 다음, 장비의 수급을 침향나무 상자에 넣고 범강·장달을 결박지어 함께 효정으로 보냈다. 유비는 효정에서 쉬며 군사를 점검하는 중에 시자의 전갈을 받았다.

"동오에서 사신을 보내면서 거기장군 장비의 수급과 장군을 해친 두 역적 범강과 장달의 신병을 인도하겠다고 합니다."

유비는 하늘에 경하할 일이라고 여기며 두 손을 이마에 대고 말했다.

"이것은 하늘이 주시는 상이요, 둘째 아우의 혼령이 시키는 일임이 분명하구나!"

유비가 어영으로 달려가 사신을 들게 하니, 사신은 침향나무 상자에 든 장비의 수급을 바쳤다. 유비는 그 상자를 안고 목놓아 통곡했다. 그러고 나서 장포에게 부친의 영위를 차리게 하고 제단에 수급을 올려놓고 절했다. 유비는 약속한 대로 범강·장달을 장포의 처분에 맡겼다. 그러자 장포는 부친의 제단 앞에 절한 다음 두 역적을 난도질하여 죽이고 통곡했다.

관우와 장비의 죽음에 관련된 원수들을 모두 처단한 유비는 어영으로 문무 관원들을 불러 동정에 대해 의논했다. 마량이 먼저 입을 뗐다.

"하늘의 도움으로 이제 두 장군의 원수를 모두 갚게 되었습니다. 손권의 태자태부로 있는 정병이 형주를 반환하고 손부인을 돌려보내면서 동오와 화친을 맺자고 청하니 폐하께서는 못 이기는 척 들어주시는 것이 좋을 듯합니다."

하지만 유비는 내친 김에 동오를 정벌해야겠다고 마음먹고 있었다.

"짐이 손수 친정을 하고 나선 것은 겨우 몇 명의 역적을 처단하기 위해서가 아니었다. 옛말에 이르기를 '용서하려거든 패지 말고, 패려거든 용서하지 말라〔容情 不下手, 下手不容〕'고 했다. 두 아우의 원수를 갚았다고 이 정도에서 회군한다면 손권은 언젠가 힘을 길러 복수를 할 것이다."

말을 마친 유비는 더 이상 회군이나 화친이라는 말이 나오지 않도록 사신의 목을 베려고 했다. 그러자 주위에서 일제히 황제를 말리며 말했다.

"여남 사람 덕추德樞(정병의 자)는 비록 손권의 밑에서 대신의 자리를 차지하고 있으나, 오경五經에 능통하고 경전의 근본 의미를 알고 있는 사람입니다. 그런 대학자를 죽이시면 세상의 여론이 나빠질 것이니 폐하에게 이로울 것이 없습니다."

유비 역시 학문이 높은 정병을 꼭 죽일 생각은 아니었다. 유비는 문무 신하들에게 회군이나 화친이라는 말이 다시 나오지 않도록 확약을 받은 다음 정병을 놓아주었다. 구사일생으로 목숨을 보전한 정병은 동오로 돌아와 손권에게 말했다.

"유비는 강남과 화친을 맺으려는 의사가 전혀 없었습니다. 주위의 신하들이 수차에 걸쳐 설득하고 만류했으나 전혀 마음을 움직이지 않았다고 합니다. 유비가 동오를 정벌한 다음에 위를 멸하겠다고 단단히 결심을 한 모양이니 어찌하면 좋겠습니까?"

손권은 정병의 보고를 듣고 곤혹스럽기 짝이 없었다. 그때 옆에 있던 신하들 가운데 감택이 나와서 진언했다.

"동오엔 하늘을 떠받들 만한 기둥감이 있으니 주공께서는 그리 심려하지 마시기 바랍니다."

손권은 반가운 마음에 벌떡 자리에서 일어나며 누구냐고 물었다. 감택이 거듭 말했다.

"적벽대전이 일어났을 때 동오는 그 어려운 일을 모두 주랑에게 맡겼습니다. 그리고 주랑이 죽은 뒤에는 노자경이 주랑을 대신했고, 자경이 죽은 후에는 여자명이 후임을 맡았습니다. 주공께서는 왜 여몽을 대신할 후임으로 육백언(육손의 자)을 부르지 않습니까? 육백언은 일개 유생에 불과하지만 스물여섯 살 때 이미 여몽을 도와 형주를 탈환하는 계책을 세우고 관우의 봉화대를 무력화시켰으니, 여몽이 관우의 촉군을 무찌른 것은 다 그의 머리에서 나온 계책 덕이었습니다. 신의 식견으로 보건대, 육백언은 주유에 뒤지지 않는 인물이니 어서 그를 불러 중하게 쓰십시오. 주상께서 그를 부르시기만 한다면 촉군을 멸할 방법을 얻을 수 있을 것입니다. 만일 그가 실수하여 주공께 해가 돌아간다면 신도 함께 죄를 당할 것입니다."

손권은 그제야 형주에 가 있는 육손을 떠올리고 대신들을 질책했다.

"이제야 육백언을 생각하다니! 공들은 어쩌자고 그를 부르자고 간언하지 않았소!"

그러자 장소가 말했다.

"육손은 일개 서생에 불과할 뿐입니다. 그러니 어찌 유비의 적수가 될 수 있겠습니까? 다시 한번 생각해보십시오."

옆에 있던 고옹도 장소를 거들었다.

"육손의 나이 이제 스물아홉입니다. 그렇게 경륜이 짧은 사람에게 지휘를 맡기시면 휘하 장수들이 따르지 않을 것입니다. 이런 중차대한 때에 지휘권자와 장수들이 서로 불목하면 큰 화를 초래할 수 있습니다."

보즐도 반대 의견을 밝히고 나섰다.

"육손이 형주의 몇 고을은 다스릴 수 있을지 모르나, 비상 시국을 떠맡기에는 능력이 부족합니다. 다른 사람을 생각해보십시오."

감택은 늙은 중신들이 자기 위신을 지키고자 육손의 등용을 막는 것이라 여기고, 노신들을 손가락질하며 큰 소리로 꾸짖었다.

"경들은 한 나라의 대신으로 있으면서 나라의 위기를 보고도 어찌 자기 위신만 고수하려 하시오! 능력이 없으면 사심이라도 버려야지 어쩌자고 젊고 유능한 사람이 나라를 위해 일할 기회마저 막는단 말이오!"

감택은 노신들을 질타하고 나서 손권 앞에 엎드렸다.

"육손을 기용하지 않으면 동오는 반드시 유비에게 망하고 말 것입니다. 신이 구족의 목숨을 걸고 육손을 천거하니 그의 능력을 의심치 마십시오."

그제야 손권은 노신들이 육손을 견제하는 사정을 알아차렸다.

"나도 육손의 재주가 뛰어나다는 것을 잘 알고 있었소. 그러니 경들은 더 이상 육손을 기용하는 것을 거부하지 마시오."

손권은 급히 파발을 보내 형주에 있는 육손을 건업으로 불러올렸다. 그러자 진서장군鎮西將軍으로 형주를 지키고 있던 육손은 말을 타고 한달음에 달려와 감택과 함께 손권의 내전을 찾아갔다. 손권은 문까지 달려가 반갑게 육손의 손을 잡았다.

"내가 눈이 어두워 백언을 잠시 잊고 있었소. 그대를 특별히 대도독에 임명하여 동오의 군권을 총괄하도록 할 테니, 국경 가까이 쳐들어온 유비를 물리치도록 하시오."

육손은 겸손히 말했다.

"주공께서 거느린 문무백관들은 오랫동안 나라를 위해 몸바친 충신이자 천하의 인재입니다. 그런데 나이도 어리고 경험도 일천한 제가 어찌 노신들을 거느릴 수 있겠습니까?"

"나도 육백언의 고충은 짐작하고 있네. 하지만 감택이 전가족의 목숨을 걸고 그대를 천거했고, 나도 평소부터 그대의 재주를 아깝게 여겨왔네. 그러니 대임을 맡아 강남을 위해 수고해주게."

"만일 주공께서 거느렸던 노신들이 불복하면 제가 어찌해야 합니까?"

그러자 손권은 시자에게 자신의 칼을 가져오게 해서 그 칼을 육손에게 주었다.

"만일 명을 거역하는 자가 있다면 내게 물을 필요 없이, 먼저 이 칼로 군령을 세우도록 하라."

"이왕 전권을 주실 양이면, 내일 아침 조례 시간에 모든 문무백관들이 보는 앞에서 칼을 내려주십시오. 그래야 영이 설 것입니다."

함께 동행한 감택이 옆에서 말했다.

"그러면 아예 옛날의 법도에 따라 엄숙히 임명식을 치르도록 하십시오. 하·상·주 시절에는 장군을 임명할 때 반드시 단을 높이 쌓고 만백관을 불러모은 뒤, 백모白旄(소의 꼬리를 매단 기)와 금도끼를 내리고 장군의 인수와 사령장을 주었다고 합니다. 육손이 강남의 운명을 짊어지고 일전을 치르기 위해 나섰으니, 단을 쌓고 날을 잡아 옛 법도에 따라 임명식을 치르는 것도 좋지 않겠습니까? 그렇게 하면 아무도 나이가 어리다고 그를 무시하지 못할 것입니다.”

손권은 감택의 말에 일리가 있다고 여기고 그의 말에 따르기로 했다. 단이 완성되고 길일이 택해지자 육손을 단에 오르게 한 다음 여러 대신들로 하여금 대도독에게 인사를 올리게 했다. 그리고 그 자리에서 육손을 우호군右護軍 진서장군 및 누후樓侯에 봉하고 보검과 장군인을 내리는 한편, 6군 81주 및 형주와 초주의 모든 장수와 군마를 지휘하게 했다.

“이제 성안의 일은 나의 소관이로되, 성밖의 일은 육백언이 모두 총괄하니 대신들은 이에 따르라.”

육손은 대도독의 인수와 사령장을 받고 단에서 내려와 서성·정봉을 호위護衛로 삼고, 그 길로 수륙 양군을 거느리고 효정을 향했다. 이 소식은 효정에 있는 한당·주태에게 전달됐다. 그러자 두 사람은 깜짝 놀라며 의아해했다. 한당이 주태에게 말했다.

“주공께서는 어쩌자고 어린 서생을 도독으로 삼으셨을까? 동오가 곧 망하겠구려.”

한당·주태는 미리부터 육손에게 불복하기로 약속했다. 효정에 도착한 육손은 한당·주태가 마중을 나오기는커녕 군막에서 시시덕거리는 것을 보고 화가 났다. 백전노장들의 불편한 심기를 모르는 바 아니었지만 그렇다고 군령이 서지 않는 군대를 그대로 방치할 수도 없었다. 육손은 고민 끝에 여러 장수들을 자신의 군막으로 모이게 했다. 그러자 장수들이 마지못해 하나 둘씩 육손의 군막으로 집결했다. 오왕이 내려준 칼을 빼어들고 육손이 말했다.

“여기 모이신 장군들은 오랫동안 주공을 모시며 궂은일도 마다하지 않은 것을 잘 알고 있소. 하지만 강남이 위기에 처해 주공의 명으로 외람되게도 내가 대도독이 되었소. 아시다시피 집에는 가장의 법이 있고, 군문에는 군법이 있으니 어린 도독이라고 무시하지 말고 맡은 직분과 군령을 엄수해주시오. 위법자는 법에 따라 처리할 것이니 나를 원망하지 말기 바라오."

육손이 오왕의 권위를 빌려 말하자 군막은 한편으로 숙연해지면서도 신임 총독에 대한 고까운 분위기가 역력했다. 그것을 대변하기나 하듯 주태가 말했다.

"주공의 조카 안동장군安東將軍 손환이 이릉성에 갇힌 지 오래되었습니다. 군량미도 떨어지고 화살도 떨어져 언제 촉군의 수중에 떨어질지 그야말로 백척간두의 지경입니다. 대도독께서는 이릉성을 구할 어떤 양책을 가지고 계십니까? 어서 좋은 수를 내시어 이릉성에 포위된 오군의 사기를 진작하시기 바랍니다."

육손이 대수롭지 않게 말했다.

"안동장군은 평소부터 군심을 얻는 일에 여력을 쏟았소. 그러니 능히 성 하나를 지키지 못할 이유가 어디 있겠소? 원병을 보낼 필요 없이, 내가 여기서 촉군을 격파하면 저절로 포위도 풀릴 것이오."

육손의 군막에서 나온 장수들은 자기 군막으로 발길을 돌리며 도독을 비웃었다. 한당도 기가 차서 주태에게 말했다.

"방금 젖비린내 나는 유생이 무슨 말을 하는지 들었소? 이제 우리 동오는 운수가 다한 거나 마찬가지요."

주태는 심각하게 고개를 끄덕였다.

"누가 아니랍니까. 군사에 대해 좀 아는가 싶어서 시험삼아 물어봤더니, 고작 한다는 말이 이릉성은 이릉성에 맡기라니……."

다음날 아침, 일찌감치 일어난 육손은 장수들을 불러 각자 자기가 맡은 관문과 성채를 굳게 지키고 절대 움직이지 말라는 영을 내렸다. 그러자 장수들은 또 한번 유생 출신 도독을 조소하며 자기 마음대로 임지를 이탈하거나 자기 편한 곳으로 군사를 이동시켰다. 육손은 자신의 지시가 제대로 지켜지지 않는 것을 보고 장수들을 군막으로 불러 엄히 문책했다.

"나는 왕명을 받들고 대도독이 되었소. 그런데 장수들은 어찌하여 내 말을 듣지 않고 임지를 이탈하고 함부로 군사를 이동하는 거요?"

그러자 한당이 말했다.

"나와 여기 모인 장수들은 일찍부터 손권 장군을 도와 수백 번의 전쟁을 치렀소. 지금 오왕이 강남을 기반으로 나라를 세우게 된 것은, 다 여기 있는 장수들이 대왕을 따라 갑옷을 입고 창을 든 채 죽기를 두려워하지 않고 싸운 덕분이오. 주공께서 장군에게 도독의 중임을 맡긴 것은 촉병을 물리치라는 것이 아니었소? 그러니 도독께서는 계책을 세우고 군사를 부려 촉군을 공격하지는 않고, 가만히 앉아 성만 지키고 있으라고 하니 어찌된 영문입니까? 기다리고 있다고 해서 하늘이 촉군을 대신 물리쳐주지 않습니다. 우리들은 명령만 내리면 제일 앞장서 달려나가 죽기를 각오한 사람들이니 더 이상 장수들의 예기를 꺾지 마십시오."

한당의 말이 끝나자 군막의 장수들이 이구동성으로 말했다.

"도독께서는 어서 명령을 내리십시오. 우리들은 자랑스레 싸우다가 죽기를 원합니다."

하지만 육손은 허락하지 않았다.

"내가 일개 서생에 불과한 줄은 잘 알고 있소. 하지만 싸우기를 피하는 것은 골방에서 책이나 읽느라 호연지기를 기르지 못해서가 아니오. 나와 장군들은 주공의 녹을 먹고 있으니 한 뼘의 땅일지라도 가만히 앉아 잃을 수는 없소. 그러니 모두들 자기가 맡은 자리를 굳게 지켜주시기 바라오. 이 시간 이후로 함부로 군사를 움직이는 자는 지체없이 목을 베겠소."

한당·주태를 비롯한 많은 장수들은 육손을 비웃으며 자기 자리로 돌아갔다. 그때 유비가 거느린 촉군은 효정을 출발하여 천구까지 진격했다. 700여 리에 걸쳐 40여 개의 진지를 만든 촉군의 기세는 하늘을 찌를 듯했다. 오군의 세작들이 촉군의 위세를 육손에게 이렇게 보고했다.

"낮에는 기치창검이 하늘을 가리는 듯했고, 밤에는 횃불이 하늘을 사르는 듯했습니다."

촉군의 세작들 역시 바쁘게 적진의 동향을 유비에게 전달했다.

"손권은 육손을 도독으로 기용하여 오군의 군마를 총괄하게 했습니다. 육손은 오군의 도독으로 부임하자마자 여러 장수들을 불러 자기가 맡은 요새를 지키기만 하고 절대 촉군과 접촉하지 말라는 영을 내렸다고 합니다."

유비가 주위의 문무 관료들에게 물었다.

"육손이란 자는 어떤 사람인가?"

마량이 대답했다.

"육손은 나이가 어린 일개 서생에 불과하지만 재주와 지략이 매우 출중한 인물입니다. 관장군이 계실 때 형주 공략을 총괄한 사람이 여몽이라고 알려져 있으나 실은 모두 그 자의 지략에 의한 것이라고 합니다."

유비는 육손이 형주 공략을 생각해낸 장본인이란 말을 듣고 전의를 불태웠다.

"이놈이야말로 운장의 목숨을 빼앗은 진짜 원수로구나. 내 이 애송이를 기어코 사로잡아 운장의 제단에 바칠 것이다."

참모 정기도 문서를 보는 마량과 의견이 같았다.

"육손은 비록 나이가 어리지만 동오에서는 주랑에 뒤지지 않는 인물로 여기고 있습니다. 그가 이제야 기용된 것도 그의 재주를 시기한 노신들이 견제했기 때문이라고 알려져 있습니다. 그러니 가볍게 보지 마십시오."

그 말을 들은 유비가 역정을 냈다.

"짐은 육손의 나이만큼 전쟁터에서 살았다. 그런데도 그 애송이만 못하겠는가?"

그러자 또 다른 참모 황권이 말했다.

"폐하, 육손의 나이 겨우 스물아홉이라고 하지만, 적벽대전에서 동남풍을 불러 결정적인 승기를 잡게 했던 우리 군사 공명의 나이도 그때 겨우 스물여덟이었습니다."

동정에 나선 뒤로 승승장구한 유비는 참모들의 간언을 귀담아듣지 않았다. 유비는 직접 선봉대를 거느리고 오군이 지키고 있는 관진關津과 애구를 향해 진군했다. 한당은 유비가 직접 전군前軍을 거느리고 진격해오고 있다는 소식을 전해듣고 즉시 육손에게 알리고 자신은 군사를 이끌고 촉군과 맞서 싸우러 나섰다. 유비가 쳐들어온다는 보고를 받은 육손은 한당이 군사를 거느리고 싸우러 나갈까 걱정스러워 황급히 말을 타고 한당의 진지로 달려갔다.

군사를 거느리고 요새를 나선 한당은 유비군의 동정을 살피기 위해 산정으로 올라갔다. 거기서 내려다보니 먼 산과 들이 온통 촉군의

깃발과 창검으로 뒤덮인 가운데 황금색 거개가 유
난히 눈에 띄었다. 육손이 헐레벌떡 산정으로 올라
오자 한당이 황금색 거개를 가리켜 보였다.
"저 거개 속에 황제병에 걸린 유비가 있을 것

한당을 말리는 육손. 그림에서 백제 귀면(鬼面)을
연상시키는 얼굴은 각종 화상석에 등장하는 문고리 형상의 신면(神面)이다.
옛 중국 사람들은 대형 건축물이나 묘실 등의 문에 이 얼굴을
조각하여 문지기 신으로 삼았다.
육손은 이릉대전에서 유비의 군을 막는
오나라의 문지기 역할을 했다.

이오. 내가 직접 내려가서 그자의 깊은 병을 고쳐주고 말겠소."

육손이 고집을 부리는 한당을 회유했다.

"파죽지세로 달려온 촉군의 기세는 지금 절정에 달해 있을 것이오. 장군들의 말처럼 우리가 나가서 이기더라도 전멸시킬 수 없다면, 타는 불에 기름을 부어주는 격이 될 것이오. 또 공격을 했다가 실패라도 하면 우리는 다시 회복할 수 없는 어려운 지경에 처하게 될 것이오. 그러니 지세가 높고 험한 곳을 미리 찾아 지키며 기다리는 게 상수요. 그러면 적들은 상대를 찾지 못하고 조급증을 내다가 군사를 쉬게 하려고 산 속에 둔병할 것이 분명하오. 그때 좋은 계책을 내어 적병을 유린한다면 지금 나가서 기세 좋은 적군의 사냥감이 되는 것보다 훨씬 낫지 않겠소? 지금 이 방법이 장군의 성에는 안 찰지 모르지만, 전쟁이란 꼭 정공법으로 나서서 보란 듯이 이겨야만 하는 것은 아니오."

한당은 전날과 달리 애원하듯 달래는 육손의 태도에 양보하기는 했지만 내심으로 승복하지는 않았다. 이처럼 오군이 각자의 요새를 지키며 한 발짝도 싸우러 나오지 않자 유비는 선발대를 보내 오군의 요새 앞에서 북과 꽹과리를 치며 욕을 하게 했다. 그러나 오군은 함부로 나가서 싸우지 말라는 육손의 엄명을 철저히 지켰다. 육손은 행여 장수들이 나설까봐 안심하지 못하고 말을 타고 하루 종일 요새와 요새 사이를 오가며 장수들의 동정을 점검했다. 유비는 선발대를 보내 여러 차례 싸움을 걸었지만 오군이 움직이지 않자 마음이 급해졌다. 유비의 고민을 간파한 마량이 말했다.

"오군이 응전하지 않는 것은 육손의 계략입니다. 그는 폐하께서 봄부터 여름까지 군사를 일으킨 것을 잘 알고 있습니다. 따라서 육손은 오군을 단속하며 싸우지 못하게 해놓고, 우리 군사들의 변동을 기다리고 있는 것입니다. 폐하께서는 오군이 왜 요새에서 나오지 않는지를 잘 살피십시오."

"싸우지 않는 것도 계략이 되느냐? 오군은 촉군이 두려워 감히 나서지 못하는 것일 뿐이다. 수차에 걸쳐 군사가 결딴난 이놈들에게 무슨 계략이 있겠느냐?"

그러자 마량과 함께 온 풍습이 말했다.

"강남의 여름은 고온다습하여 마치 불구덩이 속에 있는 것과 같습니다. 벌써부터 병사들은 더위를 견디지 못하여 하루 종일 갑옷을 벗은 채로 지내며 물을 구하지 못해 큰 불편을 겪고 있습니다."

남달리 인정이 많은 유비는 병사들이 더위로 고생한다는 보고를 듣자 각 진지에 명하여 계곡물이 흐르는 가까운 숲속으로 진채를 옮겨 더운 여름을 나도록 했다. 풍습은 유비의 명령에 따라 여러 장수들에게 군사들을 계곡이 있는 숲으로 이동시키라고 전했다. 그러자 마량이 유비에게 말했다.

"동오의 군사들이 기다리는 것은 우리 군사들의 변동입니다. 우리가 군사를 움직이면 그 틈을 타서 동오의 군사들이 몰려올 것인데, 아무런 대책도 없이 군사들을 옮기면 안 됩니다."

유비가 대답했다.

"짐도 그것을 알고 있다. 그래서 오반에게 약한 병사 1만여 명을 데리고 동오의 진지 앞 평지에 진을 치게 했다. 육손은 짐이 군사를 움직인 것을 알면 반드시 오반을 공격하려 들 것이고, 오반은 내가 시킨 대로 패하여 도주하는 척할 것이다. 육손이 오반의 뒤를 쫓아오면 그때 짐이 8천여 명의 정병을 거느리고 계곡에 매복해 있다가 육손의 퇴로를 끊을 것이다. 그렇게 하면 손쉽게 적을 섬멸할 수 있을 것이다."

장수들은 하나같이 유비의 계략을 칭송했다.

"폐하의 묘책은 참으로 신묘하여 저희들은 감히 따를 수가 없습니다."

마량이 다시 간언했다.

"최근에 당도한 파발에 의하면 제갈승상께서는 동천의 각 관문을 점검하며 위군의 침입에 대비하고 있다고 합니다. 폐하께서는 진지를 배치한 지도를 자세히 그려 승상께 보내 의견을 물으시는 것이 어떻겠습니까?"

유비가 말했다.

"짐도 숱한 실전을 치르며 병법을 많이 깨우쳤는데, 승상에게 수고를 끼칠 필요가 어디 있겠느냐?"

"옛사람들이 말하기를 '양쪽 말을 들으면 복이 찾아오고, 한쪽 말만 들으면 화를 당한다'고 했습니다. 폐하께서는 다시 한번 생각해보시기 바랍니다."

"그대의 뜻이 정 그러하다면, 직접 진지를 살펴보고 그림으로 그려서 동천에 있는 승상에게 보내도록 하게. 그리고 진지를 살펴보는 중에 마뜩찮은 점을 발견하면 내게 와서 보고하게."

마량은 영을 받고 진지를 살피러 나갔고, 군사들은 더위를 피하기 위해 숲속으로 이동했다. 한편 촉군이 계곡을 찾아 숲으로 이동했다는 사실은 세작들에 의해 한당·주태의 귀에 들어가게 됐다. 보고를 접한 한당과 주태는 크게 기뻐하며 육손에게 달려갔다.

"촉병이 더위를 이기지 못하고 계곡에 들어가 40여 개나 되는 진지를 세웠다고 합니다. 도독께서 기다리던 적군의 변동이 시작되었으니 어서 공격 명령을 내려주십시오."

한당과 주태의 보고를 받은 육손은 즉시 두 장수를 데리고 촉의 진영을 살피러 말을 타고 나갔다. 그런데 길 앞의 평지에 한 무리의 촉군이 진을 치고 있었다. 육손이 바라보니 '선봉장 오반'이란 깃발을 둘러싸고 1만여 명의 촉병이 모여 있었는데 거의가 노약자들로 보였다. 주태가 말했다.

"저놈들이 진을 치고 있는 걸 보십시오. 강남의 어린 아이들도 저것보다는 낫겠습니다. 저와 한당이 양 방향에서 협공하겠습니다. 만일 적을 전멸시키지 못하면 군법으로 다스려도 좋습니다."

육손은 적진을 좀더 자세히 살피더니 지휘봉을 들어 먼 곳을 가리켰다.

"저쪽 산골짜기에 살기가 어려 있소. 촉군은 그곳에 복병을 매복해놓고 일부러 여기 보이는 노약한 군사들로 우리를 꾀려는 심산이 분명하오. 그러니 장수들은 어떤 일이 있더라도 미끼를 무는 일이 없도록 하시오."

육손의 말을 들은 동오의 장수들은 다시 한번 유생 출신 도독의 지나친 조심성을 비웃었다. 그 가운데 서성·한당·주태·정봉 등은 연명으로 몰래 표를 올려, 나가 싸우려 들지 않는 육손의 무능력을 손권에게 세세히 고했다. 손권은 노장군들이 올린 표를 읽고 걱정이 되어 감택에게 그것을 보여주었다. 그러자 감택은 빙긋이 웃으며 손권을 안심시켰다.

"명장과 지장이라고 알려진 장수들은 항상 상대방의 변화를 살펴 그것을 이용합니다. 육손은 적의 원기가 제풀에 지칠 때까지 나가지 않다가 조건이 갖추어지면 그때 단번에 해치울 것이니 두고 보십시오."

한편 촉의 선봉장 오반은 군사를 평원에 부려놓은 채 오군이 급습하기를 기다렸으나 아무 반응이 없자, 군사들에게 오군의 요새 앞에서 무기를 휘두르며 욕을 하게 했다. 아무리 싸움을 걸어도 오군은 꿈쩍하지 않았다. 그러자 오반은 군사들에게 갑옷을 벗으라 명하고 벌거숭이로 군막 아래서 잠을 자게 하거나 쭈그리고 앉아 잡담을 나누게 하는 등 좀더 적극적으로 적군을 유인했다. 이것을 지켜본 서성과 정봉은 부장들을 데리고 육손의 군막으로 몰려갔다.

"촉군이 방자하게 우리를 깔보니 더 두고 볼 수 없습니다. 나가서 아예 박살을 내놓겠습니다."

육손은 그러는 장수들을 저지했다.

"장군들은 자신들의 힘만 믿을 뿐 손오孫吳의 병법은 모르고 있소. 그들이 그토록 나태하게 구는 것은 우리를 유인하려는 작전일 줄 왜 모르오? 3일 후에는 그들의 본색이 드러날 테니 좀더 기다려보시오."

서성은 울화가 치밀었다.

"3일 후라니요? 그때는 저들이 진지를 모두 옮기고 난 후일 텐데 무슨 수로 공격을 한다는 말입니까?"

"저들이 진지를 다 옮기고 나면 무슨 수가 생길 것이니, 내가 바라는 것이 바로 그것이오."

장수들은 육손의 군막을 물러나오며 어이없다는 듯 다시 한번 비웃었다. 육손은 장수들의 조롱에도 아랑곳없이, 3일이 지나자 장수들을 불러 높은 산으로 올라가서 촉군의 진영을 바라봤다. 과연 오반은 어디론가 군사를 옮겨가고 없었다. 육손이 지휘봉을 들어 계곡을 가리키며 말했다.

"저 계곡엔 분명히 유비의 복병이 있을 것이오. 이제 촉군이 곧 모습을 드러낼 테니 어디 봅시다."

육손이 말을 마치자 기다렸다는 듯이 완전 무장한 촉군이 유비를 호위하며 숲속에서 나타났다. 이 모습을 지켜본 장수들은 그제야 고개를 끄덕이며 새삼스레 육손을 쳐다보았다. 육손이 다시 말했다.

"내가 장군들에게 함부로 나서지 말라고 한 것은 다 이런 이유에서였소. 이제 복병이 모두 나와 본대를 뒤따라갔으니 열흘 안에 촉군을 깨트리겠소."

그러자 장수들이 이의를 제기했다.

"숲속에서 모습을 드러냈을 때 바로 공격했으면 모를까, 이제는 본대가 있는 곳으로 돌아갔는데 어찌 따라잡는다는 말입니까? 그들의 진지는 500~600리에 이어져 있고 진지 또한 성채 못지않게 든든히 구축했을 텐데 무슨 수로 다시 끌어낸다는 말입니까?"

육손은 장수들의 불만을 다독였다.

"장군들은 유비가 당세의 효웅이라는 걸 잘 생각해보시오. 그는 실전 경험이 많은데다가 지략이 뛰어나고 인품이 어진 사람이오. 그래서 처음에 출병을 했을 때는 군사들을 부리는 데 법도가 있고 사병들도 거기에 잘 따랐소. 유비가 처음 쳐들어왔을 때 정면으로 맞섰다면 오군은 크게 패했을 것이오. 하지만 우리가 오랫동안 진지에 들어앉아 싸우지 않자 저들은 사기가 떨어지고 군기가 흐트러지며 나태에 빠졌소. 나는 이때가 오기를 기다렸던 것이니, 이제 곧 장군들이 속시원히 적을 무찌를 수 있는 기회를 주겠소."

육손의 전략을 알고 난 장수들은 하나같이 감탄하며 그 동안 뒤에서 비웃었던 것을 부끄럽게 여겼다. 군막으로 돌아온 육손은 촉군을 격파할 계책을 세우고 곧 촉군을 공격하겠다는 표를 써서 손권에게 올렸다. 표를 읽은 손권은 대신들에게 육손의 표를 친히 읽어준 다음 이렇게 말했다.

"주유·노숙·여몽을 이어갈 강동의 인물이 다시 나왔으니 누구인들 두렵겠는가? 육손을 대도독으로 임명하려 하자 모든 장수들이 만류하며 그는 일개 유생에 지나지 않는다고 했을 때 나만은 그를 믿었다. 오늘 그의 표를 받고 보니 그는 글줄이나 읽던 샌님이 아니라 천하의 명장이구나!"

손권은 육손을 지원하기 위해 병사를 정비하고 군수물자를 모았다. 한편 유비는 효정에 정박해 있던 수군들에게 동오의 수군을 공격하라고 명령했다. 그러자 황권이 말했다.

"동오의 수군을 격멸하여 강상江上을 제압하는 것은 좋은 일입니다. 하지만 동오의 수군은 오랫동안 실전 경험으로 연마된 강병들입니다. 만일 폐하께서 직접 나섰다가 낭패라도 당하시면 어찌하시겠습니까? 제가 선봉에 나설 테니 폐하께서는 후군을 거느리도록 하십시오."

"오군의 수군이 강해봤자다. 우리가 수군을 돕는 형태로 길게 진을 치고 있으니 걱정할 것 없다."

여러 장수들이 수공을 만류했으나 유비는 말을 듣지 않았다. 군사를 두 갈래로 나눈 유비는 황권으로 하여금 강북 군사를 거느리고 위의 육상 공세에 대비하게 하고 자신은 강남에서 모은 군사를 거느리고 좁은 강에 진을 쳤다. 그리고 동오의 수채를 칠 준비를 했다.

한편 유비가 군사를 이끌고 오를 공격하러 간 이후로 위의 세작들은 촉군과 오군의 전황을 거의 매일 허창의 황제에게 보고했다. 그러던 어느 날 유비가 동오를 공격하기 위해 종횡 700여 리에 포진하고 중요한 40군데의 진지를 숲속에 구축했다는 소식과, 황권이 강북 연안에 진을 치고 100여 리까지 나와 보초를 서고 있다는 전황을 보고하자 조비는 만면에 웃음을 띠었다.

"아둔한 유비는 이번 전쟁에서 본전도 건지지 못할 것이다."

조비의 말을 들은 좌우 신하들이 그 까닭을 물었다.

"유비는 여러 차례 화공에 성공했으면서도 화공의 위력을 모르고 있다. 뿐만 아니라 어떻게 진을 쳐야 힘을 집중시킬 수 있는지도 모르는 것 같구나. 700여 리에 걸쳐 진을 치고 군사를 나누었으니 아무리 많은 대병이라 한들 무슨 위력이 있겠느냐? 더운 여름날 마른 숲속에 둔병한다는 것은 병가의 오랜 금기 사항인데 꾀 많은 육손이 이 기회를 놓치겠느냐? 반드시 10여 일 이내에 유비가 패했다는 소식이 올 것이다."

신하들은 조비의 탁견에 수긍하면서, 촉군을 물리친 오군과 싸울 대비를 갖추어야 한다고 입을 모았다. 조비는 그 문제에 대해서도 미리 생각해둔 바가 있었다.

"이번 전쟁에서 육손이 승리한다면 그는 군사를 이끌고 반드시 서천으로 나가려고 할 것이다. 동오의 군사가 서천으로 몰려가면 동오는 텅 비게 될 것이니 그 틈을 타 우리가 일제히 공격한다면 동오는 무주공산과 같이 쉽게 우리 수중에 떨어질 것이다."

위 황제의 말을 들은 신하들은 모두 감탄하며 고개를 끄덕였다. 조비는 동오가 이길 것을 내다보고 미리 세 갈래 길로 군사를 출격시켰다. 유수 방면은 조인에게, 동구 방면은 조휴에게, 또 남군 방면은 조진에게 일단의 군사를 이끌고 나가게 한 다음 이렇게 영을 내렸다.

"목적지에 도착한 3로의 장수들은 군사를 잘 먹이고 쉬게 하라. 그리고 정해진 날에 일제히 동오를 기습하도록 하라. 짐은 후군을 이끌고 뒤를 받쳐주리라."

한편 제갈량을 만나러 가기를 자청했던 마량은 밤낮 없이 말을 달려 동천에 닿자마자 제갈량에게 촉군의 진지 배치도를 내보였다.

"승상, 이것을 급히 살펴주십시오. 지금 폐하께서는 좁은 강 700여 리에 걸쳐 진지 40여 곳을 마련했는데, 하나같이 산림이 무성한 숲속에 위치하고 있습니다. 아무래도 병법에 어긋나는 것 같아 진지 배치도를 그려왔으니 승상께서 조언을 해주십시오."

제갈량은 진지 배치도를 일별하고는 곧바로 부채로 책상을 치며 호통을 쳤다.

"누가 폐하께 이런 죽을 곳에 진지를 만들라고 건의했소? 어서 가서 진지를 옮기고 그 아둔한 자는 당장 목을 베시오!"

"진지 배치는 폐하께서 친히 결정한 일이지 누가 건의한 것이 아닙니다."

제갈량은 부채를 펴들며 불 같은 심정을 식혔다.

"한나라 운수가 효정에서 끝장이 나겠구나!"

마량이 깜짝 놀라 얼마나 심각한지 물었다.

"앞뒤가 막힌 험한 계곡에 둔병하는 것은 병가의 금기로 되어 있는 것을 모르시오? 만일 적이 불을 질러 공격한다면 아무도 살아남을 수 없을 것이오. 게다가 700여 리에 걸쳐 진지를 벌여놓으면 적이 나타났을 때 서로 긴밀히 도울 수 없으니 이 또한 큰 실책이오. 이런 방법으로는 이래저래 화를 피할 길이 없소. 팽팽히 대적하고 있는 상황에서 상대방의 실수는 곧 나의 기회가 되는 것이니, 육손이 싸우지 않고 지키고만 있었던 것은 바로 이런 실수를 기다렸기 때문이오. 공은 말을 갈아타고 당장 폐하께 달려가 진채를 옮기라 전하시오."

마량이 제갈량에게 물었다.

"제가 달려가는 도중에 동오가 승리하기라도 하면 어찌합니까?"

"육손은 촉군을 물리친 것으로 만족할 것이니 추격은 걱정할 필요 없소."

"육손이 촉군을 격파하고도 왜 추격해오지 않는단 말씀입니까?"

"동오를 비우면 위군이 쳐들어올 것을 두려워하기 때문이오. 만일 주상께서 패하시게 된다면 가까운 백제성으로 피신하실 것이오. 나는 동천에서 돌아오면서 어복포魚腹浦에 10만 군사를 매복해두었으니 도움이 될 것이오."

마량이 의아해서 물었다.

"저는 어복포를 수십 차례나 왕래했는데도 촉군의 깃발은 하나도 보지 못했습니다. 그런데 그곳에 10만 군사가 매복해 있다니요?"

제갈량이 부채로 몸을 식히며 말했다.

"부디 매복군을 사용할 일이 없었으면 좋겠소. 그러니 더 이상 묻지 마시오."

제갈량과 작별한 마량은 말을 갈아타고 유비가 있는 효정으로 향했다. 성도에 돌아온 제갈량은 급히 군마를 재정비하고 패퇴의 대비책을 세웠다.

한편 하루도 빠짐없이 촉군의 진지를 관찰하던 육손은 더위와 권태에 지친 촉병이 군율이 흐트러지고 방비 또한 게을리하고 있는 것을 보고 대소 장수들을 불러모았다.

"나는 촉군을 격파하라는 주공의 명을 받고도 지키기만 했을 뿐, 장수들에게 출전을 허락하지 않았소. 하지만 이제 일전을 치러야 할 때가 온 것 같소. 나는 촉군의 여러 진지 가운데 강남 연안에 있는 한 진지를 취하고자 하오. 자, 나가서 싸울 자 없소?"

육손의 말이 끝나기도 전에 한당·주태·능통이 앞다퉈 외쳤다.

"나를 보내주시오!"

육손은 앞장선 백전노장들을 모두 물리치고 유독 뜰 아래 혼자 기립해 있는 말단 장수 순우단淳于丹에게 명령했다.

"너에게 5천 군마를 내줄 것이니 오늘 밤 안으로 강남에 있는 촉의 최전방 진지를 취하도록 하라. 그곳을 지키고 있는 촉장은 부동이라는 자인데 너 혼자 힘으로는 도모하기 어려울 테니 내가 원병을 거느리고 뒤에서 돕겠다."

군령을 받은 말장末將 순우단이 군사를 거느려 나가자 육손은 서성·정봉에게 다시 영을 내렸다.

"장군들은 3천 군마를 거느리고 진지 밖 5리쯤에 둔병하시오. 행여 순우단이 이기지 못하여 도망쳐오고 적병이 뒤를 추격해오면, 뛰쳐나가 적을 막고 순우단을 구하시오."

서성·정봉은 영을 받아 군사를 거느리고 나갔다. 서서히 어둠이 깔리기 시작하자 순우단은 배불리 먹인 군사를 거느리고 촉의 진지를 향해 진격했다. 자정이 지나서야 순우단은 촉의 진지에 도착할 수 있었다. 순우단이 촉의 진지 앞에서 북을 울리며 진격하자, 즉각 부동이 군사를 거느리고 나왔다. 한밤중의 기습에 그토록 기동성 있게 대처할 줄 몰랐던 순우단은 크게 놀라 제대로 싸워보지도 못하고 군사를 뒤로 물렸다. 부동은 도망치는 순우단의 목을 취하기 위해 창을 휘두르며 달려왔다.

순우단이 사력을 다해 후퇴하고 있을 때, 갑자기 함성이 크게 일더니 일단의 군마가 뿌연 먼지를 일으키며 나타나 오군 앞을 가로막았다. 그는 촉의 장교 조융趙融이었다. 순우단은 부동과 조융에게 군사의 절반을 잃은 채 오군의 진영을 향해 필사적으로 달아났다. 그런데 또다시 산모퉁이에서 촉군의 군마가 나타나 앞을 가로막았다. 기다렸다는 듯이 순우단의 퇴로를 가로막은 장수는 사마가였다. 순우단은 부동·조융·사마가의 추격을 받으며 죽을 힘을 다해 5리를 더 도망쳤다. 그러자 대기하고 있던 동오의 장수 서성과 정봉이 달려와 순우단을 구하고 촉병을 막았다. 세 명의 촉장은 3천여 명의 오군을 시살한 것으로 만족하며 자기 진지로 돌아갔다.

서성·정봉이 순우단을 구하여 진지로 돌아오자 순우단은 육손 앞에 나가 울면서 패하고 돌아온 죄를 빌었다. 그러자 육손은 순우단을 위로하며 오히려 잘 싸운 것을 격려했다.

"그것은 장군의 잘못이 아니오. 내가 적의 허실을 살피고자 시험삼아 공을 내보냈던 것이니 오히려 소기의 목적을 이룬 것이오. 이제 촉군을 격파할 계책을 세웠으니, 다시는 도망다니지 않을 것이오."

서성과 정봉이 우려를 표시했다.

"오늘 보니 아직 촉병의 군세가 대단합니다. 공격을 하려면 처음에 했어야지 이미 700리에 걸쳐 40여 개의 진영을 설치하고 수비를 굳힌 지 7, 8개월이나 지난 지금 싸움을 해봤자 승산이 없을 것입니다. 차라리 기다린 김에 더 기다려보는 것이 어떻겠습니까?"

육손이 자신있게 말했다.

"장군들이 우려하는 것도 잘 알겠소. 하지만 이제는 더 미룰 수 없소. 제갈량이 이곳에 없는 게 동오를 위해서는 천행이라 할 수 있소. 그러니 그 여우가 오기 전에 촉군을 격파해야 하오!"

육손은 휘하 장수들을 모아 각자의 임무를 맡겼다. 주연에게는 언제라도 수군을 이끌고 나갈 수 있게 준비하되 내일 오후에 동남풍이 크게 일면 배에 마른 풀을 가득 싣고 촉의 진지가 있는 산어귀로 나가게 했다. 또 한당에게는 일단의 군사를 이끌고 강의 북쪽 해안을 공격하게 했으며 똑같은 시각에 주태에게는 강남쪽 해안을 공격하게 했다. 육손은 촉군을 공격하는 모든 병졸들에게 짚을 한 단씩 들고 나가되 그 속에 유황과 염초 등의 인화 물질을 집어넣어 불이 잘 붙도록 했다.

육손은 장수들을 불러 촉의 진지에 도착하면 바람이 불기를 기다려 촉이 구축해놓은 40개 진지 중에 20개의 진지에 먼저 불을 지르고, 그 다음에는 매시간 한 진지씩 불을 지르게 했다. 명령을 받은 장수들과 군사들이 오군의 진지를 떠나기 전에 육손이 말했다.

"제장들은 이 싸움에서 한 치도 물러서서는 안 되오. 우리가 이 전쟁에서 이기면 동오는 황제를 낼 수 있지만, 지면 위나 촉의 개, 돼지가 될 것이오. 맡은 바 임무를 다하면 반드시 촉군을 물리칠 수 있을 테니 유비를 사로잡는 것도 시간문제일 것이오."

한편, 촉진의 어영에 있던 유비는 요새에 틀어박혀 싸우러 나오지 않는 오군을 끌어낼 계책을 세우느라 여념이 없었다. 그런데 별안간 어영 앞에 세워놓은 깃발이 쓰러졌다. 이것을 보고 유비가 곁에 있던 참모 정기에게 물었다.

"바람 한 점 불지 않는데 깃발이 쓰러지다니 이게 무슨 불길한 징조냐?"

"동오의 군사들이 야습을 해올 징조입니다."

"어젯밤에 몰살을 당하고도 어찌 다시 나타난다는 말이냐?"

"육손이 우리를 시험하기 위해 일부러 패한 척했는지도 모르지 않습니까?"

유비가 정기와 이야기를 나누고 있을 때 초병이 달려와 동오의 군사들이 산을 타고 동쪽으로 가고 있다고 보고했다. 그러나 유비는 대수롭지 않다는 듯 말했다.

"그것은 우리를 진채에서 끌어내기 위한 유인책일 것이다."

유비는 당직 장교들을 불러 군사들을 함부로 움직이지 못하게 했다. 그리고 관흥·장포에게 별도로 영을 내려 각기 500의 군마를 거느리고 자주 순찰을 하도록 했다. 어둠이 깔리기 시작할 무렵, 관흥이 부리나케 달려와 유비에게 말했다.

"강북의 진지에 불길이 오르는 게 보입니다."

유비는 급히 관흥·장포를 불러 관흥에게는 강북으로 달려가게 하고, 장포에게는 강남으로 가 그곳을 지키게 했다. 그리고 오군의 동향을 탐지하여 보고하라 지시했다.

"만일 동오의 군사들이 몰래 출격한 것이라면 속히 달려와 알리도록 하라."

유비의 영을 받은 장포·관흥이 물러간 지 얼마 되지 않아 주위가 완전히 어두워지고 동남풍이 불기 시작했다. 유비는 어영 앞의 깃발이 바람도 없이 쓰러졌던 것을 다시 생각하며, 적벽대전 당시 제갈량이 그토록 기다렸던 동남풍을 언뜻 떠올렸다. 순간 육손의 계책이 자기 손바닥의 손금처럼 환히 떠올랐다. 유비는 소름이 끼쳤다.

'아, 하늘이 나를 버리는구나!'

유비는 골짜기에서 진채를 옮기기 위해 급히 장수와 부장들에게 파발을 돌릴 연락병들을 불렀다. 바로 그때 어영의 왼쪽에서 불길이 치솟았다. 유비는 불길을 잡기 위해 불이 난 쪽을 향해 달렸다. 그러자 이번에는 어영의 오른쪽에서 다시 불길이 올랐다. 군사들은 불을 끄기 위해 생나뭇가지를 꺾어들고 불이 붙은 수풀더미를 후려쳤다. 그러자 바싹 마른 수풀에 붙은 불은 공중으로 불씨를 날리며 더 빠른 속도로 옆의 수풀로 번졌다.

촉군이 불을 끄기 위해 우왕좌왕하는 사이 천지가 떠나갈 듯한 함성이 크게 일며 사방에서 동오의 군사들이 일제히 뛰어나와 촉진을 기습했다. 불을 끄기 위해 무기조차 팽개쳐두었던 군사들은 오군의 갑작스러운 기습을 받고 황급히 무기를 찾았으나 제대로 대처를 하기엔 역부족이었다. 오군의 숫자가 얼마나 되는지도 알 수 없는 위급한 상황 속에서 촉군은 불에 타 죽거나 적군의 창검에 찔려 죽을 수밖에 없었다.

육손의 계략에 단단히 걸려든 것을 눈치챈 유비는 불을 끄기 위해 꺾어들었던 나뭇가지를 집어던지고 풍습이 지키는 진지로 몸을 피하기 위해 말에 올라탔다. 그러나 풍습의 진지도 불길에 휩싸여 있기는 마찬가지였다. 기가 막힌 유비가 사방을 둘러보니 강남과 강북에 있는 촉의 모든 진영에 불이 붙어 마치 화염 지옥의 한 귀퉁이를 보고 있는 듯했다.

한편 부하 수십 기를 거느리고 계곡을 빠져나가던 풍습은 멀리 가지 못하고 동오의 장수 서성과 맞닥뜨렸다. 그는 도주로를 뚫기 위해 죽을 힘을 다해 서성과 싸웠다. 그때 풍습의 진지에 들렀던 유비가 멀리서 풍습의 위급함을 목격하고 말 머리를 돌려 이번에는 옆길로 달아나기 시작했다. 그것을 본 서성은 맞서 싸우던 풍습을 부하들에게 맡기고 유비의 뒤를 쫓기 시작했다. 유비는 풍습이 서성을 막아주길 기원하며 정신없이 말을 달려 서쪽으로 도망쳤다. 그런 유비의 앞길을 한 떼의 군마가 가로막았다. 동오의 장수 정봉이었다.

앞뒤에서 서성과 정봉의 협공을 받은 유비는 사방을 둘러보았지만 달아날 길이 없었다. 크게 당황한 유비가 하늘을 쳐다보며 탄식하려는 찰나, 갑자기 산비탈의 소로에서 함성이 일며 일군의 군사가 달려왔다. 다행히도 군사를 이끌고 나타난 장수는 장포였다. 장포는 앞뒤로 둘러싼 오군 가운데 약해 보이는 정봉 쪽을 집중적으로 공략하여 퇴로를 뚫었다. 장포가 가까스로 유비를 구해 도망쳐 나오는데 한 떼의 군사가 또다시 앞쪽에서 나타났다. 하지만 새로 군사를 이끌고 나타난 장수는 촉장 부동이었다. 장포와 부동은 합심하여 유비를 엄호하여 마안산馬鞍山으로 도주했다.

장포와 부동이 앞뒤로 유비를 호위하여 마안산으로 올라가는데 갑자기 산기슭에서 일단의 군마가 함성을 지르며 나타났다. 육손이 대군을 거느리고 마안산 일대를 물샐 틈 없이 포위한 것이다. 장포·부동은 사력을 다해 오군을 밀어젖히고 마안산으로 들어섰다. 유비가 고개를 돌려 산 아래 들녘을 바라보니 40여 개의 진채가 모조리 화공을 받아 연기를 피워올리고 있었다.

어수선한 밤이 지나고 이튿날 아침이 밝자 동오 군사들은 마안산 기슭을 뼹 둘러가며 또 한번 불을 질렀다. 촉의 군사들은 아우성을 치며 살길을 찾아 뿔뿔이 도망쳤고, 장교들은 산 아래로 도주하는 군사들을 막을 방법이 없어 손을 놓고 바라볼 수밖에 없었다.

이때 치솟는 불길을 뚫고 젊은 장수 하나가 군사를 이끌고 산 위로 올라왔다. 그는 어제 저녁 강북쪽의 진지를 지키러 보냈던 관흥이었다. 힘들게 산을 올라온 관흥은 숨을 헐떡이며 황제에게 말했다.

"오군이 이 산을 통째로 불태우려 하고 있습니다. 그러니 이곳은 숨을 만한 곳이 못 됩니다. 폐하께서는 어서 이곳을 떠나 백제성으로 가셔야 합니다."

유비가 자신감을 잃은 듯한 목소리로 물었다.

"누가 적의 추격을 따돌린단 말이냐?"

부동이 나와서 말했다.

"신이 사력을 다해 후미를 지키겠습니다."

장수들은 날이 어두워지기를 기다려 마안산을 탈출하기로 작전을 세웠다. 관흥이 앞에 서고 장포가 가운데에서 황제를 호위했다. 그리고 부동이 후미를 맡았다. 유비가 도망치는 것을 본 동오의 장수들은 유비의 수급을 취하기 위해 앞을 다투어 촉군을 덮쳤다. 다급해진 유비는 군사들에게 무거운 갑옷을 벗어 길에 쌓아놓고 불을 지르게 했다. 하지만 하늘과 땅을 뒤덮을 만한 오군의 기세는 길바닥에 피워놓은 촉군의 장애물을 겁내지 않았다.

촉군이 갑옷도 입지 않고 정신없이 도망치는데, 갑자기 함성이 크게 일더니 동오의 장수 주연이 강가에 대기하고 있던 수군을 이끌고 나타났다. 퇴로가 차단되자 유비가 낙담하여 소리쳤다.

"한 황실이 여기서 끝장나는구나!"

장포·관흥을 본 주연은 섣불리 대응하지 않고 소나기처럼 화살을 퍼붓게 했다. 그러자 촉군은 많은 사상자를 냈다. 장포·관흥은 비오듯 쏟아지는 화살을 무릅쓰고 탈출구를 찾으려 애썼지만 별 성과가 없었다. 설상가상으로 촉군의 배후에서 천지가 진동할 듯한 함성이 일더니 이번에는 육손이 직접 대군을 거느리고 쫓아왔다. 유비는 너무 당황한 나머지 탄식할 기운조차 없었다.

앞뒤로 포위된 채 마안산 중턱에 고립되어 있는 동안 아침 해가 희뿌옇게 밝아오기 시작했다. 유비와 장수들은 마지막 힘을 모아 주연이 거느린 오군을 향해 돌진할 것을 결의했다. 그런데 주연이 가로막아 선 전방에서 함성이 크게 울리며 주연의 군사가 바람에 날리듯 개울과 절벽으로 밀려 떨어지더니 채 밝지 않은 사위를 헤치고 한 무리의 군마가 나타났다.

유비가 뜻밖의 사태에 놀라 바라보니 꿈에도 생각지 않았던 조운이 앞장서서 군마를 거느리고 달려오고 있었다. 조운은 천중川中에 있다가 동오의 군사에게 촉의 군사가 전멸당하고 있다는 소문을 듣고 급히 군사를 몰아 지원을 나선 참이었다. 다급히 군사를 거느리고 달려오던 조운은 촉의 군사가 진을 치고 있는 동남쪽에서 화광이 크게 이는 것을 멀리서 보고 간담이 떨어지는 듯했다. 조금 더 앞으로 나가자 쫓겨온 촉군의 패잔병을 만나게 되었고 조운은 그들에게 황제가 포위되었다는 말을 전해들었다. 그 말을 듣자마자 첩첩이 에워싼 오군을 격파하며 유비가 있는 마안산을 향해 내달렸던 것이다.

육손은 연락병을 통해 조운이 왔다는 정보를 접하고 속히 군사를 후퇴시키려고 했다. 그런데 각 부대로 파발이 떠나기도 전에 주연의 부대가 조운과 맞닥뜨리고 만 것이다. 주연은 자기 부하들을 적벽으로 밀어붙이는 조운을 상대하기 위해 창을 들고 나섰다. 하지만 그는 조운의 상대가 될 수 없었다. 불과 몇 합을 나누기도 전에 주연은 조운의 창에 찔려 말 아래로 나뒹굴었고 그것을 본 동오의 군사는 혼비백산하여 산 위와 아래로 달아났다.

조운은 진퇴양난의 위기에 처한 유비를 구해 백제성으로 모셨다. 유비는 말을 달려 도망하는 가운데에도 부하 장수들을 걱정했다.

"자룡, 나는 이제 살게 되었으나 나머지 장수들은 어찌한단 말이오?"

"적이 뒤를 추격해오고 있습니다. 그러니 폐하께서 먼저 살 궁리를 하십시오. 폐하께서 백제성에 안전히 도착한 뒤에, 신이 다시 군사를 거느리고 장수들을 구하겠습니다."

조운의 호위로 백제성에 닿은 유비가 휘하 병사를 헤아려보니 겨우 100여 명에 불과했다. 유비가 백제성에 들어가 안도의 한숨을 쉬고 있을 때, 적의 추격을 저지하기 위해 후미를 자청했던 부동은 동오의 군사들에게 완전히 포위되고 말았다. 부동을 포위한 동오의 장수 정봉은 부동에게 투항을 권했다.

"촉병은 모두 전몰하고 너밖에 남지 않았다. 네 주인 유비는 산 아래서 붙잡힌 지 오래다. 미련하게 너 혼자 충의지사 흉내내지 말고 빨리 투항해라!"

부동은 옥쇄玉碎를 각오하고 오히려 정봉을 꾸짖었다.

"너는 황실의 장수가 역적들에게 항복하는 예를 보았느냐? 헛소리 말고 내 칼이나 받아라!"

부동은 오군의 포위망을 뚫기 위해 앞장서서 칼을 휘둘렀다. 하지만 적은 군사로는 철옹성같이 둘러싼 오군의 대병을 이겨낼 수 없었다. 부동은 하늘을 보며 크게 외치고 적진을 향해 깊숙이 말을 달려 나갔다.

"장수가 적진에서 죽는 것을 어찌 두려워하겠느냐!"

부동은 오군에게 둘러싸인 채 무수히 많은 창에 찔려 죽었다. 그때 촉의 참모 정기는 오군과 대치하고 있던 강변에서 수군을 거느리고 적진을 기습하기 위해 들어가다가 동오의 매복병과 맞닥뜨렸다. 그러자 촉의 수군들은 크게 놀라 제대로 싸워보지도 못하고 흩어져 달아났다. 정기가 데리고 다니던 부장 하나가 겁을 집어먹고 말했다.

"동오의 군사가 막강합니다. 참모께서는 몸을 피하시는 게 좋겠습니다."

정기는 침착하게 부장을 타일렀다.

"나는 주상과 함께 싸움터에 나왔네. 그러니 어찌 적을 보고 싸우지는 않고 겁쟁이처럼 도망친단 말인가?"

부장은 부끄러워하며 정기와 함께 이곳에서 옥쇄하기로 다짐했다. 그러자 곧 동오의 군사들이 벌떼처럼 달려들어 두 사람을 둘러쌌다. 정기와 그의 부장은 서로 등을 맞댄 채 동오의 군사 수십 명을 베고는 수십 차례 창에 찔려 죽었다.

한편 서성을 만나 죽을 고비를 맞았던 풍습은 유비가 나타난 덕에 겨우 목숨을 보전해 이릉성을 포위하고 있던 오반·장남에게 달아났다. 오랫동안 이릉성을 포위하고 있던 오반·장남은 풍습이 달려와 촉병이 크게 패했다는 말을 전하자 급히 포위를 풀고 유비를 구하기 위해 군사를 이끌고 나섰다. 그러자 전세가 역전된 것을 알아챈 손환은 군사들을 독려해 성문을 나서 촉군을 추격할 준비를 했다.

이릉성의 포위를 풀고 유비가 있음직한 곳으로 달려가던 오반의 군사들은 그러나 얼마 가지 못해 물밀 듯 몰려와 앞을 가로막은 동오의 군사와 대적했다. 게다가 군사를 정비해 곧바로 추격해온 손환의 군사가 퇴로를 끊자 앞뒤로 협공을 당하게 됐다. 장남·풍습은 오군의 포위망을 뚫기 위해 동분서주했으나, 힘에 부친 나머지 오군 병사들의 창에 찔려 죽었다. 또한 촉군의 선봉장이었던 오반도 두 장수와 떨어진 반대편 포위망을 간신히 뚫고 도망쳤지만 얼마 가지 않아 한 떼의 오군을 만났다. 그러나 천만다행으로 때마침 조운이 달려와준 덕에 겨우 목숨을 부지해 백제성으로 돌아올 수 있었다.

700여 리에 걸쳐 40여 개의 진지를 구축했던 촉군은 위급할 때 서로를 구원하지 못하고 부대별로 독립된 전투를 치르다가 완전히 대패했다. 만왕 사마가의 군사도 예외가 아니었다. 동오의 장수 주태와 마주치게 된 사마가는 철퇴를 휘두르며 20여 합을 싸운 끝에 주태에게 죽임을 당했다. 오반처럼 구사일생으로 살아남거나 장남·풍습처럼 장렬한 최후를 한 장수 외에 두로·유녕 등의 많은 장수들은 오군에게 투항하고 말았다. 촉군은 효정 전투에서 동정 길에 가지고 왔던 막대한 군량미와 마초는 물론 귀중한 무기마저 모조리 불타 없어지거나 오군의 전리품으로 빼앗기는 화를 당했다. 그리고 오군에 투항한 장수와 군사들의 수는 아예 헤아릴 길이 없었다. 20만 대군이 흔적도 없이 사라진 것이다.

육손이 유비의 동정군을 전멸시켰다는 소식은 파발을 통해 손권이 있는 건업으로 곧바로 전해졌다. 그러자 손부인은 효정이 불탈 때 유비도 함께 불타 죽은 줄 알고 강가로 나가 성도가 있는 서쪽 하늘을 바라보며 크게 통곡했다. 그리고 절벽으로 올라가 몸을 던져 자결했다. 손권은 정략결혼에 희생된 불쌍한 누이동생을 위해 효희사梟姬祠라는 사당을 짓게 했다.

승리를 거둔 육손은 기관夔關에 군사를 결집한 다음 여세를 몰아 유비가 달아난 서쪽을 향해 진군했다. 그런데 기관을 떠나 반나절 정도를 행군했을 때, 눈앞에 보이는 산에서 하늘을 찌를 듯한 살기가

이릉대전의 결말은 촉의 전멸, 20만 대군이
흔적도 없이 사라진 것이다. 『삼국지』에 등장하는 3대
전쟁은 관도대전 · 적벽대전 · 이릉대전이다.
원소가 조조를 공격하며 관도대전이 시작되었고 조조가
손권(그리고 유비)을 쳐서 적벽대전이 일어났다.
그리고 유비가 손권을 침공하여 이릉대전이 전개되었다.
세 전쟁 모두 공격자가 패배하면서 막을 내렸다.

느 껴 졌 다 .
육손은 좌우의
장수들을 불러 눈앞
에 보이는 산을 가리켜
보였다.

"저 산은 복병을 숨겨놓기 좋은 산세
를 하고 있소. 그러니 장군들은 행군을 멈추
고 저 산을 우회하는 방법을 생각해보
시오."

행군을 중단시킨 육손은 군사를
길 한복판에 부려놓은 뒤 적병을 탐
지하기 위해 염탐꾼에게 산을 정찰하
게 했다. 한참 뒤에 염탐꾼들이 돌아와
촉군은 흔적도 찾을 수 없다고 보고했다. 하
지만 조심성 많은 육손은 병사들의 말을 믿지
않고 전방이 마주보이는 산 위에 올라가 동정을
살폈다. 염탐꾼들의 보고대로 맞은편 산에서는 어떤 낌새도 보
이지 않았다. 그래도 불길한 예감을 떨치지 못한 육손은 다시 정찰
병을 보내 산의 좌우를 자세히 살펴보게 했다. 잠시 후, 동정을 살피
러 다녀온 군사는 앞의 군사와 똑같은 보고를 했다.

그러던 중 날이 어두워지기 시작했다. 산그늘에 잠긴 어두운 산 주
변에서 강한 살기가 솟아오르는 것을 감지한 육손은 마음을 놓지 못
하고 마지막으로 한 번 더 심복 부하를 보내 주변을 정찰하게 했다.
오래지 않아 심복이 돌아와 육손에게 보고했다.

"산 오른쪽의 강가에 돌무더기 80~90개가 쌓여 있을 뿐 아무런 인적도 느낄 수 없었습니다."

육손은 기이하게 여기며 군사 중에서 그곳에 살았던 사람을 찾으라고 지시했다. 장교들이 곧 몇 명의 병사들을 데리고 왔다. 육손이 그들에게 물었다.

"너희가 이 고을에 살 때, 이곳 강가에 돌무더기가 쌓여 있었느냐? 그리고 강가에 돌무더기를 쌓은 사람은 또 누구였느냐? 아는 사람이 있으면 말해보라."

그러자 젊은 병사 하나가 나서서 대답했다.

"이곳은 어복포라고 부릅니다. 제갈량이 서천으로 돌아가면서 이곳을 지나간 적이 있었는데, 지금 말씀하신 그 돌무더기는 제갈량이 부하들을 시켜 쌓은 것입니다. 그후로 이 고을 사람들은 제갈량이 쌓았던 돌무더기를 피해 다니고 있습니다."

"그것은 무슨 까닭이냐?"

"낮이든 밤이든 그 돌무더기 근처에서 구름이 피어오르기 때문입니다."

병사의 말을 듣고 호기심이 동한 육손은 곧 말에 올라 수십 기의 기병을 거느리고 직접 돌무더기를 살피기 위해 산 위로 올라갔다. 강변이 내려다보이는 산중턱에서 오른쪽을 굽어보니 과연 돌무더기로 쌓아놓은 성이 보였다. 자세히 보니 사면팔방에 모두 문이 나 있는 게 눈에 들어왔다. 그제야 육손은 대단치 않게 여기며 말했다.

"제갈량이 얕은 꾀로 우리 군사의 추적을 중지시키고자 했구나. 하지만 내게 들켰으니 헛수고가 될 것이다!"

육손은 호기롭게 장담하며 몇 기의 부하들에게 횃불을 들게 한 뒤,

산 아래로 내려가 돌무더기로 쌓은 성안에까지 들어갔다. 말을 타고 돌무더기 사이를 살피며 다니던 육손에게 부장 하나가 말했다.

"날도 이미 완전히 저물었으니 도독께서는 그만 살피시고 내일 다시 오시는 게 좋겠습니다."

육손이 부장의 말에 따라 돌무더기 성을 나오려고 할 때, 갑자기 돌풍이 일더니 부하들이 들고 있던 횃불을 모조리 꺼트렸다. 그러자 돌무더기로 쌓은 성은 한 치 앞도 바라볼 수 없을 정도로 캄캄해졌다. 뿐만 아니라 돌과 모래가 섞인 바람 때문에 눈을 제대로 뜰 수가 없었다. 한손으로 바람을 막고 간신히 눈을 떠보니 희미한 달빛에 돌무더기가 보였는데, 모두 창과 칼 모양으로 변해 있었다. 그리고 돌풍에 실려온 모래들이 어느새 작은 산처럼 여기저기에 솟아올라 육손의 앞을 가로막았다. 캄캄한 어둠 속에 갇힌 채 길까지 잃어버리자 강가에서 들려오는 파도 소리와 바람 소리가 마치 북을 울리고 칼을 절그럭거리며 진격해오는 적군의 기습 소리처럼 들렸다. 육손은 정신을 바짝 차리고 부하들을 독려했다.

"곧 바람이 잔잔해질 것이니, 걱정하지 말라!"

부하들을 안심시킨 육손은 달빛에 의지하여 왔던 길을 더듬어 돌아가려고 했지만 출구를 찾을 수가 없었다. 육손이 식은땀을 흘리며 돌무더기로 쌓은 성을 수도 없이 맴돌고 있을 때, 갑자기 웬 노인이 불쑥 말을 타고 나타났다. 그러자 육손은 촉군이 나타난 줄 알고 깜짝 놀랐다. 노인이 아무렇지도 않게 웃으며 말했다.

"백언은 어떻게 이곳을 빠져나가려 하시오?"

육손은 노인이 자신을 해치지는 않을 것같아 그에게 애걸했다.

"이미 제 이름을 알고 계시니 제 목숨은 노옹께 달렸습니다. 제발이 돌성에서 저희를 구해주십시오."

노인이 아무 말 없이 앞장서서 육손 일행을 돌무더기 밖으로 데리고 나왔다. 그리고 육손의 진지로 돌아가는 방향을 가르쳐주었다. 육손이 그 노인에게 감사하며 두 손을 가슴 앞에 모았다.

"저를 구해주신 노옹은 누구십니까? 함께 돌아가시면 사례를 하겠습니다."

"나는 공명의 장인 되는 황승언이니 그럴 필요는 없소. 내 사위가 서천으로 돌아가면서 이곳에 돌무더기로 미궁을 쌓고 팔진도八陣圖라는 이름을 붙였소. 사위는 성을 다 쌓고 서천으로 가면서 나에게 '훗날 동오의 대장이 팔진도에 들게 될 것이니 절대로 출로를 가르쳐주지 마십시오'라고 말했소. 그러나 나는 사람이 죽는 일을 알고도 도와주지 않는 것은 나쁜 일이라고 생각하고 유현덕이 패한 뒤로 이곳을 지키고 있었소. 사위의 말을 듣지 않고 내가 장군을 특별히 구해주니, 장군도 유현덕을 더 이상 쫓지 마시오."

그러자 육손이 팔진도에 대해 캐물었다.

"노옹께서는 사위가 만든 이 진법을 알고 계십니까?"

"사위가 이 미로를 만들 때 나도 곁에 있었으니 다행히 조금은 알고 있소. 우선 여덟 개의 문을 배치했으니 그것들은 각각 휴休·생生·상傷·두杜·경景·사死·경驚·개開에 해당하오. 이 미궁은 워낙 복잡하기 짝이 없어서 오래 공부하지 않으면 변화무쌍한 이치를 깨달을 수 없소."

육손과 부하들은 말에서 내려, 사위의 적인 줄 알면서도 생명을 구해준 노인에게 감사의 절을 올렸다. 밤늦게 진지로 돌아온 육손은 한탄을 했다.

"공명을 와룡이라더니 그 명성이 조금도 헛된 게 아니었구나! 그가 출사할 때의 나이가 지금의 내 나이와 비슷하지만, 어찌 내 재주를 와룡에게 비할 것인가!"

밤새도록 고민에 빠졌던 육손은 장수들을 불러 추격을 멈추고 강남으로 회군할 것을 명령했다. 그러자 승전의 단맛을 본 장수들이 거세게 항의했다.

"도독은 다시 생각해주시오. 유비는 20만 군사를 모조리 잃어버린 채 백제성 하나에 겨우 의지하고 있으니, 우리가 이 여세를 몰아 공격한다면 촉군은 추풍 낙엽처럼 떨어질 것입니다. 어린 아이 장난질 같은 팔진도를 보고 놀라 달아날 필요가 있겠습니까?"

육손은 어젯밤 미리 생각해둔 말로 장수들을 설득했다.

"내가 군사를 물리려는 것은 팔진도를 보고 두려워해서가 아니오. 유비를 끝까지 쫓아가 섬멸하지 않더라도, 이번의 대패로 촉군은 한동안 동오를 넘보지 못할 것이오. 내가 걱정하는 것은 우리가 촉의 군사를 추격하는 것을 알면 위나라의 조비가 반드시 비어 있는 동오로 침범해올 것이란 사실이오. 만일 우리가 서천 깊숙이 진격해 들어간다면 진퇴양난에 빠질 것이니, 여기서 회군하는 것만 못할 것이오."

그제야 장수들은 육손의 말에 수긍했다. 육손은 혹시 있을지도 모르는 촉군의 교란작전에 대비하여 단계적으로 대군을 철수했다. 육손이 강남 땅으로 군사를 물리기 시작한 지 2, 3일도 못 되어 세 곳에서 파발이 달려와 정보를 쏟아놓았다.

"위의 장수 조인이 군사를 거느리고 유수에 출현했고, 조휴는 동구에 나타났으며, 남군으로는 조진이 내려오고 있습니다. 세 갈래로 남하하고 있는 위군의 수는 도합 수십 만에 이르는데, 그들이 국경 근처에서 멈출지 아니면 국경을 넘어올지는 아직 확실히 알 수 없습니다."

육손은 전령의 보고를 받고 고개를 끄덕였다.

"내가 그럴 줄 알고 적을 막을 수 있는 대책을 마련해놓았소. 그러니 장수들은 내가 시키는 대로 하기 바라오."

유비의 죽음

서기 222년 여름 6월.

유비는 이릉과 효정에서 동오의 대도독 육손에게 크게 패하고 간신히 목숨을 부지하여 백제성으로 돌아왔다. 때마침 제갈량의 전갈을 가지고 마량이 밤낮 없이 말을 달려 백제성에 도착했으나, 20만 대군이 모조리 전사하고 겨우 일대─隊도 되지 않는 군사만 목숨을 건졌다는 것을 알고 땅을 치며 통곡했다.

그때 연이어 파발이 달려와 풍습·장남·부동·정기·사마가 등이 모두 전사했다는 비보를 전했다. 유비는 하나같이 충절을 지키다가 죽은 장수들의 소식에 크게 비통해했다. 그런데 또다시 비보를 담은 파발이 달려왔다.

"위군을 막기 위해 강북에 주둔했던 황권이 위로 투항했습니다."

그러자 한 관원이 황권의 가솔을 잡아 문죄하라고 간했다. 유비가 힘없이 손을 가로저으며 말했다.

"황권은 동오의 군사가 강안을 모두 점령하고 있기 때문에 돌아올 곳이 없었을 것이다. 장수가 투항할 수밖에 없도록 만든 것은 모두 짐의 잘못인데, 어찌 죄 없는 가솔들에게 분풀이를 하겠느냐?"

유비는 황권의 가솔들을 위로하고 그가 봉록으로 받던 쌀을 그대로 지급하라고 영을 내렸다. 그러고 나서 자신을 구원해준 조운을 바라보며 탄식했다.

"짐이 일찍이 승상과 자룡의 말을 들었던들 오늘날 이처럼 가련한 신세가 되지는 않았을 것이오. 장차 나는 무슨 면목으로 성도에 돌아가 승상과 신하들을 대한단 말이오!"

그러자 조운이 말했다.

"폐하께서는 너무 심려하지 마십시오. 많은 군사들을 잃었지만, 양천의 기반마저 잃어버린 것은 아니지 않습니까?"

유비가 길게 한숨을 쉬며 말했다.

"탁군에서 두 아우와 함께 몸을 일으킬 때부터 내게는 사람 말고는 아무것도 가진 게 없었소. 사세삼공을 지낸 원소의 가문만큼 세력이 있었던 것도 아니고 위나라를 일으킨 조조처럼 젊어서부터 중앙에 선이 닿아 있었던 것도 아니오. 선대의 가업을 물려받아 강남에 터줏대감 자리를 굳힐 수 있었던 손권은 접어두고라도, 저 대역무도했던 동탁이나 여포마저도 자기 근거지를 가지고 있지 않았소? 30년이 넘도록 동가식 서가숙 하다가 겨우 익주에 기반을 잡았는데, 내 잘못으로 군사들을 결딴내놓았으니 어떻게 익주 땅으로 다시 돌아갈 수 있겠소?"

유비는 백제성을 영안궁永安宮으로 고치고, 성도로 전지傳旨를 보내 이곳에 거주할 것을 알렸다.

그럴 즈음, 위나라에 투항한 황권은 위의 병사들에게 포박되어 조비 앞에 끌려갔다. 조비가 황권을 떠보기 위해 물었다.

"장군이 짐에게 투항한 것은 진평과 한신(둘 다 항우의 부하였으나 한 고조 유방에게 투항하여, 한 왕조의 개국공신이 되었다)을 본받고자 함이 아니냐?"

황권이 눈물을 흘리며 말했다.

"저는 촉 황제의 명령을 받고 위군을 견제하기 위해 강북에 군사를 둔병하고 있었습니다. 그러다가 효정에서 동오의 장수 육손에게 촉군이 전몰하는 바람에 퇴로가 끊겼습니다. 제가 폐하께 투항한 것은 주군에게 돌아갈 방도가 없고 그렇다고 해서 동오에 투항할 수도 없었기 때문이지, 어찌 옛사람을 흉내내기 위해서이겠습니까?"

그러자 조비는 황권의 우직함을 높이 사 포박을 풀게 하고, 전장군의 직위를 내렸다. 그때 시자가 급히 어전으로 들어와 조비에게 뭔가 귀엣말을 했다. 조비는 고개를 끄덕이고 나서 황권에게 물었다.

"촉에서 방금 돌아온 세작에 의하면 장군이 위에 투항한 것을 알고 유비가 그대의 가족을 모두 주살했다고 한다. 짐이 군사를 줄 테니 당장 원한을 갚으러 나가지 않겠느냐?"

황권은 그 말을 듣고도 태연했다.

"신은 촉 황제의 아낌을 받아 장수로서 높은 자리에까지 올랐습니다. 그리고 황제와 저는 서로 신뢰하는 사이입니다. 촉의 황제께서 신이 폐하께 투항하게 된 본심을 알고 계실 텐데 신의 가족을 죽일 리 없습니다."

조비는 다시 한번 황권의 우직한 충성심에 고개를 끄덕이고 전장군보다 한 품질品秩 더 높은 진남장군의 직위를 주었다. 황권이 큰 절을 하고 물러나자, 조비가 가후에게 물었다.

"선대에 관도대전과 적벽대전이 있었는데 두 번 다 위가 참전했소. 선왕께서는 관도에서 이김으로써 오늘날 위나라가 존재할 수 있는 초석을 세우셨지만, 적벽에서는 아쉽게도 군사를 물린 까닭에 천하가 이처럼 불완전한 형세가 되었소. 짐이 천하를 통일하려면 먼저 촉을 취해야 하겠소, 아니면 동오를 취해야 하겠소?"

"이번에 손권에게 대패를 했지만 촉에는 용맹과 명분을 갖춘 유비와 뛰어난 재사인 제갈량이 건재해 있습니다. 또 동오의 손권은 이번의 승리로 한껏 고무되어 있는데다가 육손이라는 새로운 인재를 발굴하여 제2의 도약기를 마련하게 될 것입니다. 신의 생각으로는 손권이 황제를 참칭하고 나설 날도 그리 멀지 않은 듯합니다. 대전을 치른 나라들은 전쟁을 통해 자기의 장단점을 알게 되고, 그것을 어떻게 잘 활용하느냐에 따라 더욱 강건한 대국이 될 수 있습니다. 위나라가 오늘처럼 대국이 된 것도 모두 두 번의 대전을 치르면서 성공적인 확대와 시련에 찬 응축을 맛보았기 때문입니다. 그러므로 방금 전쟁을 마친 오나 촉을 가볍게 여기시고 군사를 움직이신다면 오히려 역풍을 맞을 수 있습니다. 좀더 시간을 가지고 오와 촉의 정황을 지켜보는 게 좋겠습니다."

조비는 가후의 말이 납득되지 않았다.

"짐은 이미 세 방면으로 대병을 보내 동오를 칠 만반의 준비를 갖추었소. 그런데 뭐하러 상황을 더 지켜본다는 말이오?"

옆에 있던 상서 유엽이 가후를 거들었다.

"동오의 손권은 촉의 20만 대군을 격파하고 사기가 하늘을 찌를 듯

할 뿐 아니라 장강이라는 천연의 요새를 가지고 있어 정벌이 쉽지 않습니다. 게다가 이릉대전을 승리로 이끈 육손은 나이가 어리지만 지모가 많은 인물이니 위군의 침입에 대비하고 있을 것입니다."

조비가 유엽의 말에 역정을 냈다.

"전에는 동오를 치라고 해놓고 지금에 와서는 치면 안 된다고 하니, 대체 경의 본심은 무엇이오?"

"상황이 같지 않기 때문입니다. 전에는 유비의 군대가 파죽지세로 동오를 휩쓸어버리고 있을 때여서 우리가 공격했다면 세력이 약해진 강남의 많은 땅을 차지할 수 있었을 것입니다. 그러나 지금은 뜻밖에도 동오가 승리하여 사기충천해 있을 것이니 그때만큼 쉽지 않을 것입니다."

"짐은 3로로 군사를 내보낼 때 이미 결단을 내렸소. 그러니 두 사람은 이 문제로 더 이상 간언하지 마시오!"

조비는 관망하자는 중신들의 말을 듣지 않고, 즉시 어림군을 소집해 친히 3로군을 지원하기 위해 나섰다. 그때 전령이 급히 달려와, 오군의 방어가 만만치 않음을 알렸다. 조휴가 내려오는 동구쪽 길목은 여범이 틀어막고 있었으며 제갈근은 남군에서 조진을 막고 있었다. 또 주환은 유수에서 조인의 남하를 저지하고 있었으니 가후와 유엽의 예상대로였다. 유엽이 조비에게 진언했다.

"동오가 자물쇠처럼 길목을 틀어막고 있다면 비록 폐하께서 가신다 하더라도 전황은 나아지지 않을 것입니다."

조비는 거듭되는 유엽의 간언에도 불구하고 3로군을 지원하기 위해 군사를 거느리고 전선으로 나섰다. 하지만 유엽이 걱정한 대로 세 방면으로 출진한 위의 군사들은 오군의 저항에 직면해 한 발짝도 더 남하하지 못하고 있었다. 특히 유수로 내려간 조인은 스물일곱 살의 젊은 장수 주환周桓을 맞아 크게 고전하고 있었다.

육손의 명을 받고 일찌감치 유수 방면을 경계하고 있던 주환은 담력과 지모가 뛰어나 어릴 때부터 손권의 신임을 얻고 있었고, 때마침 유수독濡須督을 지내고 있었다. 그러던 중에 대군을 거느리고 남하하던 조인이 선계羨溪를 취하려 한다는 소식을 듣고 5천여 기를 남겨 유수성을 지키게 하고 자신은 군사를 끌어모아 선계로 달려갔다.

그러자 염탐꾼으로부터 유수의 주력이 빠져나갔다는 소식을 들은 조인은 대장 상조에게 명하여 제갈건·왕쌍과 함께 정병 2만을 거느리고 유수성을 취하게 했다. 그러자 유수를 지키고 있던 오병들은 위의 대병이 공격하러 오고 있다는 소문을 듣고 주환에게 회군하기를 청하는 파발을 보내왔다. 그것을 펴본 주환은 전령을 꾸짖어 돌려보냈다.

"승부는 오직 장수의 전략과 의지에 달려 있는 것이지 군사의 많고 적음에 있는 것이 아니다. 병법에 이르기를 공격은 병력이 배가 든다고 했으니, 방어하는 군사가 적다고 하더라도 충분히 성을 지킬 수 있다. 또 위군은 천릿길을 달려왔으므로 몹시 지쳐 있을 테지만, 성에서 기다리고 있던 아군은 원기가 왕성하니 한번 싸워볼 만하다. 높은 성을 지키고 있으면서 지친 적병을 맞아 싸우게 될 것인데 어찌하여 두려워 떠느냐? 백 번 싸워 백 번 이길 수 있을 것이니, 너는 내 계책을 가지고 성으로 돌아가 내가 시킨 대로만 하라고 전하라."

주환은 유수를 지키고 있던 지휘관에게 군기를 모두 거두고 병사들을 잘 숨겨 성이 텅 비어 있는 듯이 보이게 하라는 공성계空城計를 내렸다. 그리고 성에서 데리고 나온 군사 가운데 반을 떼어 유수성으로 오는 길목에 매복시키고 나머지 반은 자신이 직접 거느리고 유수성으로 향한 위군의 뒤를 따라갔다.

조인의 영을 받고 유수성을 취하러 간 상조는 성루 위에 동오의 군사가 보이지 않자, 오군이 성을 떠난 줄 알고 아무 의심 없이 성으로 군사를 진격시켰다. 그러자 성루에서 포가 울리더니 그것을 군호 삼아 성문 양쪽에서 숨어 있던 오군이 튀어나와 위군을 공격했다. 갑작스런 좌우 협공에 넋이 빠진 상조는 황급히 군사를 뒤로 물렸다. 그러자 뒤쪽에서 북소리가 들리더니 동오의 장수 주환이 군사를 이끌고 나타났다. 사기가 오른 오군이 오랜 행군으로 지친 위군을 전후로 압박하자 다치고 죽는 병사가 부지기수였다. 주환은 맥없이 쓰러지는 위군들 사이로 나는 듯이 말을 몰고 달려가 상조에게 칼을 겨누었다. 상조는 급히 주환의 칼을 막았으나 불과 3합도 겨뤄보지 못하고 머리가 잘려 말 아래로 뒹굴었다. 적장의 목이 떨어지는 것을 본 오의 군사들이 환성을 지르며 위군을 시살하니 유수로 떠난 위군은 거의 전멸하고 말았다.

많은 군마와 무기를 전리품으로 얻은 주환은 부하들에게 전리품을 성으로 옮기게 한 다음, 급히 군사를 몰아 선계로 떠났다. 주환이 유수에서 위군을 몰살하는 동안 조인은 군사를 거느리고 상조를 돕기 위해 유수로 향했다. 그러나 도중에 동오의 복병을 만나 크게 혼전을 치렀다. 복병과 조우한 조인은 처음에는 당황했으나 오군의 숫자가 그리 많지 않은 것을 알고 자신감을 얻었다. 그러나 잠시 뒤에, 위군을 우회해서 후미를 급습한 주환에게 많은 군사를 잃고 위나라 국경을 향해 도주했다. 조비는 3로군을 지원하기 위해 남하하는 도중에 대패하고 도망중인 조인을 만나고는 깜짝 놀랐다. 그때 전령이 와서 남군의 사정을 보고했다.

"조진과 하후상 장군이 남군을 포위했으나 오군은 나와서 싸우지 않았습니다. 그런데 한밤에 성에서 나온 오군과 육손이 거느리고 나온 수군, 그리고 제갈근이 거느리고 온 보병에게 협공을 받고 전멸했습니다."

조비가 어쩔 줄 모르고 있는데 또 다른 전령이 달려와 급하게 보고를 올렸다.

"동구 쪽으로 남하하던 조휴 장군이 여범에게 죽고 군사도 거의 전멸했습니다."

조비는 3로의 군사들이 모두 패했다는 말을 듣고 그제야 가후와 유엽의 말이 생각났다.

"짐이 중신들의 말을 듣지 않아 오늘 같은 곤욕을 당하는구나."

오군의 대비와 치밀한 작전도 주효했지만 위군을 괴롭힌 것은 강동의 더위와 여름철에 기승을 부리는 질병이었다. 조비는 위군의 반 이상이 고열과 설사를 앓자 어쩔 수 없이 군사를 거느리고 낙양으로 돌아갔다.

오군이 위군의 남하를 성공적으로 막아내고 있을 무렵, 백제성의 영안궁에 있던 유비는 동정의 실패로 인한 화병과 노쇠로 자리에서 일어나지 못했다. 각지로 사람을 보내 명의를 찾아 데려왔지만 한결같이 고개를 흔들었다.

서기 223년 4월, 유비는 자기의 병이 중함을 알고 다시 일어나지 못하게 될 줄을 예감했다. 두 아우의 죽음으로 약해진 유비의 심신은 동정에 나서며 굳건해지는가 싶더니 효정에서 패한 이후 급격히 병약해져 먼저 죽은 두 아우 생각으로 밤낮을 울며 보냈다. 거기다가 노안老眼마저 겹쳐 앞이 잘 보이지 않았다. 상황이 그렇게 되자 유비는 신하들 보는 것을 귀찮아하고 시종들마저 곁에 두길 싫어했다. 혼자 용상에 앉아 우두커니 천장을 바라보고 있으니, 황제의 집무실이 무덤과 다를 게 없었다.

어느 날 밤, 유비가 자정이 되도록 용상에 앉아 물끄러미 천장 귀퉁이를 보고 있을 때, 어디선가 음산한 바람이 스며들어 벽에 붙어 있는 등불을 꺼트릴 듯이 핥아댔다. 유비는 이내 꺼져버릴 듯하다가 다시 살아나는 등불이 위태했던 자신의 일평생 같이 느껴져 한참 동안 바라보았다. 그러자 위태하게 가물거리던 등불 밑에서 두 사람의 그림자가 나타나 너울거렸다. 유비는 시종들이 온 줄 알고 노하여 꾸짖었다.

"짐이 마음이 편치 않아 혼자 있겠다고 했는데 너희는 어찌 다시 나타났느냐?"

유비가 소리쳤지만 등불 밑의 그림자는 꼼짝도 않고 물러날 생각을 하지 않았다. 유비가 괴이하게 여겨 용상에서 일어나 등불 밑의 그림자를 자세히 살펴보니, 놀랍게도 관우와 장비가 나란히 읍을 하고 서 있었다. 유비는 반가워서 당하로 내려가며 말했다.

"아니, 두 아우가 살아 있었소?"

그러자 관우가 대답했다.

"형님, 우리들은 사람이 아니고 혼령들입니다. 저희들이 죽고 나서도 형님 생각만 하고, 또 형님께서도 그리 하시니 옥황상제께서 저희 두 사람을 기특하게 여겨 저희들을 신神의 자리에 올려주셨습니다. 머지않아 형님께서도 만나게 되실 테니 그때는 영영토록 함께 있게 될 것입니다."

유비는 반갑고 슬픈 나머지 두 아우를 붙잡고 방성대곡했다. 그러자 문밖에 있던 시종들이 들어와 벽에 붙은 등대燈臺를 붙잡고 우는 유비를 발견하고 황제의 어깨를 흔들었다. 그제야 유비는 두 아우의 환영이라는 것을 깨닫고, 동시에 자신의 앞날을 예감했다.

"짐이 이 세상을 떠날 날도 얼마 남지 않았구나!"

다음날 동이 트자 유비는 성도로 사자를 보내어 승상 제갈량과 상서 이엄에게 영안궁으로 달려와서 유조遺詔를 받들라고 명했다. 제갈량은 태자 유선에게 성도를 지키게 한 뒤, 둘째 아들 노왕 유영과 셋째 아들 양왕 유리를 데리고 지체없이 영안궁으로 달려왔다. 제갈량은 유비의 신병이 이미 회복될 수 없는 지경이라는 것을 알고 황망히 병상 아래 엎드렸다. 그러자 유비는 제갈량을 침상 가까이 불러 힘없는 손으로 제갈량의 두 손을 잡았다.

"짐이 승상을 얻지 못했다면 어찌 제업을 이룰 수 있었겠소? 하지만 대세를 보는 식견이 없고 마음을 다스리는 수양이 부족하여 이처럼 병을 얻게 됐소. 승상의 말을 듣지 않아 패배를 자초했으니 이제 와서 뉘우친들 무슨 소용이 있겠소? 내 뒤를 이을 후사가 아직 어리고 약하니 염치없게도 또 한번 승상께 대사를 부탁하지 않을 수 없게 되었소."

유비는 제갈량의 손을 잡고 비오듯 눈물을 흘렸다. 제갈량도 따라 울며 말했다.

"폐하께서는 마음 약한 말씀을 거두십시오. 그리고 용체를 보전하시어 천하 백성들을 저버리지 마십시오."

제갈량의 말에 유비는 미소를 띠며 고개를 저었다. 그리고 눈을 들어 좌우를 살피다가 마량의 동생 마속을 보고 잠시 물러가 있으라고

했다. 마속이 절을 하고 물러가자 유비가 제갈량에게 물었다.

"승상께서는 마속의 재능을 어떻게 보시오?"

"마속은 보기 드문 영재입니다."

"짐이 보기에는 결코 그렇지 않소. 저 사람은 말로는 못할 게 없지만 실제로는 아무것도 이룰 수 없는 세객에 불과하니 중요한 자리에 쓸 만한 인물이 못 되오. 승상께서는 유념해 살피도록 하시오."

제갈량에게 특별히 마속에 대한 단속을 당부한 유비는 황제의 전지를 내려 신하들을 모두 입전하게 한 다음, 제갈량에게 유조遺詔를 써서 넘기며 탄식했다.

"짐이 책을 많이 읽지는 못했으나 성현의 말씀 가운데 '새가 죽을 때는 그 울음소리가 슬프고, 사람이 죽을 때는 그 말이 선하다'던 구절을 기억하고 있소. 짐은 경들과 함께 역적 조조를 토멸하고 한 황실을 일으키려 했으나, 박덕하여 중도에서 경들과 영별하게 됐소. 이에 승상에게 태자 선을 맡기니 여러분들도 모든 일을 승상과 더불어 의논하기 바라오."

제갈량은 눈물을 흘리면서 유비의 발치에 엎드렸다.

"신 제갈량은 폐하를 위해 목숨을 바쳐 은혜에 보답하려 하오니, 폐하께서는 부디 마음을 강하게 하시어 용체를 보전하십시오."

유비는 시자에게 영을 내려 제갈량을 일으키게 했다. 그리고 한손으로는 주체할 수 없이 흘러내리는 눈물을 닦고 또 한손으로는 공명의 손을 붙잡으며 말했다.

"인명은 재천이니, 이제 서로의 심중에 있는 말을 털어놓읍시다."

"폐하께서 하실 말씀이 무엇입니까?"

유비가 울음을 억누르며 말했다.

"공의 재주는 조비에 비하여 열 배나 뛰어나니 반드시 촉을 안정시킬 수 있을 것이며, 천하를 도모할 만하오. 부탁건대 내 아들 선이 도와줄 만한 인물이면 도와주고, 아무래도 재주가 모자라거든 공께서 성도의 주인이 되도록 하시오."

뜻밖의 말을 들은 제갈량이 땀을 비오듯 흘리며 엎드려 울었다.

"그게 무슨 말씀입니까? 신이 폐하의 신하가 되기로 했으니 태자를 위해 충절을 다하는 것도 당연할 것인즉, 어찌 사력을 다해 돕지 않겠습니까?"

제갈량이 말을 마치고 머리를 땅에 부딪치자 금세 붉은 피가 얼굴에 흘러내렸다. 그러자 유비는 제갈량을 가까이 불러 소맷자락으로 얼굴을 닦아주고 함께 부둥켜안고 울었다. 잠시 뒤 유비는 아들 유영과 유리를 가까이 오게 했다.

"너희들은 짐의 말을 가슴속 깊이 새겨두도록 하라. 짐이 분부하노니 너희 3형제는 승상을 부친처럼 모셔라. 그리고 각자 태만함이 없도록 모든 일에 진력하라."

유비의 분부가 떨어지자 두 왕자는 제갈량에게 절을 올렸다. 제갈량이 유비에게 다짐하며 말했다.

"신이 설혹 불구덩이에 떨어지는 한이 있더라도 이 한몸을 사리는 일은 없을 것입니다."

유비는 당하의 신하들을 하나 하나 둘러보았다.

"짐은 경들과 함께 어려운 환란을 겪으면서 오늘에 이르러 서천에 작은 발판을 마련했소. 그런데 이처럼 빨리 영별할 줄은 꿈에도 생각지 못했소. 짐은 이미 승상에게 모자란 왕자들을 부탁했고, 승상을 아버지로 모시라는 영을 내렸소. 경들도 짐과의 교분을 생각하여 항상 왕자들을 보살펴주고 승상을 도와 짐의 소망을 이루어주오."

여러 신하들 가운데 조운이 갑자기 울음을 참지 못하고 땅에 엎드렸다.

"신들이 어찌 폐하의 뜻을 저버리겠습니까? 그러니 용체를 보전하는 데 진력하십시오."

유비는 조운이 어깨를 들먹이며 흐느끼는 모습을 보며 쓸쓸히 웃었다.

"이제 짐의 숨이 남아 있지 않으니, 경들에게 일일이 부탁을 드릴 수는 없소. 다만 자기 일같이 이 나랏일을 생각해주시오."

마지막 말을 서둘러 마친 유비가 숨을 거두자 문무백관들이 일제히 통곡했다. 서기 223년 4월 24일. 유비가 세수 63세로 승하하자 제갈량은 모든 문무백관과 함께 황제의 관을 모시고 성도로 돌아왔다. 성도를 지키고 있던 태자 유선이 통곡하며 성밖까지 나와 영구를 받들어 정전正殿에 모시고, 황제의 예에 맞는 절차에 따라 혜릉惠陵에 장사를 지냈다. 그런 뒤 제갈량에게서 넘겨받은 부친의 유조를 문무백관들이 모인 조회당에서 소리내어 읽었다.

짐이 처음에 앓은 병은 이질이었는데 뒤에 여러 가지 잡병이 겹쳐 몸을 지탱하지 못하게 되었다. 짐이 들은 바로는 50세까지 살다가 죽으면 요절한 것이 아니라 했는데, 짐은 60여 세까지 살았으니 한스러울 게 뭐가 있겠느냐! 오직 아직 미욱한 너희들이 염려될 뿐이다. 그러니 모든 일에 진력하고 애쓰되, 악한 일은 아무리 작더라도 행하지 말 것이며 선한 일은 수고가 들더라도 쉽게 포기하지 말라. 너희들의 아비는 덕이 박하였으니 본받지 말고, 아비가 백성들에게 베풀지 못했던 덕을 어질고

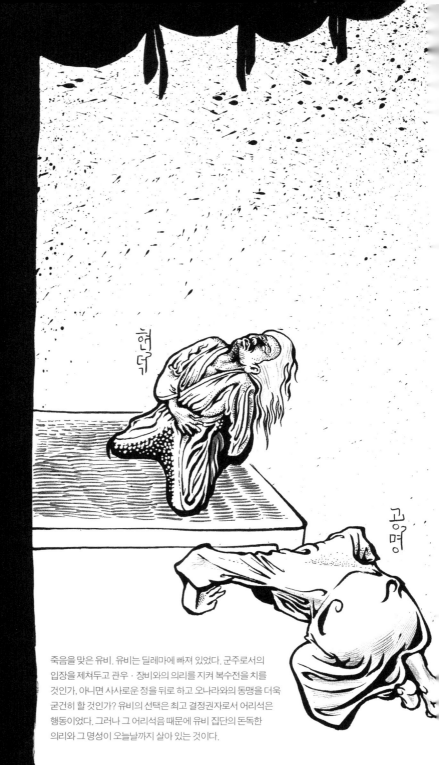

현덕

고명

죽음을 맞은 유비. 유비는 딜레마에 빠져 있었다. 군주로서의
입장을 제쳐두고 관우 · 장비와의 의리를 지켜 복수전을 치를
것인가, 아니면 사사로운 정을 뒤로 하고 오나라와의 동맹을 더욱
굳건히 할 것인가? 유비의 선택은 최고 결정권자로서 어리석은
행동이었다. 그러나 그 어리석음 때문에 유비 집단의 돈독한
의리와 그 명성이 오늘날까지 살아 있는 것이다.

두텁게 펼쳐 백성들의 신망을 얻도록 하라. 내가 죽은 후에 너희들은 매사에 승상의 뜻에 따르며, 아비와 다름없이 승상을 섬겨라. 내 말을 잊지 말고 모든 일을 승상께 물어서 처리하기를 간절히 부탁하니, 나의 유조를 항시 생각하도록 하라.

유선이 유조를 다 읽고 나자 제갈량이 말했다.

"나라에는 하루라도 임금이 없어서는 안 된다는 말이 있습니다. 어서 사군嗣君을 세워 한의 대통을 잇도록 하십시오."

제갈량은 태자 유선을 황제의 위에 오르게 하고 연호도 건흥建興으로 고쳤다. 그러고 나서 새로운 황제에게 진언하여 선후 유비의 시호를 소열황제昭烈皇帝라 하고, 황후 오씨를 황태후에 봉했으며 감부인에게는 소열황후라는 시호를 올리게 하고 미부인에게도 황후의 시호를 올려 황실의 위엄을 더하게 했다. 또 군신들에게는 벼슬을 올려 상을 내리고 사면령을 내려 모든 죄수들을 풀어주었다. 그러자 새로 황제가 된 유선은 제갈량에게 무향후武鄕侯 벼슬을 더하여 익주를 봉작하게 했다.

허창에 있던 조비는 유비가 죽고 그 아들 유선이 제위에 올랐다는 소식을 듣고 매우 기뻐하며 대신들에게 하문했다.

"유비가 죽었다니 이제 짐은 두 다리를 편히 뻗고 자게 되었구나. 촉을 정벌할 기회는 바로 이때이니 어서 군사를 일으켜야 하지 않겠느냐?"

그러자 가후가 신중론을 펴며 만류했다.

"비록 유비가 죽었다고는 하지만 분명 제갈량에게 후사를 부탁했을 것이고, 제갈량은 유비의 두터운 은혜에 보답하고자 온 마음과 힘을 기울여 새 주인을 섬길 것입니다. 그러니 함부로 얕보고 촉을 넘보는 것은 위험한 일입니다."

그러자 누군가 가후의 말을 가로막고 나섰다.

"이 호기를 놓친다면 언제 또다시 이런 기회가 온단 말이오? 대왕께서는 당장 군사를 일으키셔야 합니다."

가후의 신중론을 정면으로 반박한 사람은 사마의였다. 조비는 사마의의 말을 듣고 크게 고무되어 촉을 칠 계책이 있느냐고 물었다. 사마의는 미리 생각해둔 것처럼 막히지 않고 대답했다.

"촉은 제갈량이라는 출중한 전략가 한 사람에게 모든 군사적 결정을 맡겨놓았습니다. 다시 말해 촉에서는 제갈량 이외의 병법가를 찾아보기 힘들다는 거지요. 그러므로 한 방면만으로 공격하지 말고 여러 갈래로 대군을 나누어 협공한다면 제갈량 혼자서 모든 전황을 처리할 수 없을 것입니다."

"군사를 나눈다면 몇 개 방면으로 나누어야겠소?"

조비가 묻자 사마의가 구체적으로 설명했다.

"제1로는 요동에 있는 선비鮮卑 국왕 가비능軻比能에게 오랑캐 5만을 거느리고 서평관으로 진격하게 하는 것으로, 대왕께서 사신을 보내 값진 황금과 비단을 주고 설득한다면 가능할 것입니다. 제2로 역시 사신을 남만왕 맹획에게 보내어 5만 군사로 하여금 익주 · 영창永昌 · 장가牂牁 · 월전越嶲이 있는 서천 남쪽을 기습하도록 요청하면 됩니다. 제3로는 사신을 동오로 보내어 땅을 할애하는 대신 손권으로 하여금 10만 군사를 이끌고 동 · 서천 사이를 치고 올라와 곧바로 부성을 취하게 하는 것입니다. 제4로는 항복해온 장수 맹달에게 사신을 보내 5만 군사를 일으켜 서쪽에서 한중을 공격하게 하는 것입니다.

마지막 제5로는 대장 조진을 대도독으로 삼아 10만 군사를 이끌고 경조京兆를 지나 양평관으로 빠져 서천을 취하게 하는 것입니다. 이처럼 많은 대군이 5로를 통해 일시에 들이닥친다면 제갈량의 재주가 여망을 닮았다 하더라도 결코 당해내지 못할 것입니다."

조비는 사마의의 계책을 크게 반기며 당장 말재주가 뛰어난 사람 넷을 뽑아 해당 지역으로 보냈다. 또 조진을 대도독으로 삼아 10만 군사를 거느리고 나가 양평관을 취하게 했다. 이때 장요와 같은 노장들은 열후에 봉해져 기주·서주·청주·합비 등의 요로를 지키고 있었기 때문에 굳이 동원하지 않았다.

조비가 군사를 일으키느라 허창이 바쁘게 움직이고 있을 무렵 유선이 새로 제위에 오른 성도에서는 선주가 거느렸던 옛 신하들이 늙거나 병으로 죽어 조정의 일선에서 대거 물러났다. 그러자 법을 제정하는 일이며 경제에 관한 일에서부터 크고 작은 상벌에 이르기까지 모든 업무가 제갈량 한 사람에게 몰리게 되어 그 임무가 막중했다. 그런 와중에 제갈량은 유선이 아직 황후를 맞아들이지 않았다는 것을 고심하며 여러 대신들과 의논한 끝에 황제에게 상소했다.

"천하에는 음양의 이치가 있으니 황제라 할지라도 배필이 없이 혼자 계실 수 없습니다. 돌아가신 거기장군 장비의 두 따님 가운데 장녀가 매우 현숙하다고 하니 황후로 맞이하도록 하십시오."

유선은 이에 응하여 동갑내기 17세의 황후를 맞이하여 혼례를 올렸다. 같은 해 8월, 변방으로부터 파발이 달려와 고했다.

"위나라가 다섯 방면으로 군사를 나누어 서천으로 쳐들어오고 있습니다. 제1로는 조진이 대도독이 되어 10만 군사를 이끌고 양평관으로 물밀듯이 내려오고 있으며, 제2로는 위나라로 투항했던 장수 맹달이 상용의 군사 5만을 거느리고 한중으로 달려오고 있습니다. 제3로는 동오의 손권이 10만 군마를 거느리고 동·서천 사이를 지나 부성으로 다가오고 있으며, 제4로는 남만왕 맹획이 5만 군사로 서천의 남쪽을 기습하려 하고, 제5로에는 번왕 가비능이 오랑캐 5만을 거느리고 서평관을 취하려 쳐들어오고 있습니다. 5로로 들이닥치는 위의 연합군이 35만이나 되니 시급히 대책을 세우시기 바랍니다."

보고를 들은 유선이 깜짝 놀라 즉시 제갈량에게 사람을 보내 입조하게 했다. 하지만 반나절이나 지나서 혼자 돌아온 심부름꾼이 유선에게 말했다.

"승상부에 승상이 보이지 않아 시자에게 변방의 사태를 알리며 급히 입조하라는 영을 전했으나, 시자가 대답하기를 승상께서는 병으로 나올 수 없다고 했습니다."

유선은 사태가 위급함에도 불구하고 제갈량이 쉴 수 있도록 하룻밤을 보낸 뒤, 다음날 아침 일찍 황문시랑 동윤과 간의대부 두경에게 승상의 병상으로 찾아가 위급함을 알리게 했다. 하지만 동윤·두경은 승상부 문전에서 거절당했다. 두경은 승상부의 하인을 닦달해 승상에게 전갈을 보냈다.

"어린 황제가 새로 보위에 오르기가 무섭게 조비가 5로로 군사를 보내 국경을 침범하고 있는 위급한 때에 승상께서는 어찌 병을 이유로 나오시지 않습니까? 선제께서 새 황제를 부탁한 것을 승상께서는 벌써 잊으셨단 말입니까?"

전갈을 보내고 나서 얼마를 기다리자 문을 지키던 하인이 다시 나와서 승상의 말을 전했다.

"병구완이 되는 대로 조정에 나가 의논하시겠다고 합니다."

동윤·두경은 선제가 사람을 잘못 보았던 것을 한탄하며 승상부를 물러났다. 다음날 여러 대신들이 승상부로 몰려가 이른 아침부터 밤 늦게까지 기다렸으나 승상은 나오지 않았다. 대신들은 한편 의아해하면서도 승상의 병이 깊은 것을 걱정하며 각자의 집으로 돌아갔다. 다음날 아침, 위군이 진군해오는 것을 더 이상 방치해둘 수 없다고 생각한 두경이 황제 유선에게 진언했다.

　"사태가 위급하니 폐하께서 직접 승상을 찾아가서 대책을 강구하시는 것이 좋겠습니다."

　고개를 끄덕인 유선이 여러 대신을 거느리고 승상부를 향해 가려고 하자 황태후가 그 소식을 듣고 내전에서 달려와 만류했다.

　"조적曹賊이 쳐들어온다는 위급한 말을 듣고도 승상께서는 어찌 두문불출하신단 말입니까? 그것은 선제의 뜻을 거역하는 것이 아닙니까? 폐하 대신 제가 가서 따져보겠습니다."

　동윤이 태후를 달래며 말했다.

　"신의 생각으로는 승상께서는 이미 대책을 세워놓으셨거나 대책을 세우기 위해 고심중이라고 생각됩니다. 그러므로 태후께서는 조금 더 신중히 생각하시기 바랍니다. 황제께서 친히 가시기로 했으니 일단 기다려보셨다가 그래도 승상이 태만히 처신한다면 그때 황태후께서 태묘에 들르신 다음 승상께 가시더라도 순서가 잘못된 것은 아닐 것입니다."

　그제야 태후는 동윤의 뜻에 따르기로 하고 길 옆으로 비켜섰다. 그러자 유선은 어가를 재촉해서 승상부로 향했다. 황제의 수레를 본 승상부의 문지기가 황망히 땅에 엎드렸다. 유선이 물었다.

　"승상의 병세가 어떠냐?"

유선의 물음에 문지기는 당황한 기색이 역력했다.

"지금은 병세가 나아지셨는지 낚시를 하고 계십니다."

유선은 속으로 괘씸하게 여기면서도 겉으로는 아무런 내색을 하지 않았다. 수레에서 내린 유선은 뒤따라온 백관들을 대기시켜놓고 혼자서 문지기를 따라 제갈량이 있는 곳으로 갔다. 얼마 안가 승상부 안의 작은 연못가에 대나무 지팡이를 짚고 선 채 연못 속의 고기를 구경하고 있는 제갈량이 보였다. 유선은 문지기에게 아무 소리 내지 말라 이르고 한참 동안이나 제갈량을 지켜보았다. 잠시 후 헛기침을 하고 나서 조용히 입을 열었다.

"승상께서는 그 동안 별고 없으셨습니까?"

연못 속의 물고기를 들여다보고 있던 제갈량은 아무 기별 없이 황제가 나타나자 지팡이를 내던지며 땅에 엎드려 절했다.

"어찌 이 누추한 곳까지 친히 왕림하셨습니까?"

유선이 황급히 제갈량을 일으키며 물었다.

"조비가 군사를 5로로 나누어 국경으로 치달아오는 위급한 상황이라 승상과 상의하려 했는데 몸이 편치 않으시다기에 제가 직접 병문안을 드리러 왔습니다."

그제야 제갈량은 한 차례 크게 웃으면서 황제를 모시고 내실로 들어가 자리를 권했다. 그리고 자신이 병을 핑계로 조정에 나가지 않은 까닭을 설명했다.

"조비가 5로를 통해 국경으로 쳐들어오고 있다는 소식을 듣고 혼자 생각할 게 있어서 일부러 조정에 나가지 않았습니다."

그러자 유선이 안도의 숨을 내쉬며 반갑게 물었다.

"그래, 좋은 대책을 세우셨습니까?"

"선비왕 가비능과 만왕 맹획, 배반하고 달아난 장수 맹달, 위나라 장수 조진의 4로군은 이미 계책을 마련해놓고 군령을 하달해놓았습니다. 남은 것은 동오의 손권뿐인데 이마저도 말 잘하는 사신 한 사람만 있으면 쉽게 해결할 수 있습니다. 그런데 마땅한 사람이 떠오르지 아니하여 이렇게 연못을 바라보고 있었습니다. 그러니 폐하께서 너무 근심하지 마십시오."

유선은 제갈량의 시원시원한 말을 듣고 얼굴 가득 미소를 띠었다.

"상부相父(승상을 아버지처럼 부르는 칭호)께서는 귀신도 감당하지 못할 재주를 지니셨다고 알고 있습니다. 자세히 그 계책을 들려주신다면 제가 안심할 수 있겠습니다."

제갈량이 설명했다.

"선제께서 신에게 폐하를 부탁하셨는데 어찌 신이 잠시라도 태만할 수 있겠습니까? 신은 진작부터 선제의 유고시에 조비가 침략해올 것을 알고 여러 가지 방책을 구상하고 있었으나 함부로 누설할 수 없었습니다. 저는 오래전부터 선비왕인 가비능이 서평관을 취할 줄 짐작하고 그 세력을 막기 위해 마초를 염두에 두고 있었습니다. 마초는 원래 서천 백성이면서 평소에 오랑캐들의 인심을 많이 얻어놓은데다 오랑캐들은 마초를 귀신처럼 두려워하고 있습니다. 그래서 급히 사람을 보내어 마초 장군에게 서평관을 굳게 지키면서 4로에 복병을 숨겨놓고 적병을 기다리게 했습니다. 또한 서천으로 쳐들어오는 남만의 맹획을 막기 위해 위연에게 일단의 군마를 거느리고 나가 여러 군데 진지를 만들어놓고 매일같이 진지를 옮기며 봉화를 올리게 했습니다. 남만의 군사는 거칠고 용맹하지만 이 오랑캐들은 한족의 병법에 스스로 무지하다는 것을 잘 알고 있기 때문에, 오히려 이런 얕은 꾀를 두려워하여 더 이상 진격해오지 못할 것입니다. 한중으로 쳐들어오고 있는 맹달에 대해서는 신이 성도로 돌아올 때 이미 이엄에게 명하여 영안궁을 굳게 지키라고 당부해놓았습니다. 이엄은 달아난 맹달과 교분이 두텁고 생사를 같이 하기로 맹세한 사람입니다. 그래서 신이 이엄의 필적을 모방하여 그 서신을 맹달에게 전해놓았으니 맹달은 반드시 병을 빙자하여 군무에 태만할 것입니다. 마지막으로 위의 장수 조진이 군사를 거느려 양평관을 공격하려고 하지만 그곳은 지세가 험한 난공불락의 요새입니다. 게다가 천혜의 요새인 그곳을 천하의 명장 조운에게 지키게 했으니 어찌 조진 정도의 능력으로 양평관을 뚫을 수 있겠습니까? 조운이 관문 입구를 지키고 나가 싸우지 않으면 조진은 제풀에 지쳐 회군할 것입니다."

제갈량은 숨을 돌리기 위해 말을 멈추었다가 다시 입을 뗐다.

"각자 맡은 임무대로 하기만 하면 4로에 걸쳐 침범해오는 적군을 쉽게 막을 수 있습니다. 하지만 신은 혹시 있을지도 모르는 의외의 사태에 대비하여 관흥과 장포 두 장수에게 각기 3만 군사를 주어 긴요한 곳에 주둔시켜놓고 전세가 불리한 지역으로 언제든지 원병을 갈 수 있게 조치해놓았습니다. 신은 이들을 파견할 때 절대로 성도 가까이 지나가지 말라고 엄명을 내렸으니 아무도 이 사실을 알지 못합니다. 마지막으로 남은 것은 부성을 취하기 위해 동·서천 사이를 타고 올라오는 동오 손권의 군대입니다. 신이 판단하건대 손권은 워낙 신중한 성격이라 군사를 함부로 움직이지 않고 전황을 살피고 있다가 4로군이 거침없이 승리하는 것을 보고 나서야 한중을 분할하기 위해 공격을 개시할 게 뻔합니다. 그러니 촉의 입장에서는 조비의 4로군을 막으면서 한편으로는 사자를 보내 손권의 군대가 더 이상 진격해오지 못하도록 구슬려야 합니다. 일전에 조비가 3로로 군사를 보내 동오를 쳤던 것을 폐하께서도 알고 계실 것입니다. 그러니 말 잘하는 사신을 동오로 보내 조비에 대한 손권의 적개심을 부추기고 또 촉과 동오가 함께 힘을 합쳐야 이롭다는 것을 설명하여 동오의 군사를 움직이지 못하게 막아야 합니다. 그렇게만 된다면 여러 나라의 연합으로 이루어진 4로군을 걱정할 이유가 없지 않겠습니까? 신이 아직 마땅한 사람을 찾지 못하여 망설이고 있는 중에 폐하께서 이처럼 왕림하셨으니 함께 생각해주시면 훨씬 수월하겠습니다."

그제야 유선은 고개를 끄덕이며 제갈량을 완전히 신뢰했다.

"너무 다급해진 터라 태후께서도 직접 상부님을 찾아뵙고자 하셨는데, 설명을 듣고 나니 마치 악몽에서 깨어난 것과 같습니다. 다만 오후에게 보낼 사자를 구하지 못해 걱정하신다니 함께 생각해보도록 하겠습니다. 이제 더 무엇을 걱정하겠습니까?"

유선은 제갈량과 대화를 마치고 매우 흡족해서 승상부를 나왔다. 문밖에서 초조하게 기다리고 있던 여러 대신들이 재빨리 유선의 얼굴색을 살폈다. 다행히도 황제의 얼굴에선 기쁨이 넘쳤다. 그러나 황제를 전송나온 제갈량이 궁으로 함께 돌아가지 않고 문안으로 다시 들어가자, 그곳에 모여 있던 문무백관들은 이상하게 생각하며 표정이 다시 어두워졌다. 하지만 그 가운데 오직 한 사람만이 환한 얼굴로 하늘을 바라보며 미소를 지었다. 궁에 도달한 유선이 시자를 보내 혼자 웃고 있던 호부상서 등지鄧芝를 어전으로 몰래 불렀다.

"이 위급한 시기에 백묘伯苗(등지의 자)는 궁으로 돌아오는 동안 어찌하여 혼자 웃었는가?"

그러자 등지가 대답했다.

"폐하께서 승상으로부터 5로군에 대한 대비책을 모두 들으신 것을 알았기 때문입니다."

"그러면 승상은 왜 궁으로 들어와서 국무를 돌보지 않고 다시 승상부에 남았다고 생각하오?"

"그것은 아직 해결되지 않은 사안이 있어서입니다. 승상께서는 그 일 때문에 장고하고 계실 것입니다."

유선은 제갈량이 찾는 인물이 바로 이 사람이라고 생각하고, 등지에게 곧바로 승상부로 달려가라는 영을 내렸다. 등지는 절을 하고 곧장 제갈량을 만나러 갔다. 유선이 떠난 지 얼마 되지 않아 황제의 영을 받고 등지가 왔다는 말을 들은 제갈량은 빙그레 웃으며 등지를 내실로 불러 물었다.

"지금 천하 중원은 촉·위·동오가 솥의 세 발처럼 나누어 서 있는 형국이오. 촉이 천하를 통일하기 위해서는 위와 동오 두 나라 가운데 어디를 먼저 치는 것이 좋겠소?"

등지는 오래 생각해둔 것처럼 말했다.

"제 미천한 판단으로 보건대 위는 비록 적이기는 하지만 그 위세가 대단합니다. 촉의 능력으로 위와 당장 맞서기는 어려울 것이니 시간을 버는 것이 좋을 듯합니다. 게다가 어린 황제께서 제위에 오른 지 얼마 되지 않은 때에 전쟁부터 벌인다면 민심을 얻기 힘들 것입니다. 일단 동오와 화친을 맺어 서로 불가침하기로 단단히 약조를 하고 나서 천천히 힘을 길러 지난날 선제 때의 원한을 푸는 것이 천하를 도모하는 현명한 방법이 아닌가 생각합니다."

등지의 말을 들은 제갈량이 고개를 끄덕이며 말했다.

"백묘의 생각이 나와 꼭 같구려. 그런데 오래전부터 그런 생각을 하면서도 한 가지 해결되지 않은 일이 있어 공과 같은 사람이 나타나 주길 기다리고 있었소."

등지가 자세를 고쳐앉으며 물었다.

"승상께서 고심하던 일이 무엇입니까?"

"동오에 가서 화친을 성사시킬 만한 사람을 찾느라 고심했는데, 공이 그 소임을 맡아주시오. 공은 천하를 도모하는 확실한 방법을 이미 터득한 듯하니 동오와 불가침 조약을 맺는 게 얼마나 중요한지 잘 알 것이오."

"승상께서 저의 판단을 사주시는 것은 감사하지만, 재주도 모자라고 지혜도 없는 제가 어찌 그런 중임을 맡을 수 있겠습니까?"

"백묘가 적임자니 더는 사양하지 마시오. 내일 천자께 여쭈어 공을 사신으로 보내도록 하겠으니 미리 준비하도록 하시오."

그러자 등지도 더 사양하지 못하고 응락했다. 다음날 아침, 일찌감치 어전으로 등청하여 유선을 알현한 제갈량은 등지를 동오로 보내는 사신으로 천거했다.

한편 이릉대전에서 유비를 물리치고 또 연이어 기습해온 위군마저 물리친 동오의 조정은 그 해에 연호를 황무黃武로 고치고 원년으로 삼았다. 유비와 조비의 군사를 차례대로 깨트리고 건업으로 개선한 육손은 손권으로부터 보국장군輔國將軍 강릉후江陵侯에 봉해진 뒤 형주를 지키게 됐다. 동오의 군권 대부분이 육손의 손에 맡겨진 것이다. 그러던 어느 날 위의 조비에게서 사신이 왔다는 소식을 듣고 손권이 이들을 맞이했다. 조비의 사신이 말했다.

"일전에 위가 동오를 쳤던 것은 서촉에서 사신이 와 여러 가지 듣기 좋은 말로 원병을 요청했기 때문입니다. 그러나 지금은 황제께서

이를 크게 후회하시면서 4로로 군사를 일으켜 서천을 응징하고자 합니다. 그러니 동오도 이번 일에 협력하여 빼앗은 촉의 땅을 위와 반반씩 나누어가지면 어떻겠습니까?"

참전 요청을 받은 손권은 쉽게 결정을 내릴 수 없어 사신들을 역관에서 쉬게 하고, 급히 장소와 고옹을 불러 의견을 물었다. 장소가 말했다.

"이 문제는 육손에게 물어보는 것이 좋겠습니다."

손권은 장소의 말에 따라 형주에 있는 육손을 건업으로 불렀다. 하루종일 말을 달려온 육손이 오후에게 계책을 바쳤다.

"지금 조비는 중원에 자리잡고 황제를 참칭하고 있지만 위나라 혼자서는 아무 일도 치를 수 없습니다. 그렇다고 조비의 말을 무시하고 따르지 않을 수도 없습니다. 하지만 한 가지 안심되는 것은 위에는 제갈량의 적수가 될 만한 인물이 없다는 것입니다. 그러니 일단 응낙하여 사신을 돌려보내놓고 나서 군사와 무기를 정비하여 기다리고 있는 것이 좋겠습니다. 차일피일 접응을 미루고 있다가 만약 4로군이 승리를 거두어 서천이 위기에 처하면 주군께서는 미리 대기시켜놓은 군사를 즉각 출병시켜 위군보다 먼저 성도를 취하십시오. 대신 위의 4로군이 패하면 그때 사정을 봐서 중원을 치고 들어가는 것은 어떨는지요?"

손권은 육손의 말이 그럴듯하여 손바닥으로 무릎을 치며 좋아했다. 그는 곧 위의 사신을 불렀다.

"군량미와 마초, 무기 등이 완비되지 못했으니 준비가 되는 대로 접응하도록 하겠소."

사자는 손권의 말을 듣고 위로 물러갔다. 손권은 즉시 세작을 풀어

위의 4로군이 어떻게 싸우고 있는지를 알아보게 했다. 오래지 않아 세작들이 돌아와 말하기를 번왕 가비능은 서평관을 치러 갔다가 마초가 그곳을 지키고 있는 것을 보고 두려워 제대로 싸우지도 않고 군사를 되돌려 달아났다고 보고했다. 또 한중의 4군을 탈취하려던 남만의 맹획도 촉장 위연을 이기지 못하고 일찌감치 후퇴했으며, 맹달 역시 상용병을 이끌고 오다가 중도에서 병이 들어 돌아갔다는 정보가 들어왔다. 뿐만 아니라 조진이 군사를 거느려 양평관을 공격하러 갔다가 조운이 양평관을 굳게 지키며 대응하지 않자 승산이 없음을 깨닫고 회군을 결정했다는 보고가 연이어 들어왔다. 세작들의 정보를 종합한 손권은 드디어 문무백관을 불러모았다.

"대도독 육손의 판단이 옳았소. 위왕의 말만 듣고 가볍게 군사를 움직였더라면 큰 낭패를 볼 뻔했소."

손권과 문무백관들이 작금의 상황을 의논하고 있을 때 서촉에서 사신이 왔다는 보고가 들어왔다. 장소가 말했다.

"보나마나 제갈량이 보낸 사신일 것입니다. 제갈량은 동오를 이용하여 서촉의 위기를 벗어나고자 서둘러 사신을 보낸 게 분명하니 주군께서는 잘 대처하셔야 합니다."

손권이 고개를 끄덕였다.

"자포의 말이 맞소. 그러면 어떻게 응대해야 할지 좋은 방법을 말해주시오."

장소가 대답했다.

"우선 사신의 기를 죽여 두려움을 느끼게 하십시오. 그러면 반드시 속셈을 토로할 것입니다. 일단 궁전 앞에 기름을 가득 채운 커다란 솥을 걸고 장작을 지펴 기름을 끓이십시오. 기름이 펄펄 끓으면 건장

하고 힘센 무사 1천 명을 선발하여 칼을 들고 궁문에서 어전까지 늘어서게 한 다음 촉의 사신을 들게 하십시오. 주군께서는 그가 입을 떼기 전에 먼저 역이기의 고사를 들어 만약 어설픈 변설을 늘어놓으면 기름에 튀겨 죽인다고 위협하십시오. 그러면 그를 보낸 제갈량의 본심을 알게 될 것입니다."

손권은 장소의 말에 따라 기름솥을 걸고 완전 무장한 1천 명의 무사들을 궁문에서 어전까지 이르는 길 좌우에 시립시켰다. 그런 다음 서촉의 사신을 불렀다. 의관을 단정히 갖춘 등지는 궁문 안으로 들어서다가 길 양쪽에 시립하고 있는 무사들을 보고 손권의 속셈을 눈치챘다. 등지는 좌우에 시립한 무사들을 보고 주눅이 들기는커녕 오히려 가슴을 쭉 펴고 고개를 꼿꼿이 든 채 태연히 궁전으로 걸어들어갔다. 등지가 어전 마당에 당도하니 벌건 장작불 위에 끓어오르는 커다란 기름솥과 솥 좌우에 눈을 부릅뜨고 늘어서 있는 손권의 시위들이 보였다. 그럼에도 불구하고 등지는 입가에 여유있는 미소를 띠었다. 그는 당상에 앉아 있는 손권 앞에 이르러 두 손을 가슴에 모으고 허리를 굽혔을 뿐 땅에 엎드려 절하지는 않았다. 손권은 시자에게 앞에 쳐놓은 발을 걷으라고 명하고 화난 목소리로 등지를 꾸짖었다.

"너는 왜 절을 하지 않느냐?"

등지는 고개를 번쩍 든 채 평온한 목소리로 대답했다.

"천자께서 보내신 사신이 소국의 임금에게 절하는 법은 없습니다."

그러자 손권이 발끈하여 자리에서 일어섰다.

"네놈이 누구 앞에서 감히 역이기 흉내를 내려고 하느냐? 네 세 치 혀는 서촉은커녕 네 한몸조차 구해내지 못할 것이다."

손권은 기름솥 주위에 시립해 있는 시위들에게 영을 내렸다.

"저 건방진 놈을 기름솥에 집어넣어라!"

생명이 위태로운 그 순간, 등지는 오히려 크게 웃으며 말했다.

"동오에는 현사들이 수두룩하다더니 나 같은 유생 하나를 두고 이런 난리를 치시오! 오후는 뭐가 그리 두렵소?"

손권은 등지의 말에 노하여 소리쳤다.

"내가 너 같은 유생이 두려워 이러는 줄 아느냐?"

등지가 대답했다.

"내가 두렵지 않다면 사신으로 온 나를 위협할 게 뭐가 있소?"

"너는 제갈량의 명령을 받아 나를 위나라와 절연시키고 대신 촉과 화친을 맺도록 하려고 온 게 아니냐?"

"오후의 말이 틀리지는 않소. 그렇다면 서로의 이해관계를 따져가며 자기에게 이득이 될 것을 취하면 되지 어쩌자고 무사들과 기름솥을 준비하여 언로言路를 박대한단 말이오? 오후께서는 원래 이리 도량이 좁으셨단 말이오?"

등지의 말을 들은 손권은 자신의 술책이 통하지 않는 것을 알고 그제야 주위의 무사들을 물리고 제갈량의 사신을 당상으로 불러 자리를 권하며 물었다.

"이제 선생께서는 편안한 마음으로 동오와 위의 이해관계가 어떠해야 하는지 말씀해보시오."

"오후께서는 촉과 화친하시기를 원하십니까, 아니면 위와 화친하시기를 원하십니까?"

"나는 근본적으로 조씨 일가와는 통하는 게 없소. 그래서 서촉과 강화하고 싶지만 촉주는 아직 나이도 어리고 경험과 지식도 일천하

유비의 죽음 149

니 무얼 믿고 서촉과 화친을 맺을 수 있겠소? 선생은 이 점부터 나를 안심시켜야 할 것이오."

"오후의 말씀처럼 아직 저의 황제께서는 나이가 어리십니다. 하지만 오후께서는 천하의 영웅호걸이시고 서촉의 승상인 제갈량은 당세의 준걸입니다. 이 두 사람이 힘을 합하면 무엇이 두렵겠습니까? 또한 촉은 험한 지형이 천연의 요새를 이루고 있으며 동오는 3면이 강으로 둘러싸여 천혜의 요새라 할 수 있습니다. 만약 두 나라가 화친을 맺어 입술과 이처럼 서로를 돕는다면 천하를 도모하지 못할 까닭이 어디 있겠습니까? 설령 큰 욕심을 부리지 않는다 하더라도 솥의 세 다리처럼 천하를 나누어 안정시킬 수 있으니 좋지 않겠습니까? 그러나 오후께서 지금처럼 일방적으로 위나라의 신하가 되기를 청한다면 위의 조비는 반드시 오후께서 조근朝覲(신하가 아침에 입궐하여 천자에게 인사하는 것)하기를 바랄 것이고, 또한 오후의 태자를 볼모로 잡아두려 할 것입니다. 만일 오후께서 위에 몸을 굽혀 지내시면서 그에 따르지 않을 경우 조비는 군사를 이끌고 공격할 것이 뻔합니다. 촉의 입장에서는 사정이 그렇게 되어 동오가 위의 차지가 되면 세가 기울게 되므로 원하지 않더라도 군사를 이끌고 강남을 분할하고자 덤비게 될 것입니다. 오후께서는 꿈에도 그런 상황이 되기를 원치 않을 것입니다. 오후께서 듣기에 제 말이 감언이설이라고 생각된다면 저는 이곳에서 죽어 세객이란 욕된 이름과 결별하고자 합니다."

말을 마친 등지는 자리에서 벌떡 일어나 김을 내뿜으며 끓고 있는 뜰 아래의 솥 쪽으로 걸어갔다. 등지가 기름솥 앞에 있는 디딤대로 올라가 옷깃을 걷고 들어가려고 하자 손권은 급히 주위의 시자들에게 명해 등지를 만류했다. 그리고 나서 손수 등지의 손을 잡고 후당으로 데려간 다음 상석에 앉혀놓고 주연상을 차리게 했다. 손권이 술을 따르며 말했다.

"선생의 말씀은 한치도 틀림이 없소. 천하가 세 발 달린 솥처럼 균형을 유지하려면 약한 두 나라가 긴밀한 유대를 맺는 것이 꼭 필요하오. 선생께서 촉으로 돌아가면 공명에게 내 뜻을 잘 전해주시오."

등지가 대답했다.

"조금 전에 저를 삶아 죽이려 했던 것도 오후이시며, 저에게 강화의 중임을 맡기는 것도 오후이십니다. 이처럼 오후의 마음이 갈대처럼 바람부는 대로 흔들리시는데 어찌 오후의 말씀을 액면 그대로 믿을 수 있겠습니까?"

손권은 등지의 손을 잡으며 말했다.

"선생의 의심을 풀려면 내가 어찌해야 하오?"

"강화를 약조하는 뜻에서 동오의 사신을 답례로 보내주십시오. 소신이 그와 함께 촉으로 가서 승상께 잘 말씀드리겠습니다."

손권은 쾌히 사신을 보내기로 하고 문무대신들을 모아 등지와 나누었던 담판을 설명했다.

"서촉에는 등지 같은 인물이 있어 생명을 걸고 위난에 처한 나라를 구했소. 이런 걸 보면 나는 강남 81주는 물론 형주와 촉의 일부를 가지고 있지만 좁은 땅을 차지하고 있는 서촉만 못한 것 같소. 촉에 들어가 등지와 같은 기개와 경륜을 뽐낼 인물이 동오에는 없으니 안타깝기 그지없소."

손권의 한탄이 끝나기도 전에 누군가가 당상으로 나서며 말했다.

"소신을 사신으로 보내주시면 결코 주군의 이름을 욕되게 하지 않겠습니다."

좌우의 문무백관들이 눈을 들어 바라보니 중랑장 장온張溫이었다. 손권이 장온을 보고 양에 차지 않는 듯이 말했다.

"혜서惠恕(장온의 자)가 촉에 들어가 등지만큼 할 수 있겠소?"

장온이 대답했다.

"한 나라의 사신이라는 막중한 임무를 띠고도 진력을 다해 임무를 완수하지 못한다면 어찌 대장부라 일컬을 수 있겠습니까?"

손권은 크게 기뻐하며 장온에게 친서를 써주고 서촉의 사신 등지와 함께 서천에 들어가 화친을 맺도록 하였다. 한편 제갈량은 등지를 동오에 사신으로 보낸 직후 유선을 배알하고 이렇게 말했다.

"등지가 사신으로 갔으니 반드시 촉에게 이로운 결과를 가지고 올 것입니다. 동오에는 현사들이 많이 있으므로 등지가 올 때는 답례하는 사신도 함께 올 것이니, 폐하께서 예를 갖추어 잘 대접하시면 제대로 화친이 맺어지게 될 것입니다. 동오와 화친이 맺어지면 위는 천군天軍을 거느리고 있다 하더라도 감히 촉을 넘보지 못할 것입니다. 일단 동오와 위의 문제가 해결되면 신은 남만을 평정하고자 합니다. 이번 일에서도 보듯이 후방이 적국의 대군과 연합하게 되면 촉은 항상 위태로울 수밖에 없습니다. 신은 먼저 후방을 안정시킨 다음 위를 정벌하고자 합니다. 위의 세력이 약해지면 동오도 오래 부지하지 못할 것이니 천하 통일의 대업도 머지않아 이룰 수 있을 것입니다."

유선은 제갈량의 말을 듣고 고개를 끄덕였다. 며칠이 지나자 동오로 보냈던 등지가 동오의 사신 장온과 함께 도착했다. 유선은 문무백관을 모이게 한 후 장온을 불러들였다. 장온이 의기양양하게 어전 위로 올라 유선에게 예를 갖추어 인사했다. 유선은 장온이 건넨 손권의 친서를 읽고 나서 오후에게 보낼 예물을 내린 후 성대한 연회를 베풀었다. 밤늦게까지 계속된 어전의 연회가 끝나자 시자를 시켜 장온을 역관까지 안내해 쉬게 했다. 다음날 아침, 제갈량은 장온을 승상부로 데려온 다음 또 한 차례 연회를 베풀며 장온에게 말했다.

"선제가 계실 때 우리와 동오는 서로 다투었으나 지금은 그렇지 않습니다. 새로 제위에 오른 우리 주상은 오왕을 깊이 존대하여 지난날의 원한을 풀고 동오와 영원히 화친을 맺어 함께 국력을 모아 위를 토벌할 마음을 품고 계십니다. 대부께서 돌아가시거든 이런 뜻을 잘 전해주십시오."

장온은 흔쾌히 응낙하고 주는 대로 술잔을 받아마셨다. 제갈량은 장온을 위해 여러 날 동안 크고 작은 연회를 거듭 베풀었다. 그러던 어느 날 너무 오랫동안 사신을 붙잡아두었다고 생각한 유선은 값진 패물과 귀한 물품을 장온에게 하사하고 문무백관들과 함께 성밖 남쪽 우정郵亭까지 나가 환송한 다음 그곳에서 또 한번 작별연을 베풀었다. 제갈량은 그 자리에서 장온에게 술을 권하며 촉과 오의 강화를 재삼 다짐시켰다. 술이 몇 순배 돌아 한창 흥취가 오르려 할 때 한 사람이 술에 취하여 제갈량과 장온 앞에 나서서 읍을 하고는 태연히 두 사람의 술상 앞에 앉았다. 장온이 이를 무례하게 생각하며 제갈량에게 물었다.

"이 사람은 누구요?"

제갈량이 대답했다.

"이름은 진복秦宓, 자는 자칙子勅으로 현재 익주의 학사로 있습니다."

장온이 진복을 보며 말했다.

"학사라고는 하나, 당신의 학문이 얼마나 깊은지 알 수가 없구려."

진복은 세 치 혀로 촉 사람들의 자존심을 지켜낸다. 멀리 연회의 모습은 과거 촉나라 땅 성도에서 출토된 화상전과 유물에 근거하였다. 당시 중국 사람들은 바닥에 앉아 생활하였기에 대형 연회에서도 큰 상이 아니라 각자 작은 상을 받았다.

진복이 기다렸다는 듯이 말했다.

"우리 촉에는 세 살 난 어린 아이도 능히 학문을 합니다. 그러니 저라고 학문을 하지 않았겠소?"

장온도 지지 않고 말했다.

"무슨 공부를 했는지 한번 들어나 봅시다."

"위로는 당연히 천문을 공부하고 아래로는 지리를 연구했으며 삼교구류三教九流(삼교는 유·불·선을, 구류는 유가를 비롯한 여러 학파를 가리킴)와 제자백가에 이르기까지 두루 통달하지 않은 것이 없고, 고금역사의 흥망이며 여러 성현의 경전 등 읽지 않은 것이 없소."

장온이 은근히 물었다.

"공이 그처럼 큰소리치는 것을 듣고 나니 평소에 궁금하던 것을 물어보지 않을 수 없구려. 먼저 하늘에는 머리가 있습니까?"

진복은 별로 생각지도 않고 쉽게 대답했다.

"있습니다."

"그렇다면 머리가 어느 쪽에 있는 줄도 아시오?"

"당연히 서쪽에 있소. 『시경』에 이르기를, '서쪽을 돌아본다〔乃眷西顧〕'고 했으니 머리가 서쪽에 있음을 알 수 있소."

장온이 다시 물었다.

"그러면 하늘에 귀가 있습니까?"

이번에도 진복은 거침이 없었다.

"하늘은 높은 곳에 올라 있으니 낮은 곳의 소리를 들을 수 있습니다. 『시경』에 말하기를, '학이 깊은 숲에서 우는 소리를 하늘이 듣는다〔鶴鳴九皐 聲聞于天〕'라고 했으니 귀가 없었다면 어찌 그런 말을 했겠소?"

그러자 장온이 다시 진복에게 물었다.

"그럼 하늘에는 발이 달려 있습니까?"

"당연히 있고말고요 『시경』에 씌어 있기를, '하늘의 걸음걸이가 고생스럽다[天步艱難]'고 했으니 발이 없으면 어찌 그렇게 썼겠소?"

기가 막힌 장온이 다시 물었다.

"하늘에는 성性이 있습니까?"

"성이 없을 까닭이 없지요."

"허허, 무슨 성이오?"

진복은 눈 하나 깜짝하지 않고 대답했다.

"하늘의 성은 유씨요."

장온이 정색하며 물었다.

"어떻게 해서 유씨라고 단정한단 말이오?"

"천자가 유씨이니 천자를 낳은 하늘도 당연히 유씨가 아니겠소?"

장온이 웃으며 물었다.

"그렇지만 해는 동쪽에서 뜨는 게 분명하겠지요?"

진복은 지지 않고 받아넘겼다.

"동쪽[東吳]에서 뜨는 것은 분명하나 반드시 서쪽[西蜀]으로 기울지요."

진복이 우문愚問으로 보이는 장온의 질문에 아무 막힘 없이 대답하자 주연상에 앉아 있던 촉의 대신들은 하나같이 흐뭇한 미소를 지었다. 장온의 질문을 모두 받아넘긴 진복이 이번에는 반대로 장온에게 질문을 던졌다.

"선생께서 하늘에 대해 줄기차게 하문하시는 것을 보고 많은 감명을 받았습니다. 선생께서 하늘의 이치에 매우 밝으신 듯하니 저에게

도 하늘에 대해 질문할 수 있는 기회를 주십시오. 우주가 칠흑 같은 혼돈에 잠겨 있던 태고 때에 음양이 아래 위로 나뉘며 가볍고 맑은 것은 위로 올라가 하늘이 되었고, 무겁고 탁한 것은 아래로 내려와 단단히 굳어 땅이 되었다 합니다. 또 공공씨共工氏가 전욱顓頊과 싸움을 할 때 노기가 탱천하여 머리로 부주산不周山(중국 서북쪽에 있다는 전설상의 산)을 들이받는 바람에 하늘을 받드는 기둥이 부러져 하늘은 서북쪽으로 기울고 땅은 동남쪽으로 꺼졌다고 합니다. 맑고 가벼워 위로 떠오른 하늘이 하필 서북쪽으로 기운 까닭은 무엇입니까? 또 가볍고 맑은 하늘이 시시각각 변화를 보이는 것은 무슨 까닭입니까? 선생께서 좀 가르쳐주십시오."

장온은 진복의 질문에 도저히 대답할 길이 없어 자리에서 일어나 사과하지 않을 수 없었다.

"제가 선생을 무례히 대했던 것을 용서하시오. 촉에는 자직처럼 이름 없는 준걸이 많으니 이는 다 서촉의 복인 듯합니다."

제갈량은 사신에게 너무 무안을 줄까봐 서둘러 좋은 말로 장온을 거들었다.

"진학사가 말한 것은 모두 주연의 흥을 돋우기 위해 한 농담이니 신경쓰지 마십시오. 공께서는 천하를 평안하게 할 도리를 알고 계시는데 그까짓 희언이 무슨 대수겠습니까?"

연회를 마친 장온은 제갈량에게 인사를 하고 동오로 떠났다. 이때 제갈량은 또 한번 등지에게 영을 내려 장온과 동행하여 오후를 찾아보게 했다. 오왕 손권은 사신으로 떠난 장온이 여러 날째 돌아오지 않자 문무백관을 불러 대책을 협의했다. 그때 시자가 달려왔다.

"장온이 서촉에서 답례로 보낸 사신 등지와 함께 돌아왔습니다."

손권이 급히 두 사람을 맞아들이자, 장온과 등지가 들어와 손권 앞에 절하며 예를 차렸다. 장온이 말했다.

"새로 황제가 된 유선과 제갈량은 온후하고 사리에 밝게 정사를 처리하는 사람들로 동오와 영원히 강화를 맺기를 원했습니다. 그런 뜻에서 등지를 보내 답례의 뜻을 전하고 두 나라의 동맹을 확약하게 했습니다."

손권은 장온의 말을 듣고 크게 흡족해했다. 연회를 베풀어 등지를 대접하는 자리에서 손권이 등지에게 물었다.

"동오와 촉 두 나라가 힘을 모아 위를 토멸하고 나서 두 나라가 공평히 천하를 나누어 다스린다면 얼마나 기쁘겠소?"

등지가 대답했다.

"옛말에 하늘에는 두 해가 없고 백성들은 두 임금을 섬길 수 없다고 했습니다. 두 나라가 위를 멸망시킨 후 누구에게 천명이 돌아갈지는 아직 알 수 없습니다. 하지만 임금된 자가 자기 덕을 닦는 데 게으르지 않고 신하된 자들이 충성을 마다하지 않는다면 자연히 그 나라에 의해 천하 통일이 이루어지지 않겠습니까?"

손권은 고개를 끄덕이며 손바닥으로 무릎을 쳤다.

"공은 어디를 가도 자기 주군의 체면을 손상시키지 않을 인물이오."

여러 차례 등지를 붙잡고 연회를 베풀어준 손권은 등지에게 후한 상을 주어 서촉으로 돌려보냈다.

동오와 촉 사이에 사신의 왕래가 잦아지고 급기야 두 나라 사이에 동맹이 맺어졌다는 보고를 들은 조비는 크게 실망했다. 그는 곧바로 문무백관을 소집해서 향후 문제를 논의했다.

"동오와 서촉이 화친을 맺었다고 하니 장차 중원으로 공격해 들어올 것이 불 보듯 뻔하다. 그러니 앉아서 협공을 당하기보다 만만한 적을 가려 선수를 치는 것이 어떻겠느냐?"

그 동안 조비 옆에서 여러 가지 진언을 아끼지 않았던 대사마 조인과 태위 가후가 세상을 떠난 뒤여서인지 조비의 물음에 선뜻 대답하는 사람이 없었다. 대신들이 좋은 대답을 하지 못하고 우물쭈물하고 있을 때 시중 신비辛毗가 나서서 말했다.

"중원은 농사짓기에 좋은 땅을 확보하고 있지만 인구가 적어서 늘 곤란을 당하고 있습니다. 그러니 거병을 하는 것보다 앞으로 10년간 인구를 늘리고 토지를 넓히는 데 주력하시는 게 좋겠습니다. 인구가 늘어나고 군량미가 넘친다면 동오와 서촉이 한꺼번에 달려들더라도 두려울 게 없을 것입니다."

조비가 신비를 꾸짖었다.

"일개 유생이 무엇을 안다고 감히 허튼 말을 지껄이느냐? 동오와 촉이 동맹을 맺고 우리 국경을 침범해오려고 하는 급박한 시기에 어찌 그런 한가로운 소리를 하느냐?"

신비의 준비론을 논박한 조비는 늘어선 대신들을 훑어보다가 사마의를 발견하고 그에게 물었다.

"이 위중한 때에 주군의 녹을 먹으면서도 중달은 왜 아무 말도 하지 않는 거요?"

"동오와 서촉을 치려면 두 나라의 관계가 더욱 굳어지기 전에 일을 서둘러야 합니다. 두 나라가 동맹을 맺었다고는 하지만 아직은 그 관계가 느슨할 것이니 정벌을 나서기에는 지금이 적기입니다. 군사적으로 보자면 동오보다 서촉이 더 약한 상대이지만 촉에는 제갈량이라는 천하의 재사가 있으니 쉽지 않을 것입니다. 그러면 동오를 칠수밖에 없는데 동오는 험한 강에 둘러싸여 있어 수전에 대한 준비를 단단히 해야 합니다. 폐하께서는 친정에 나가시기 전에 먼저 많은 전함을 준비해야 합니다. 그런 다음 채영蔡穎으로 진격해 수춘을 취하고, 광릉·강구·남서를 차례대로 취하시는 게 좋겠습니다."

조비는 사마의의 말에 따라 배를 만드는 목수들에게 한 척에 2천여 명이 탈 수 있는 20여 장 길이의 군선 10여 척과 그보다 작은 군선 30여 척을 급히 만들게 했다.

서기 224년 8월.

밤낮 가리지 않고 만든 군선 30여 척이 건조되자 조비는 군사를 이끌고 동오를 정벌하기 위해 나섰다. 조비는 조진에게 선봉대를 거느리게 하고 장요·장합·문빙·서황 등을 대장으로 삼았다. 그리고 허저·여건에게는 중군을 맡기고 후군은 조휴에게 거느리게 했으며 유엽과 장제를 참모에 명했다.

조비는 사마의에게 상서복야尙書僕射의 직위를 주어 허창을 지키라 이르고 자신은 선봉대·수군·후군을 모두 합한 20여 만 대군을 이끌고 채영을 향해 진군했다. 이 소식은 위나라에 숨어 있던 동오의 세작에 의해 급히 건업에 전해졌다. 세작의 보고를 받은 근신들이 오왕 손권에게 달려와 말했다.

"위왕 조비가 20여 만 대군을 이끌고 채영을 향해 출발했다고 합니다. 이는 분명히 광릉을 취하고 강구와 남서를 따라 강남까지 쳐들어오려는 심산입니다. 사태가 위급하니 대책을 세우셔야 합니다."

손권은 즉시 문무백관을 모아 대책을 협의했다. 먼저 고옹이 입을 열었다.

"주군께서는 이미 서촉과 화친을 맺으셨으니 염려하지 않으셔도 됩니다. 어서 성도의 제갈량에게 편지를 띄워서 촉군으로 하여금 한 중으로 나와 위의 후방을 교란하게 하십시오. 그런 다음 대도독 육손에게 영을 내려 군사를 남서에 미리 부려놓았다가 위군이 당도하자마자 급습하게 하십시오."

고옹의 말을 들은 손권은 적이 안심이 되었다.

"대도독 육손이 있는데 미처 그 생각을 못했구려."

그러자 장소가 말했다.

"육손은 지금 형주를 지키고 있으니 함부로 움직일 수 없습니다."

손권의 안색이 다시 어두워졌다.

"나도 그 사실을 모르는 바 아니오. 하지만 지금은 발등에 떨어진 불부터 꺼야 하니 어찌하면 좋겠소?"

손권의 말에 한 사람이 앞으로 나서며 말했다.

"신에게 맡겨주신다면 진력을 다해 위군을 막겠습니다. 조비가 경거망동하여 강을 건너온다면 신이 조비를 사로잡아 주상께 바치겠습니다. 또 위의 군사가 강을 건너오지 않으면 적진 깊숙이 쳐들어가 위군을 궤멸시켜놓겠습니다. 그래서 다시는 동오를 만만히 여기지 못하게 만들겠습니다."

위군을 격파하겠다고 큰소리를 친 사람은 다름 아닌 서성이었다. 손권은 크게 기뻐하며 말했다.

"장군이 진력으로 나서준다면 위군이 무슨 수로 강남 일대를 침범할 수 있겠소?"

손권은 서성에게 총사령관에 해당하는 도독에 제수하여 위군을 막게 했다. 서성은 영을 받은 즉시 무기와 군마를 점검하게 하는 한편 여러 장수들을 불러모아 적을 막아 싸울 계책을 논의했다. 그러자 한 장수가 나서서 먼저 입을 열었다.

"오늘 주상께서 장군에게 중임을 맡겨 위군을 격파하고 조비를 사로잡으라고 하셨습니다. 그러니 지금 당장 적과 싸우러 나가야지 이렇게 적이 오기만을 기다리고 있다가 어느 세월에 공을 세울 수 있겠습니까? 조비가 강을 건너면 이미 때가 늦을 것입니다."

그렇게 말한 사람은 손권의 어린 조카 손소孫韶였다. 자가 공례公禮인 그는 패기가 넘치고 유달리 담력이 뛰어나 젊은 나이에 양위장군揚威將軍의 벼슬을 얻어 광릉을 지키고 있다가 대책을 논의하기 위해 잠시 건업에 오게 되었다. 서성이 대답했다.

"조비가 단단히 준비하고 나섰으니 위군의 예기가 상당할 것이다. 또 그의 휘하에는 훌륭한 장수들이 수두룩하니 일부러 강을 건너 강한 적과 싸울 필요가 없다. 그보다는 적의 배가 어느 쪽으로 몰려올지 생각해보고 거기에 대비하는 게 좋겠다."

그러나 손소는 당장 출병을 하자고 졸랐다.

"제 휘하에는 잘 훈련된 3천의 군마가 있고 저는 광릉 일대의 지리를 손바닥처럼 훤히 알고 있습니다. 그러니 제가 선봉에 서서 조비와 결전을 벌이는 사이 장군께서는 본대를 이끌고 천천히 오시는 게 어떻겠습니까?"

서성은 젊은 손소의 패기가 보기 싫지는 않았지만 무리한 작전이라고 생각해서 받아들이지 않았다. 그러나 손소는 끝까지 고집을 부려 단독으로 군사를 이끌고 나가려 했다. 서성이 부하를 시켜 손소를 막자, 손소가 달려와 서성에게 막무가내로 따졌다.

"장군께서는 어찌 목숨을 바쳐 싸우려는 장수의 앞길을 막으십니까?"

서성이 참지 못하고 소리쳤다.

"나는 주상의 영으로 도독이 되었다. 그런데 네가 내 명을 끝내 듣지 않으니 주상의 영을 거역한 것이나 마찬가지다."

손소 때문에 군령이 흐트러질 것을 염려한 서성은 무사들에게 손소를 참하라 명령했다. 도부수들이 손소를 끌고 원문 밖으로 나가자 손소와 친한 장수 하나가 숨가쁘게 달려가 손권에게 이 사실을 보고했다. 생각지도 못했던 소식을 들은 손권은 아끼는 조카의 목숨을 구하기 위해 바람처럼 말을 몰아 원문 밖의 형장으로 달려갔다. 도부수들이 원문 밖의 공터에 검은 깃발을 세우고 손소를 막 참하려는 찰나, 멀리서 오왕의 사자가 달려오며 멈추라고 소리쳤다. 그 소리에 도부수들이 칼을 내려놓았다. 곧이어 숨이 턱까지 찬 손권이 달려와 도부수를 돌려보내고 손소에게 전후 사정을 들었다. 손소가 울면서 손권에게 하소연했다.

"저는 여러 해 동안 광릉에 머물러 있어 그곳의 지리를 소상히 알고 있습니다. 그러니 사력을 다해 싸운다면 반드시 이길 수 있습니다. 제 판단으로는 조비가 강을 건너기 전에 싸워야 동오에 승산이 있습니다. 조비가 장강을 건너게 되면 동오로서는 몇 배나 더 어려운 싸움을 해야 할 것입니다."

손권은 조카를 데리고 서성이 있는 공청으로 들어갔다. 서성은 손권이 달려가 손소의 참형을 막은 사실을 알고 손권에게 말했다.

"주상께서는 신에게 도독의 임무를 맡겨 적군을 퇴치하라는 영을 내리셨습니다. 양위장군 손소가 군율을 하찮게 여기므로 그를 참하려 했는데 무슨 이유로 그를 용서해주셨습니까? 군령이 이렇듯 해이

해진다면 신이 어떻게 다른 장수들을 부릴 수 있겠습니까?"

"내가 보지 않아도 손소가 어떻게 했을지 짐작이 가오. 하지만 젊은 혈기에 그러한 것이니 그만 용서해주는 것이 어떻겠소?"

"원래 법이란 신이 만든 것도 아니고 주상께서 정하신 것도 아닙니다. 법은 전형典刑(예전부터 내려오는 법전)으로 사사로이 고치거나 허물 수 없습니다. 주상께서 친척이라고 용서하신다면 앞으로 어떻게 신하들을 호령하고 백성들을 다스릴 수 있겠습니까?"

"안동장군安東將軍(서성이 받은 직위)의 말처럼 손소가 군법을 어겼으니 장군의 영으로 다스려야 마땅함을 나도 잘 알겠소. 그러나 손소의 본래 성은 유俞씨였는데 돌아가신 형님이 특히 귀여워하여 손씨 성을 내린 것을 장군도 모르지 않을 거요. 친척이라서 감싸는 것이 아니라 만일 그를 죽인다면 아우인 나로서는 형님에 대한 의리를 저버리는 것이 되지 않겠소?"

그제야 서성은 누그러진 태도로 말했다.

"주상께서 돌아가신 선왕을 들먹이시니 차마 죽이지는 않겠습니다."

손권은 손소에게 명하여 서성에게 절하고 용서를 빌게 했다. 그러나 손소는 절을 올리거나 용서를 빌지도 않고 도리어 큰소리를 쳤다.

"그래도 제 의견은 굽힐 수 없습니다. 조비를 물리치려거든 지금 당장 군사를 이끌고 강 건너로 진격해야 합니다."

순간 서성의 얼굴이 험악하게 일그러졌다. 그러자 손권은 버릇없는 조카를 꾸짖어 물리치고 서성에게 대신 사과했다.

"문향文向(서성의 자), 문향이 참으시구려. 아직 어려서 앞뒤 잴 줄 모르는 놈 하나 있다고 해서 동오에 무슨 손해가 있겠소? 내가 조카의 용렬한 모습을 두 눈으로 보았으니 앞으로는 절대로 저 녀석을 기용하지 마시오."

손권은 급히 작은 주연을 베풀어 서성을 위로하고 궁으로 돌아갔다. 그런데 바로 이날 밤 군진을 지키던 병사가 서성에게 달려와 손소가 본부에 소속된 3천 정병을 거느리고 어디론가 사라졌다고 보고했다. 서성은 크게 노했으나 한편으로는 조카를 아끼는 오왕을 생각하여 정봉을 불러 한 가지 계책을 주며 3천 군마를 거느리고 서둘러 손소의 뒤를 따라가게 했다.

한편 위왕이 용주龍舟(황제가 타는 배)를 타고 광릉에 도착하자 먼저 도착했던 조진이 선봉대를 강 언덕에 배치해놓고 전투 준비를 하고 있었다. 군사들을 둘러본 조비가 조진에게 물었다.

"적들의 동태는 어떠한가?"

"신이 이곳에 진을 친 지 며칠이 됐으나 동오의 군사들은 코빼기도 비치지 않고 있습니다."

"우리 군사가 강남의 문턱에 당도했는데도 아무런 반응이 없다니 여기엔 분명 어떤 술수가 있을 것이오. 짐이 친히 가서 적진을 살펴보겠소."

조비는 용주를 타고 강남 땅이 바라다보이는 곳까지 나가 닻을 내렸다. 배 위에는 천자의 배를 표시하는 용과 봉이 새겨져 있고 뱃전에는 무수하게 꽂힌 오색 깃발이 바람에 나부꼈다. 조비는 뱃머리 갑판에 용상을 놓고 앉아 멀리 펼쳐져 있는 강남을 바라보았다. 하지만 조진이 말한 대로 사람 하나 보이지 않았다. 이를 기이하게 생각한 조비는 옆에 있던 유엽과 장제를 바라보며 물었다.

"내가 저 땅을 밟아보고 싶은데 경들의 생각은 어떤가?"

유엽이 말했다.

"병법에 '실實에는 실로 응하고, 허虛에는 허로 응하라'고 했습니다. 적들이 위의 대군이 도착한 것을 알고도 가만히 있는다면 이는 그들 나름의 대책을 세워놓았기 때문이 아니겠습니까? 따라서 적군이 보이지 않는다고 안심하는 것은 큰 화를 불러일으킬 것입니다. 앞으로 4, 5일 동안 적의 동정을 주시해본 다음 그때 가서 다시 생각해보시는 게 좋겠습니다."

조비는 유엽의 말을 듣고 고개를 끄덕였다.

"경의 말이 옳은 것 같소."

그날 밤, 달이 뜨지 않아 주위가 먹물처럼 캄캄했다. 위군은 주위를 경계하기 위해 곳곳에 횃불을 밝혔다. 그러자 바람 한 점 불지 않는 잔잔한 강물 위에 불빛이 반사되어 수면이 결고운 비단같이 반짝였다. 그런데 동오의 군사들이 마땅히 있어야 할 강 건너 땅에는 여전히 캄캄하기만 했다. 횃불은커녕 반딧불이 하나 보이지 않는 강남 땅을 바라보며 조비가 주위의 장수들에게 물었다.

"대체 동오놈들은 무슨 생각을 하고 있는 것이냐?"

그러자 말석에 있던 장수 하나가 고개를 조아리며 대답했다.

"폐하께서 군사를 이끌고 오신다는 말을 듣고 겁이 나서 모두 도망을 친 게 분명합니다."

조비는 아무래도 이상하다고 생각하며 잠자리에 들었다. 다음날 아침, 동이 트기는 했으나 강가에 피어오른 짙은 안개로 한 치 앞도 보이지 않았다. 그러다가 바람이 불어와 강변의 안개를 일시에 걷어가자 마치 때묻은 동경銅鏡을 말끔히 닦아낸 듯 강남 땅이 한눈에 들어왔다. 순간 위군은 소스라치게 놀랐다. 어젯밤까지만 해도 허허벌

판이었던 강 건너 땅에 진채가 길게 늘어서 있고, 진채를 따라 무수한 창과 칼이 햇빛에 번쩍이고 있었다. 그 모습을 발견한 부장 하나가 지체없이 조비가 있는 군막으로 달려가 보고했다.

"강 건너 일대에서 석두성石頭城에 이르는 수백 리 연안에 동오의 진채가 나타났습니다. 게다가 그들의 진채 앞에는 무수한 배와 수레가 집결해 있으니 어찌된 영문인지 모르겠습니다."

조비는 질겁을 하고 부리나케 군막을 나서 강변으로 달려갔다. 과연 강 건너에 밤새 지은 동오의 진채와 병사들, 그리고 그들이 부려놓은 배와 수레들이 보였다. 조비는 그처럼 막대한 공사와 작전이 하룻밤 사이에 이루어진 것을 보고 자신의 눈을 의심했다. 그래서 좀더 자세히 적진을 살피기 위해 용주를 띄워 강 복판으로 나갔다. 창과 칼을 들고 진채를 지키고 있는 동오의 군사들이 더욱 또렷이 보였다.

조비가 한숨을 쉬며 말했다.

"오늘에야 내가 강남이 호락호락하지 않다는 것을 알겠다. 우리 위나라에는 무장이 1천여 명이 넘지만 강남의 풍부한 물자와 귀신 같은 술수는 가볍게 볼 수 없겠구나!"

그러나 조비가 보고 탄식했던 동오의 진영은 서성의 책략에 따라 꾸며진 것으로, 진채는 지푸라기와 갈대로 급조된 성이었고 거기 있는 병사들은 푸른 옷을 입혀놓은 허수아비였다. 그때 갑자기 강 복판에서 회오리바람이 세차게 불면서 강물이 돛대 높이까지 치솟아올라 배가 요동쳤다. 그 바람에 조비는 온몸에 파도를 뒤집어썼다. 조진은 황망히 뱃머리를 돌려 아군의 진지로 회선하라 이르고 문빙이 지휘하는 주위의 작은 군선들로 하여금 용주를 호위하게 했다.

갑작스런 파도로 배가 심하게 흔들리자 조비는 뱃멀미를 하게 되어 용주에 마련된 침상에 누웠다. 그러는 동안 수병들은 부지런히 노를 저어 배를 강안에 댔다. 수병들이 용주를 가까운 뭍에 접안하려 할 때 어디선가 일제히 북소리가 울리며 무수한 군마가 물밀 듯 용주를 향해 쳐들어왔다. 그는 서성의 명령을 어기고 단독으로 출전한 손권의 조카 손소였다. 힘들게 강안에 배를 댄 위의 수병은 졸지에 기습을 당해 칼에 맞아 죽거나 강물에 빠져 죽었다. 그나마 조진과 문빙이 사력을 다해 조비를 호위한 덕에 조비는 가까스로 살아날 수 있었다. 조비 일행이 말을 달려 본진을 향해 달아나고 있는 중에 본진에서 달려온 전령과 마주쳤다.

"양평관의 조운이 군사를 이끌고 나와 장안을 취하려 한다고 합니다."

뜻하지 않은 사태를 맞아 사색이 된 조비는 곧 군사를 회군하라고 영을 내렸다. 그러자 도주하기에 여념이 없는 위군의 배후를 동오의 군사가 놓치지 않고 끈질기게 따라붙었다. 조비는 체면 불구하고 원정길에 가져온 어용물御用物을 모두 버리게 했다. 위의 장수들이 죽을 힘을 다해 조비를 호위하여 회하淮河를 건넜을 때, 회하 일대의 갈대밭에서 불길이 치솟았다. 동오의 군사들이 갈대밭에 생선 기름을 부어놓았다가 불을 질렀던 것이다. 기름을 먹은 마른 갈대는 때마침 불어온 바람을 타고 기세좋게 타올랐다. 조비는 질겁하여 말을 타고 달아났다. 그러자 동오의 장수 정봉이 일단의 군마를 거느리고 나타나 앞길을 막았다.

위의 장수 장요가 퇴로를 막는 정봉을 맞아 싸우기 위해 말을 달려 나갔다. 정봉이 활을 뽑아 순식간에 화살을 날리자 화살은 장요의 허리에 날아가 박혔다. 허리 깊숙이 화살을 맞은 장요가 말고삐를 감아

쥔 채 마상에서 기절하자 서황이 이를 보고 급히 달려가 장요의 말고삐를 낚아채어 달아났다. 그날 위의 장수들은 혼신을 다해 조비를 구해 달아나긴 했으나 병사들은 거의 떼죽음을 당했다.

조비가 도망친 후 정봉은 위군이 버리고 간 군마·무기·양곡·수레·군선 등의 수많은 전리품을 얻었다. 조비는 대패하여 허창으로 돌아갔고 정봉의 화살을 맞은 장요는 상처가 깊어 죽고 말았다. 조비를 물리친 동오의 장수 서성·정봉은 손권에게서 큰 상을 받았다. 하지만 손소는 군령을 어긴 잘못으로 양위장군의 직위를 박탈당했다.

제갈량의 남정

양평관을 지키고 있던 조운은 강남에서 위군과 동오가 크게 대치한다는 소식을 듣고 군사를 이끌고 한달음에 장안을 향해 진군했다. 그러나 장안으로 가는 도중에 제갈량으로부터 급히 회군하라는 파발을 받았다. 익주의 옹개雍闓가 만왕 맹획과 결탁하여 10만 군사를 이끌고 사군四郡을 침범하려고 하니 아쉽지만 장안을 포기하고 양평관을 다시 지키라는 당부였다.

조운의 욕심대로라면 마초에게 양평관을 지키게 하고 자신은 장안으로 짓쳐들어가고 싶었다. 하지만 제갈량이 오래전부터 남쪽을 정벌할 계책을 세우고 있다는 것을 알기에 조운은 군사를 돌릴 수밖에 없었다. 조운이 위의 침입으로부터 양평관을 잘 지켜주어야만 제갈량이 마음놓고 남정을 떠날 수 있기 때문이었다.

제갈량이 남정을 떠나기로 결심할 즈음, 동천과 서천의 백성들은 오랜만에 태평성대를 누렸다. 도둑이 없어 밤에는 대문을 잠글 필요도 없었고, 길에 물건이 떨어졌어도 자기 것이 아니면 주워가는 사람이 없을 정도였다. 뿐만 아니라 연이은 풍년으로 굶주리는 사람이 사라지자 모두 새 황제의 선정을 칭송하며 부역이 있을 때마다 다투어 일하기를 자원했다. 그리하여 제갈량은 새로 성벽을 축성하는 일이나 군수 물자를 만드는 일을 쉽게 완수할 수 있었다. 그러던 서기 225년, 익주의 영창 태수 왕항王伉에게서 위급한 보고가 날아들었다.

만왕 맹획이 10만 군사를 거느리고 익주를 침범해왔습니다. 건녕 태수 옹개는 한나라 십방후什防侯인 옹치雍齒의 후손이면서도 오랑캐인 맹획과 결탁하여 모반을 했습니다. 또한 장가군 태수 주포朱褒와 월전군 태수 고정高定 두 사람은 싸우지도 않고 성을 바쳐 투항했고 오직 신 왕항만이 용감히 싸웠습니다. 옹개 · 주포 · 고정 등이 거느리던 부하와 군마는 모두 맹획의 길잡이가 되어 영창군을 집어삼키는 데 앞장서고 있습니다. 지금 신 왕항은 공조功曹 여개呂凱와 함께 백성들과 힘을 합하여 성을 사수하고는 있으나 언제 성이 함락될지 모르는 위급한 처지에 있습니다.

제갈량은 왕항의 글을 읽고 서둘러 입조하여 유선을 찾았다.

"신이 곰곰이 생각해보건대 남만이 저처럼 불복하는 것은 국가에 커다란 우환이 될 수 있습니다. 남만은 촉의 후방에 해당하는데 이런 오만방자한 침범에 제대로 대처하지 않고 그대로 놔둔다면 중원을 도모하기 힘듭니다. 그러니 이번 기회에 신이 군사를 몰고나가 후환을 없애는 것이 좋겠습니다."

제갈량이 성도를 비운다고 하자 유선은 당장 불안해서 말했다.

"비록 동오와 화친을 맺었지만 언제까지 갈지 모르고 또 조비가 동오에 패했지만 위는 여전히 강한 대국이오. 승상이 성도를 떠나 있을 때 동오나 위가 공격해온다면 어찌하오?"

제갈량은 미리 강구해둔 대책으로 유선을 안심시켰다.

"동오가 그렇게 쉽게 화친을 깨트리지는 않을 것입니다. 행여 동오가 딴생각을 품는다 하더라도 백제성을 지키고 있는 이엄이라면 능히 동오의 육손을 맞아 싸울 수 있습니다. 또한 폐하께서 말씀하신 대로 위가 비록 대국이기는 하나 동오에 패한 지 얼마 되지 않았으니 또다시 원정을 하겠다고 나서지는 못할 것입니다. 또한 그들이 쳐들어온다 하더라도 마초가 한중의 여러 관구를 단단히 지키고 있으니 마음을 놓으셔도 됩니다. 그래도 안심하지 못하실 것 같아서 신은 이미 관흥과 장포 두 장수에게 군사를 나누어주고 폐하를 보필하는 데 실수가 없도록 하라고 단단히 당부해놓았습니다. 남만을 토벌하기 위해서 신은 오래전부터 성도의 대소사를 마무리짓고 있었습니다. 연이은 풍년으로 곡식이 창고에 넘쳐흐르고 백성들 또한 자진해서 폐하의 덕을 따르니 지금이야말로 남만을 토벌할 적기인 듯합니다. 남만을 토벌하지 못하면 북벌을 완수하여 중원을 도모할 수 없으니 더 이상 지체할 수 없습니다."

"짐은 나이도 어리고 경험도 일천하여 무지하기만 하니 상부께서 알아서 행하십시오."

유선이 제갈량의 남정을 허락하자마자 대신 중에 한 사람이 일어나 말했다.

"남만의 역도들을 치는 데 어찌하여 승상께서 손수 나선다는 말입니까?"

대신들이 눈을 들어 바라보니 간의대부 벼슬에 있는 남양 사람 왕연王連이었다. 제갈량이 물었다.

"문의文儀(왕연의 자)가 그렇게 말하는 까닭이 무엇이오?"

"남방은 불모지대로 온갖 잡병이 유행하는 곳이라는 것을 모르는 사람이 없습니다. 승상은 혼자서 국사의 책임을 모두 짊어지고 계시면서 어쩌자고 그런 불순한 지역으로 친히 원정을 하신다는 말입니까? 제 생각에 맹획이나 옹개 등은 한낱 버짐 같은 미물에 불과하니 촉나라의 대장 가운데 아무나 한 사람을 보내더라도 충분히 토멸할 수 있을 것입니다."

제갈량이 웃으며 설명했다.

"남만은 인구가 많긴 하지만 중국에서 멀리 떨어져 있어 문명을 익히지 못했소. 때문에 그들을 이기는 것은 창검으로만 해결될 문제가 아니오. 야만인들을 이기기 위해서는 강하고 유연한 것을 잘 배합해야 하는데, 이 일을 맡길 만한 사람이 없기 때문에 내가 직접 원정을 나서려는 것이오."

왕연이 수차에 걸쳐 만류했으나 제갈량의 결의는 단호했다. 이날로부터 제갈량은 20만에 달하는 군 동원령을 내리고 군마·무기·군량미를 신속히 준비했다. 출전 채비를 마친 제갈량은 유선이 보는 앞에서 사열을 마친 다음 남만으로 향했다. 장완과 비위를 참군과 장사로 삼은 제갈량은 동궐董厥·번건樊建 두 사람을 연사掾史에 임명하고 조운·위연 두 장수를 대장으로 삼아 군마를 총괄하게 했다. 그리고 왕평·장익은 두 장수를 보좌하는 부장으로 삼았다. 제갈량이 수십 인의 장수와 20만 촉병을 거느리고 거침없이 익주를 향해 진군할 때,

남만 침공에 나서는 촉군. 위·촉·오 삼국은 전략 차원에서 주변 이민족을 침공하는 일이 잦았다.
촉이 남쪽 운남 땅으로 출병하던 무렵, 위는 동북쪽의 고구려를 괴롭혔으니 우리 입장에서는 촉군의
운남 정벌기를 영웅들의 모험담 정도로 생각하여 마냥 유쾌하게 바라볼 수만은 없다.

관우의 셋째 아들 관색關索이 제갈량을 찾아왔다.

"저는 형주가 함락되었을 때 포가장鮑家莊에서 병을 치료하고 있었습니다. 마음 같아서는 어서 병상에서 일어나 서천에 계시는 선제를 뵙고 부친의 원수를 갚으려 했으나 그 사이에 부친의 원수들이 모두 주살되었을 뿐 아니라 선제마저 붕어하셨습니다. 병이 완치되고 나라의 은혜에 보답하기 위해 기다리던 중 마침 승상께서 남방 정벌 길에 나선다기에 이렇게 달려왔습니다."

관색의 말을 들은 제갈량은 곧 성도로 사람을 보내 유선에게 이 사실을 고하는 한편 그를 선봉에 세워 남행을 계속했다. 제갈량이 거느린 서촉의 군사는 하루에 수십 리 길을 행군하는데도 전혀 대오가 흐트러지지 않았다. 또 촉군은 원래 규율이 엄한데다 오랫동안 남정을 준비하며 군량미를 넉넉히 비축해놓아 매끼 배불리 먹을 수 있었던 까닭에 마을을 지나면서도 농작물이나 가축을 약탈하는 일이 없었다.

한편 옹개는 제갈량이 직접 대군을 거느리고 온다는 소문을 듣고 즉시 고정 · 주포를 불러 앞일을 상의했다. 옹개는 군사를 3로로 나누어 고정이 중로를, 자신은 좌로를, 주포는 우로를 맡기로 합의하고 각자 5만~6만의 군사를 거느리기로 했다. 중로를 맡은 고정에게는 구척장신의 큰 키에 얼굴이 흉측하게 생긴 악환鄂煥이란 장수가 있었다. 그는 여포처럼 방천극을 잘 쓰고 1천 명의 병졸을 당해낼 만큼 용맹스러웠다. 고정은 그에게 전부선봉前部先鋒이란 직위를 주어 선봉에 나서 촉병을 맞아 싸우게 했다.

옹개 · 고정 · 주포가 3로군을 편성해 촉군의 공격에 대비하느라 부산을 떨 때, 마침 제갈량의 선봉대가 익주의 경계에 당도했다. 촉의 선봉장으로 나선 위연이 장익 · 왕평을 부장으로 거느리고 익주의 경계로 다가오자 악환이 그들의 앞을 막았다. 두 군사가 둥그렇게 진을 치고 마주보게 되자 위연이 말을 달려 앞으로 나와 반도들을 꾸짖었다.

"역적들은 어서 투항하라!"

성질이 급한 악환이 아무 대꾸도 없이 방천극을 휘두르며 위연에게 말을 달려갔다. 위연과 악환은 서로의 창을 휘두르며 10여 합을 싸웠다. 그러다가 위연이 못 당하겠다는 듯 말 머리를 돌려 도주하자 악환은 멋모르고 거짓으로 달아나는 위연을 추격했다. 악환이 10여 리를 추격했을 때 갑자기 북소리와 함성이 크게 일면서 장익·왕평이 좌우에서 군사를 거느리고 나와 악환의 후미를 끊고 때맞춰 위연마저 뒤돌아서서 악환을 협공했다. 그러자 악환은 오래 견디지 못하고 촉군의 포로가 됐다. 위연은 그를 오랏줄에 묶어 본진으로 돌아와 제갈량 앞에 무릎을 꿇렸다. 그러자 제갈량은 악환의 결박을 풀어주도록 한 뒤 술과 음식을 내어 위로하며 물었다.

"너는 이제껏 누구를 모시고 있느냐?"

"저는 고정의 부장으로 있습니다."

"나는 고정이 충의로운 선비인 줄 알고 있다. 그런 그가 반군이 된 것은 전적으로 옹개의 술책에 넘어갔기 때문이다. 내가 너를 돌려보내니 고정에게 돌아가서 내 말을 전하고, 하루 빨리 투항하여 역적의 누명을 벗으라고 권하라."

악환은 제갈량에게 절하며 고정에게 돌아가 그를 회유할 것을 맹세했다. 악환은 제갈량에게 맹세한 대로 고정에게 그 간의 사정을 이야기하며 투항할 것을 권했다. 그러자 옹개의 꾐에 넘어가 졸지에 반도의 무리가 된 후로 늘 마음이 편치 않았던 고정의 마음이 흔들렸다. 하지만 고정은 아무런 내색을 하지 않은 채 악환을 물린 다음, 옹개의 진지를 찾아갔다. 악환이 생환한 사실을 전해들은 옹개가 의심스러운 듯 고정에게 물었다.

"부장 악환이 위연에게 잡혀갔다더니 살아 돌아온 까닭이 무엇이오?"

"제갈량이 아무 조건 없이 돌려보냈다고 합니다."

옹개가 고정의 말을 그대로 믿을 리 없었다.

"혹시 돌아온 악환이 고태수에게 뭐라고 하지 않던가요? 모르긴 해도 제갈량이 악환을 그냥 놓아보낸 것은 우리 두 사람을 떼어놓기 위해 이간계를 쓰려는 수작일 것이오."

고정은 옹개의 말에 수긍하면서도, 계속해서 옹개와 행동을 함께 할 것인지 아니면 이제라도 결별을 해야 하는지 마음을 정하지 못했다. 이때 촉병이 싸움을 걸어와 옹개가 3만 군사를 이끌고 나갔으나 위연을 맞이해 불과 수십 합도 싸우지 못하고 말 머리를 돌려 달아났다. 위연은 도주하는 옹개를 20여 리나 추격해 많은 적군을 살상했다.

다음날 옹개는 전날의 패배를 만회하기 위해 아침 일찍 군사를 수습해 촉군의 본진을 기습했다. 하지만 제갈량은 3일 동안 진채를 지키며 군사를 움직이지 않았다. 그러자 옹개는 고정에게 사람을 보내 합세할 것을 통보하고, 4일째 되는 날 옹개와 고정은 양쪽으로 군사를 나누어 촉의 요새를 협공했다. 이에 제갈량은 위연에게 옹개·고정이 쳐들어올 두 갈래 길에 미리 군사를 매복하게 해두었다. 촉군이 요새를 지키고 나오지 않는 줄만 알았던 옹개·고정은 매복해 있던 촉의 군사에게 걸려 반 이상이 전사하고 또 많은 군사들이 포로가 됐다. 제갈량은 포로로 붙잡은 옹개의 군사와 고정의 군사를 따로 가두어놓고 촉의 군사들에게 유언비어를 퍼뜨리게 했다.

"고정의 진에서 붙잡힌 군사는 살 수 있지만 옹개의 진에서 붙잡힌 군사는 참수할 것이다."

촉군이 수군거리는 말은 이내 포로들의 귀에까지 들어갔다. 제갈 량은 유언비어가 포로들에게 다 알려졌을 때쯤 옹개의 진에서 붙잡 혀온 포로들을 진지 앞에 끌어내도록 했다.

"너희들은 누구의 병사들이냐?"

포로들은 입을 모아 대답했다.

"고정의 부하들입니다."

제갈량은 충의로웠던 고정이 반도가 된 사실을 일부러 소리내어 한탄하고는 부하들에게 시켜 술과 음식을 내어 포로들을 배불리 먹 인 후 자기 진지로 돌려보냈다. 제갈량이 이번에는 고정의 부하들을 불러내어 똑같은 질문을 하자 고정의 부하들이 부당함을 호소했다.

"앞서 보냈던 것은 옹개의 부하들이고 저희들이 진짜 고정의 부하 입니다."

제갈량은 이들에게도 옹개의 부하들에게 했던 것과 똑같이 대접해 주고 모두 자기 진지로 돌아가게 해주며 말했다.

"오늘 옹개가 사람을 보내어 투항할 의사를 전하면서 너희들의 대 장인 고정과 주포의 목을 베어 공을 세우겠다고 언약했다. 그러나 나 는 그들이 잠시라도 판단을 잘못하여 반도가 되긴 했으나 똑같은 편 끼리 서로 죽이는 것을 비참하게 여겨 좋은 수가 생길 때까지 좀더 기다려보라고 만류했다. 너희들이 자기 진지로 돌아가거든 각자 조 심하여 다치지 않도록 하라."

포로들은 제갈량의 은덕에 고마워하며 자기 진지로 돌아갔다. 부하 들이 무사히 돌아온 것을 고정이 궁금히 여기자 목숨을 건진 포로들이 제갈량의 말을 고스란히 고정에게 옮겼다. 고정은 큰일났구나 싶어 자신의 심복을 옹개의 진지로 은밀히 보내어 염탐시켰다. 촉군의 포로가 되었다가 살아 돌아온 옹개의 군사들은 본진의 군사들에게 제갈량의 후덕함을 칭송하며 촉으로 귀순하자고 설득했다. 심복이 돌아와 이런 상황을 보고하자 고정은 마음이 불안해 견딜 수가 없었다.

고정은 옹개보다 먼저 선수를 쳐야겠다는 생각으로 심복을 촉군의 진중으로 보내 소문의 진위 여부를 알아보도록 했다. 하지만 고정의 심복은 촉의 진지로 가는 도중에 매복해 있던 촉의 군사에게 붙잡혀 제갈량의 면전에 끌려왔다. 제갈량은 잡혀온 사람이 고정의 심복인 줄 알면서도 옹개의 부하인 것처럼 시침을 떼고 물었다.

"일전에 옹개가 내게 사람을 보내 고정과 주포의 수급을 바치겠다고 약속했다. 그런데 기한이 훨씬 지났는데도 아직 두 역적의 수급을 가져오지 않았으니 어찌된 일이냐?"

제갈량의 서슬 퍼런 추궁에 고정의 심복은 우물쭈물 얼버무렸다. 그러자 제갈량은 갑자기 온화한 얼굴이 되어 고정의 사자에게 술과 음식을 대접한 뒤 직접 밀서를 써서 건네주며 다시 한번 다짐을 받았다.

"너는 이 글을 가지고 너희 진지로 돌아가 옹개에게 기왕의 약조를 서둘러 행하라고 전하라. 모든 일은 때가 있으니 이처럼 시간을 늦춘다면 나는 고정에게 옹개를 치라고 할 것이다."

고정의 심복은 황급히 절을 하고 자기 진지로 돌아가 제갈량이 옹개에게 쓴 편지를 고정에게 전했다. 고정은 제갈량이 옹개에게 쓴 편지를 읽고 손을 떨며 크게 노했다.

"나는 진심으로 저를 대했는데 나를 해치려 하다니! 옹개 이놈을 그냥 둘 수 없다!"

고정은 급히 악환을 불러 상의했다. 악환이 말했다.

"제갈량은 어진 분이고 촉군의 위세도 만만치 않습니다. 태수께서 성도에 모반하여 악행을 저지른 것도 모두 옹개의 꾐에 빠진 것 때문이 아닙니까? 옹개에게 당하기 전에 우리가 먼저 그를 죽이고 제갈량에게 투항하는 것이 좋겠습니다."

고정이 방법을 물었다.

"네 말대로 하자면 어떻게 손을 쓰는 게 좋겠느냐?"

"옹개에게 사람을 보내 촉군을 물리칠 논의를 하자고 하십시오. 그가 딴생각을 품지 않았다면 쾌히 태수의 청에 응할 것이지만, 만일 딴마음을 품고 있다면 틀림없이 오지 않을 것입니다. 그가 딴마음을 품은 낌새가 분명해지면 머뭇거릴 필요가 뭐 있습니까? 태수께서 정면을 공격하시면 저는 요새 뒤쪽에 매복해 있다가 달아나는 옹개를 사로잡겠습니다."

고정은 악환이 권하는 대로 옹개에게 전령을 보내 촉군을 물리칠 대책을 세우자고 청했다. 하지만 옹개는 며칠 전 포로로 붙잡혔다가 풀려난 군사들의 말을 귀담아들었기에 고정의 진지로 가는 것이 께름칙했다. 옹개가 핑계를 대고 오지 않자 고정은 그날 밤이 깊어지기를 기다려 군사를 이끌고 옹개의 진지로 쳐들어갔다. 제갈량에게 사로잡혔다가 풀려난 옹개의 군사들은 자기들이 살아날 수 있었던 것은 고정의 덕택이라고 생각하고 자연 고정의 기습에 내응했다.

시간이 흐를수록 적군에 가담하는 군사들이 늘어나자 옹개는 사태가 위급해졌음을 깨닫고 급히 말에 올라 진채의 후문을 통해 달아났다. 그러나 뒷길을 빠져나가기도 전에 큰 북소리가 나더니 한 무리의 군사가 앞을 가로막았다. 그 앞에는 고정의 부장 악환이 말을 탄 채 창을 꼬나들고 서 있었다. 옹개는 칼을 뽑아들고 악환과 맞섰지만 그는 악환의 상대가 되기에는 무예가 한참이나 모자랐다. 옹개는 제대로 칼을 휘둘러보지도 못하고 악환의 창에 가슴이 찔려 말 밑으로 굴러떨어졌다. 그러자 옹개의 부하들은 다투어 무기를 버리고 악환에게 투항했다.

고정은 악환이 베어온 옹개의 수급을 가지고 촉군의 진중을 찾아와 제갈량에게 항복했다. 옹개의 수급을 받은 제갈량은 뜻밖에도 좌우에 시립해 있던 무사들에게 고정의 목을 베라고 호령했다. 고정은 두려움에 온몸을 떨면서 물었다.

"저는 승상의 크신 은덕에 감복하여 저의 군사는 물론 수급을 가져온 옹개의 군사까지 거두어 투항했는데 왜 저를 참하려 하십니까?"

제갈량이 웃으며 말했다.

"네가 거짓 투항한 것을 알고 있는데, 네가 어찌 나를 속이려 드느냐?"

고정은 제자리에 털썩 엎드리며 읍소했다.

"승상께서는 무슨 연유로 저에게 거짓 투항을 했다고 하십니까?"

제갈량은 문갑 속에서 편지 한 통을 꺼내어 흔들며 고정에게 호통쳤다.

"네가 오기 전에 주포가 사람을 보내어 밀서를 전해왔다. 이 밀서에는 너와 옹개는 생사를 함께 하기로 맹세하고 교분을 맺었다고 써있다. 그러니 네가 옹개를 죽였더라도 진심에서 한 것은 아니지 않겠느냐? 그래서 너를 죽여 후환을 없애려고 한다."

그 말을 들은 고정은 억울하다는 듯이 소리쳤다.

"그것은 주포가 승상과 저 사이를 이간질하려는 수작입니다. 그러니 절대로 그 말을 곧이 듣지 마십시오."

"나 역시 그런 의심이 들지 않는 것은 아니나 지금은 전시라 한쪽 말만 믿을 수가 없다. 만일 네가 주포를 붙잡아온다면 그때 네 충정을 인정하겠다."

"제가 주포를 사로잡아 승상 앞에 끌고 오겠으니 아무쪼록 저에 대한 의심을 거두시기 바랍니다."

"네가 그렇게 해준다면 나도 너를 긴한 곳에 쓰겠다."

고정은 부장 악환과 상의하여 나서는 듯이 주포의 진지로 쳐들어갔다. 그러나 고정이 옹개의 진지로 쳐들어가 옹개를 죽이고 그 부하들과 함께 제갈량에게 투항하러 간 것을 알고 있는 주포는 고정이 쳐들어올 것에 대비하여 산모퉁이에 일단의 군마를 이끌고 기다리고 있었다. 고정은 주포가 자기 진지로부터 10리 밖에까지 나와 있어 멀리 갈 수고를 덜었다며 내심 좋아했다. 주포가 고정을 보고 눈을 부라리며 외쳤다.

"너는 어쩌자고 옹개를 죽이고 제갈량에게 투항했느냐?"

고정도 지지 않고 큰 소리로 응대했다.

"너는 나와 무슨 원한이 있어 제갈량에게 나를 해치게 하는 밀서를 보냈느냐?"

주포는 고정이 무슨 말을 하는지 몰라 눈만 껌뻑였다. 그러자 고정의 뒤에서 악환이 쏜살같이 말을 몰고 달려나와 방천극으로 주포의 목을 겨누어 찔렀다. 순식간에 대장을 잃고 어물거리는 주포의 부하들을 향해 고정이 엄포를 놓았다.

"순순히 투항하는 자는 살 것이되 저항하는 자는 목숨을 부지하지 못할 것이다!"

고정은 힘들이지 않고 주포의 군사들을 휘하에 넣고 제갈량을 찾아가 주포의 수급을 바쳤다. 그제야 제갈량이 속마음을 털어놓았다.

"내가 술수를 써서 너로 하여금 두 반도를 죽이게 했다. 이제 너의 충성심을 알았으니 익주 태수의 벼슬을 주겠다. 아울러 옹개와 주포가 다스렸던 건녕과 장가를 함께 맡기니 진력을 다해 나라에 충성하도록 하라."

제갈량은 3개 군에서 일어난 옹개 · 주포 · 고정의 모반을 완전히 평정하고, 모반에 끝까지 가담치 않고 저항했던 영창 태수 왕항을 찾아갔다. 제갈량이 온다는 말을 듣고 왕항은 성밖까지 나와서 승상을 극진히 맞이했다. 성안에 들어간 제갈량이 왕항에게 물었다.

"공과 함께 이 성을 지켜 폐하의 근심을 없앤 사람이 누구요?"

"신이 반도로부터 이 성을 무사히 지켜낼 수 있었던 것은 모두 영창 불위不韋 사람으로 자를 계평季平이라 하는 여개의 덕입니다."

공명은 곧 여개를 만나보기를 청했다. 여개가 들어와 승상에게 예를 갖춰 절하자 공명이 말했다.

"영창에 계평이라는 절개 높은 선비가 있다는 말을 일찍부터 듣고 있었소. 그런데 이번에 성을 지키는 데 공로가 많았다는 말을 들으니 그 말이 헛소문이 아님을 알겠구려. 내가 공을 청한 것은 남만을 공략하는 데 공의 식견을 들어보고 싶어서요."

제갈량의 말이 끝나자 여개는 품에서 그림 한 장을 꺼내어 바치며 말했다.

"저는 이곳에서 오랫동안 공직을 맡으며 늘 남만의 동태를 주시하고 있었습니다. 그 결과 남만이 그들의 자리에 만족하지 않고 성도를 넘보고 있다는 것을 알고 여러 차례 몰래 사람을 보내 그곳의 지리와 전략적인 요충지를 조사해놓았습니다. 방금 제가 바친 지도는 그때 작성해둔 것으로 '평만지장도平蠻指掌圖'라는 이름을 붙였습니다. 승상께서 이 지도를 잘 활용하신다면 남만을 평정하는 데 큰 도움이 될 것입니다."

제갈량은 크게 기뻐하며 여개에게 상을 내리고, 그를 남만으로 진군하는 행군교수行軍敎授 겸 향도관으로 삼았다. 제갈량이 20만 대군을 거느리고 위풍당당하게 남만 국경 깊숙이 진격해 들어갔을 때, 성도에서 유선이 보낸 사자가 왔다. 제갈량이 사자를 군막에 불러들이자 흰 도포를 차려입은 사람이 들어왔는데, 다름 아닌 마속馬謖이었다. 그는 자신의 형 마량이 얼마 전에 세상을 떠나 상복 차림을 하고 있었던 것이다. 마속이 공명에게 말했다.

"황제의 칙명을 받들어 승상과 군사들을 위로하고자 황제께서 하사하신 술과 식량을 가지고 왔습니다."

제갈량은 성도를 향해 절을 하고 마속이 가져온 황제의 조서를 받아 읽었다. 그리고 황제가 하사한 위문품을 원정 나온 군사들에게 골고루 나누어준 후, 마속을 군막에 앉혀놓고 물었다.

"공도 알다시피 나는 황제의 조서를 받들어 남쪽의 오랑캐를 평정하려고 하오. 공이 남만족에 대하여 잘 안다는 소문이 있던데 공의 고견을 듣고 싶소."

마속이 대답했다.

"승상께서 청하시니 부끄러움을 무릅쓰고 어리석은 소견을 말해보겠습니다. 남만은 중원에서 멀리 떨어져 있고 산세가 험할 뿐만 아니라 언어마저 알아듣기 힘들어서 오늘까지 한족에 동화되지 않고 버틸 수 있었습니다. 그러니 누가 와서 어렵사리 그들을 항복시킨다 하더라도 돌아서면 쉽게 반기를 드는 것이 바로 남만족들입니다. 승상께서는 저들을 평정하고 나서 여세를 몰아 조비를 치실 생각이 아니십니까? 만약 승상께서 남만의 군사를 빼돌려 중원으로 가버린 것을 탐지한다면 만병들은 즉시 반란을 준비할 것입니다. 그렇다고 방법이 없는 것은 아닙니다. 옛 병법에 '적의 마음을 여는 것이 상책이요, 적의 성을 공격하는 것은 하책이다. 또한 적의 마음을 사로잡는 것이 상책이요, 적병을 공격하는 것은 하책이다'고 하지 않았습니까? 승상께서는 칼로 이기기보다 마음으로 이기시려고 애써보십시오."

제갈량은 마속의 말을 듣고 속으로 감탄했다. 마속의 고언은 제갈량이 성도를 떠나올 때 했던 생각과 조금도 다르지 않았기 때문이다. 제갈량은 지체없이 마속을 참군에 임명하고 진군을 계속했다.

한편 만왕 맹획은 제갈량이 옹개가 거느린 익주의 반란군을 완파했다는 소식을 듣고 즉시 3동洞의 장수들을 불러 대책을 의논했다. 맹획이 부르자마자 득달같이 달려온 3동의 장수들을 향해 말했다.

"지금 서촉의 제갈량이 20만 대군을 거느리고 우리 국경을 침범해오고 있으니 우리는 힘을 합쳐 적병을 막아야 한다. 제갈량을 잡아오는 사람을 동주洞主로 삼겠으니 너희 세 사람은 각기 자기 지역의 군사를 이끌고 나가 촉군을 막아라."

세 장수는 맹획의 명을 받들어 각기 5만의 병사를 거느리고 3로로 촉군을 맞으러 나갔다. 중로는 제1동의 장수 금환삼결金環三結이, 좌로는 제2동의 장수 동도나董荼那가, 우로는 제3동의 장수 아회남阿會喃이 맡아 진군하니 15만이나 되는 만군의 위세 또한 어느 군대의 위용에 못지않았다.

만병들이 3로로 나뉘어 진격해오고 있다는 소식은 진중에서 장수들과 함께 남만 공략을 논의하고 있던 제갈량의 귀에 전해졌다. 제갈량은 전령의 보고를 듣는 즉시 조운과 위연에게 군사들을 언제라도 싸울 수 있게 대기시켜놓으라고 지시했다. 두 사람이 나가자 제갈량이 왕평·마충에게 말했다.

"방금 자룡과 위연에게 군사 출동 준비를 명했으나, 노장들이 이곳의 풍토병을 견디기 힘들 것 같아 함부로 앞세울 수 없다. 그러니 두 사람이 선발로 나가서 적의 예봉을 꺾는 게 좋겠다. 오늘은 병사들과 군마를 철저히 점검하고 내일 날이 밝으면 즉시 출동하라."

왕평·마충이 제갈량의 군막을 나서자 제갈량은 장의·장익에게 다음과 같이 분부했다.

"왕평이 우로를 맡고 마충이 좌로를 맡을 테니 너희 두 사람은 함께 군사를 거느리고 나가 중로를 맡아라. 이번 전투는 자룡과 위연이 앞장서나가야 하나, 두 사람은 촉의 대들보나 다름없는 노장들이므로 함부로 보낼 수 없다. 그러니 젊은 장수들이 심신을 아끼지 말고 분발해야 한다."

장의·장익이 제갈량의 영을 받고 물러갔다. 조운과 위연은 제갈량이 당장이라도 출전시킬 것처럼 군사를 준비하게 해놓고 후배 장수들에게 선봉을 맡기자 얼굴에 불쾌한 기색이 역력했다. 제갈량이 두 사람을 위로했다.

"내가 장군들을 쓰지 않는 것은 두 사람이 못 미더워서가 아니라 길도 잘 모르는 적진 깊숙이 들어갔다가 행여 잘못될까 걱정해서였소. 남만 지역은 날씨가 습하고 무더워 풍토병이 예상되니 촉의 대들보와 같은 두 분을 어찌 가볍게 쓰겠소?"

그러자 조운이 제갈량에게 반문했다.

"남만의 풍토병에 익숙하지 않기는 여기 온 장수들이 모두 똑같은데 그것이 어찌 우리 두 사람만의 문제이겠습니까? 그리고 우리가 이곳의 지리에 밝다면 어찌하겠습니까?"

조운의 직설적인 성격을 잘 알고 있는 제갈량은 더욱 부드럽고 단호한 말로 두 사람을 제지했다.

"두 장군을 중히 쓸 데가 있을 것이니 경거망동하지 말고 기다려보도록 하십시오."

조운·위연은 끝내 불쾌함을 떨치지 못한 채 제갈량의 군막을 나섰다. 조운은 그냥 돌아가려는 위연을 자기 진지로 불러 분을 삭였다.

"이보게 문장文長(위연의 자), 세상에 이런 일이 어디 있소? 싸움터에 나왔으면 당연히 우리 두 사람이 선봉에 서야 마땅한데 풍토병을 핑계로 우리를 뒷전에 앉아 있게 하니 이게 사리에 맞는 거요? 또 우리더러 이곳 지리를 모른다고 하는데 그건 후배들도 마찬가지가 아니오? 이런 창피를 당하니 어찌하면 좋겠소?"

위연도 차분히 말했다.

"지금 당장 우리 두 사람이 말을 타고 적진 깊숙이 달려갑시다. 거기서 남만족을 붙잡아 길잡이로 앞세워 적과 싸운다면 승리할 수 있을 것입니다."

조운은 무릎을 치며 위연의 계책에 따라 은밀히 진중을 빠져나와 원주민들이 사는 마을을 향해 말을 달렸다. 두 사람이 수십 리를 달렸을 때 멀리서 말발굽 소리와 함께 흙먼지가 뿌옇게 이는 것이 보였다. 두 사람은 군마의 수가 별로 많지 않은 것을 보고 숲에 숨었다. 짐작대로 만병의 수는 수십 기를 넘지 않았다. 조운과 위연은 벽력같이 소리를 지르며 숲에서 뛰쳐나와 창을 휘둘렀다. 그러자 만병은 제대로 대적해보지도 못하고 두 사람의 창에 찔려 땅바닥으로 떨어졌다. 만명들은 동료들이 창에 찔려 죽는 것을 보고 겁에 질려 도망했다. 조운과 위연은 그들을 쫓아가 각각 한 명씩을 포로로 잡아 자기 진지로 돌아왔다. 두 사람은 생포해온 만병을 군막에 몰래 숨겨놓고 술과 음식으로 안심시켰다. 그런 다음 배불리 먹은 포로에게 적의 동정과 지리에 대하여 상세히 캐물었다. 목숨을 부지하기 위해 두 만병은 그들이 알고 있는 사실을 순순히 털어놓았다.

"저희가 잡혀왔던 산어귀 전면에는 금환삼결 장수의 커다란 진지가 있고 그 진지의 양쪽에는 오계동五溪洞으로 통하는 길이 있습니다. 또 그 진지 뒤에는 동도나 장수와 아회남 장수의 진지가 있습니다."

조운과 위연은 이 말을 듣고 정찰을 핑계로 정병 5천을 진중에서 빼냈다. 그런 다음 포로를 앞세워 금환삼결의 진지로 쳐들어갔다. 밝은 달빛이 비치는 가운데 아군과 적군 몰래 은밀히 진군을 하던 조운·위연의 부대는 새벽 1시가 되어 금환삼결의 진지에 도착했다. 만병은 날이 밝자마자 촉의 진지를 급습하기 위해 아침밥을 짓고 있었다. 조운과 위연은 만병들이 밥을 지어 먹기 위해 경계가 허술해진 틈을 타서 공격을 하기로 하고 군사를 두 쪽으로 나누어 기습해 들어갔다. 뜻하지 않은 습격을 받은 만병들은 뿔뿔이 흩어져 달아났다.

적장 금환삼결은 갑작스런 기습에 간이 콩알만 해졌으나 칼을 빼어들고 도망하는 군사들을 저지하는 한편 달려드는 촉군과 맞서 싸웠다. 만병의 진지 깊숙이 들어와 만병을 처치하던 조운은 적장 금환삼결과 정면으로 맞닥뜨렸다. 한번도 조운을 본 적이 없는 금환삼결은 무턱대고 조운과 대결을 벌였다. 하지만 그는 조운의 적수가 되지 못하고 금세 창에 찔려 말에서 굴러떨어지고 말았다. 만병은 자기들의 대장이 죽는 것을 보고 순식간에 전의를 상실했다. 금환삼결의 진지를 격파한 두 장수는 내친 김에 동도나와 아회남의 진지마저 급습하기로 하고 군사를 반분하여, 위연은 동쪽에 있는 동도나의 진지로 조운은 서쪽 길을 따라 아회남의 진지로 진격해갔다.

동이 훤히 트기 시작할 즈음, 동도나는 진 뒤쪽에서 위연의 군사들이 쳐들어온다는 말을 듣고 황급히 군사를 거느리고 진지 밖으로 나섰다. 동도나가 위연과 맞서려는 순간, 갑자기 진지 앞쪽에서 북소리와 함성이 울리며 촉의 군사가 쏟아져 들어왔다. 허를 찔린 만병이 혼란에 빠지자 왕평과 위연은 여유롭게 협공을 펼쳤다. 동도나는 왕평과 위연이 앞뒤에서 압박해 들어오자 도저히 견디지 못하고 맹획이 있는 본진으로 달아났다.

한편 아회남의 진지를 치기 위해 서쪽 길을 따라 달려간 조운이 군사들에게 명해 적의 진지 뒤쪽을 공격하려고 할 때, 아회남의 진지 앞쪽에서 병사들의 함성과 창칼이 부딪치는 소리가 들려왔다. 조운보다 먼저 떠났던 마충이 아회남의 진지 앞쪽에서 큰 싸움을 벌이고 있다는 것을 알게 된 조운은 기회를 놓치지 않고 적군의 진지 후면을 가격했다. 그러자 아회남 역시 전후 양쪽에서 압박해오는 촉의 협공을 견디지 못하고 단기로 말을 달려 도주하고 말았다.

뜻하지 않은 아군의 도움으로 쉽게 적을 물리칠 수 있었던 왕평과 마충은 조운·위연과 말 머리를 나란히 하여 진지로 돌아왔다. 제갈량이 말했다.

"3동의 장수들 가운데 동도나와 아회남은 도망쳐버렸으니 할 수 없고 금환삼결은 어떻게 됐소?"

그 말을 듣고 조운이 앞으로 나와 금환삼결의 수급을 제갈량에게 바쳤다.

"승상의 말을 어기고 몰래 군진을 빠져나간 것을 용서하시기 바랍니다."

그러자 제갈량이 빙그레 웃었다.

"두 분을 선봉에서 제외한 것은 이런 일을 예상하고 한 것이니 두 분께서 그 일로 내게 사과할 일이 뭐가 있겠습니까?"

제갈량이 말을 마치자 왕평이 말했다.

"동도나와 아회남이 맹획이 있는 방향으로 달아났으니 이번에는 맹획이 군사를 이끌고 올 것입니다. 승상께서는 다음 대책을 내려주십시오."

제갈량이 서산의 해를 손으로 가리키며 말했다.

"가만히 기다려보시오. 저 산 너머로 해가 지기 전에 두 적장이 생포되어올 것이오."

제갈량을 곁에서 오래 지켜보았던 조운은 물론이고 위연·왕평·마충은 승상의 말이 온전히 믿기지 않았다. 그런데 해가 서산 마루에 걸렸을 때, 장의가 동도나를 포박하여 진지로 돌아오더니 연이어 장익이 달아난 아회남을 끌고 나타났다. 제갈량의 군막에 있던 장수들이 하나같이 놀라 입을 다물지 못하자 제갈량이 장수들에게 자세히 설명했다.

"나는 여개가 그린 평만지장도를 보고 적진의 위치를 훤히 알고 있었소. 그래서 아까 말했던 것처럼 고의로 조운과 위연의 심기를 건드려 최전방에 나와 있는 금환삼결을 먼저 격파하게 했소. 조운과 위연은 금환삼결을 격파하고 만족할 사람들이 아니므로 왕평과 마충이 공격하고 있는 동도나와 아회남의 진지로 달려가 접응하리라 예상했소. 실로 오늘의 승리는 자룡과 위연의 기개와 욕심이 없었다면 이루어지기 힘들었을 것이오. 나는 평만지장도를 보고 궁리한 끝에 만일 동도나와 아회남이 살아서 도망간다면 반드시 지나갈 도주로를 예상했소. 그래서 장의와 장익을 미리 도주로에 매복하게 한 다음 행여나 하는 마음에서 관색에게 군사를 주어 장의과 장익을 거들게 했소."

제갈량의 설명을 들은 여러 장수들이 땅에 엎드려 절하며 말했다.

"과연 승상은 귀신도 대적하지 못할 재주를 지니셨습니다."

제갈량은 생포한 동도나와 아회남을 군막으로 불러 결박을 풀어주고 새 의복으로 갈아입혔다. 그런 다음 술과 음식을 배불리 먹이고 비단을 선물로 주며 다시는 맹획을 돕지 않겠다는 맹세를 받아냈다. 그리고 제갈량은 두 사람을 각자의 고향으로 돌려보냈다. 동도나와 아회남이 사라지고 난 뒤 제갈량이 장수들에게 말했다.

"내일은 3동군이 패했다는 말을 들은 맹획이 직접 군사를 거느리고 올 것이니 놓치지 말고 사로잡아야 할 것이오."

다음날 아침, 제갈량은 조운·위연·왕평·관색에게 맹획을 사로잡을 계책을 주고 만병과 싸우러 가게 했다. 한편 본진에서 전선의 소식을 기다리고 있던 만왕 맹획은 3동의 장수가 모두 패하여 한 명은 죽고 두 명은 포로가 되어 생사를 알 수 없게 됐다는 보고를 듣고 크게 노하여 자신의 휘하에 있는 만병을 모두 동원해, 이날 동이 트자 직접 군사를 거느리고 촉의 진지를 향해 진격했다. 맹획이 10여 리를 진군해갔을 때 제갈량의 명령에 따라 미리 나와 있던 촉장 왕평의 군사와 맞닥뜨렸다. 양쪽의 군사가 벌판에 둥그렇게 진을 치고 대적하자 촉의 진영에서 왕평이 칼을 휘두르며 말을 타고 달려나왔다. 그러자 남만 진영에서도 수백 기의 깃발을 양쪽으로 헤치며 한 장수가 말을 타고 앞으로 나왔다. 바로 맹획이었다.

맹획은 남만의 왕답게 보석 박힌 자금관紫金冠을 머리에 쓰고 몸에는 술 달린 붉은색 도포를 입었으며, 허리에는 사자 모양의 옥대를 두르고 발에는 독수리 부리 모양을 한 녹색의 긴 가죽 신을 신은 차림이었다. 그는 양쪽 허리에 소나무 무늬가 새겨진 보검을 차고 불이 붙은 것처럼 붉은 털을 가진 적토마를 타고 있었다. 맹획은 좌우로 벌려선 깃발의 가운데 서서 뒤따라온 장수들에게 말했다.

"천하의 사람들이 이구동성으로 전하기를 제갈량은 용병에 일가견이 있는 전략가라고 한다. 그런데 지금 저 앞에 있는 촉군의 진지를 보아하니 예기가 느껴지지 않고 대오마저 흐트러져 있다. 그런데다가 병사들이 칼과 창을 들고 있는 모습을 보니 나태하기 짝이 없구나. 제갈량에 대한 소문이 모두 거짓이었음을 일찍 알았다면 내가 오래전에 성도로 쳐들어갔을 것이다. 저기 촉장 하나가 말을 타고 달려오니 누가 나가서 공을 세우겠느냐?"

맹획의 영이 떨어지자마자 한 장수가 호탕하게 소리치며 앞으로 나섰다. 부장 망아장忙牙長이었다. 누런 반점이 있는 황표마黃驃馬를 탄 그는 보통 장수들이 쓰는 칼보다 폭이 두 배나 넓은 큰 칼을 휘두르며 왕평과 싸우기 위해 말을 달려나갔다. 두 장수는 10여 합이나 칼을 맞대고 싸웠다. 그러다가 크게 뒤지는 기색도 없던 왕평이 못 이기는 척 말 머리를 돌려 달아났다. 그 기회를 놓치지 않고 맹획은 만병들에게 왕평의 뒤를 쫓으라고 명령했다. 남만의 군사들이 기세를 올리며 왕평의 꽁무니를 뒤쫓는데 어디선가 관색이 나타나 만병을 막아서는 체했다. 하지만 관색이 이끌고 온 촉군 역시 왕평과 마찬가지로 힘들여 싸우지 않고 슬며시 도주하기 시작했다. 만병은 더욱 기세를 올리며 20여 리 가까이 촉군을 추격했다. 쫓겨가는 촉의 병사와 쫓아가는 만병 사이의 거리가 간발의 차이로 좁혀졌을 때 갑자기 화포가 울리며 함성이 크게 들렸다. 길 양쪽에 매복해 있던 장의·장익이 왼쪽과 오른쪽에서 군사를 거느리고 튀어나와 맹획의 퇴로를 끊어버린 것이다.

한창 도망을 치던 왕평·관색은 군호 소리와 함께 말 머리를 돌려 쫓아오던 맹획을 역공했다. 앞뒤에서 공격을 받은 만병은 속수무책으로 촉군의 창칼에 쓰러졌다. 맹획은 몇 명의 부장과 수백 기의 호위대에 둘러싸인 채 사력을 다해 촉군의 포위망을 뚫었다. 간신히 포위망을 뚫은 맹획은 금대산錦帶山 방향으로 도망을 쳤으나 그 뒤로는 촉군이 끈질기게 추격해왔다. 맹획이 정신없이 앞만 보고 도주하고 있을 때 면전에서 갑자기 함성이 크게 울리더니 일단의 군마가 길을 가로막았다. 그는 제갈량이 매복시켜둔 조운이었다. 맹획은 살아 돌아온 금환삼결의 부하로부터 조운의 무용을 전해들은 터라 그를 보자마자 겁을 집어먹고 금대산 샛길을 따라 도주했다. 조운이 놓치지 않고 그 뒤를 추격하여 만병을 시살했다.

호위대가 수십여 기로 줄어든 맹획은 뒤도 돌아보지 않고 금대산 계곡을 향해 도주했다. 조운의 추격을 피해 달아나던 맹획은 갑자기 길이 좁아져 더 이상 말을 타고 달릴 수가 없자 말을 버리고 고개를 넘기 시작했다. 이때 또 한번 요란한 화포가 울리더니 언덕 위에서 한 무리의 군사가 나타났다. 제갈량의 계책에 따라 미리 매복하고 있던 위연이 500명의 보병을 거느리고 맹획을 기다리고 있었던 것이다. 더 이상 도주할 힘도 없고 달아날 구멍도 없었던 맹획은 사력을 다해 저항했으나 결국 위연에게 사로잡히고 말았다. 맹획이 생포되자 그와 함께 도망치던 병사들도 일시에 무기를 땅바닥에 버리고 촉병에게 투항했다.

위연은 맹획을 밧줄로 묶어 제갈량이 있는 진지로 돌아왔다. 승전을 예상했던 제갈량은 이미 소와 돼지를 잡아 잔치를 준비해놓고 장수들이 오기를 기다리고 있었다. 제갈량이 좌정해 있는 연회장 뒤쪽에는 번쩍이는 창과 칼을 위엄있게 받쳐든 호위병들이 일곱 겹으로 도열해 서 있었고, 제갈량의 자리 바로 뒤에는 병사들이 황제 유선이 하사한 금도끼와 곡병산개曲柄傘蓋를 들고 서 있었다. 서릿발 같은 창칼을 들고 질서정연하게 시립해 있는 호위군과, 북과 나팔을 든 화려한 군악대에 둘러싸인 연회장의 분위기는 성도의 궁궐을 고스란히 옮겨놓은 듯했다.

제갈량이 연회장의 높은 의자에 앉아 당하를 내려다보니 방금 잡혀온 만병들이 줄지어 꿇어 엎드려 있었다. 제갈량은 무사들에게 영을 내려 붙잡힌 만병들의 결박을 풀어주라고 했다. 그런 다음 만병을 회유하며 말했다.

"너희들은 원래 황제의 선량한 백성들이었는데 맹획의 사주를 받아 패덕한 백성이 됐다. 너희들의 부모와 처자들은 문앞에 기대어 너희들이 살아 돌아오기만을 기다리고 있을 것이다. 아침이 되어 밤새도록 돌아오지 않는 아버지, 남편, 아들이 싸움에 패하여 촉병에게 잡혀가거나 죽었다는 소식을 들으면 마음이 쓰리고 아픈 끝에 누구라도 혼절하지 않겠느냐? 오늘 너희들이 당하는 불행은 모두 맹획의 책임이니 나는 너희들을 굳이 처벌하지 않겠다. 모두들 집으로 돌아가 부모와 처자들을 안심시켜라."

제갈량은 풀어준 만병들에게 술과 밥을 대접하고 돌아갈 때는 쌀을 나누어주었다. 만병들은 제갈량의 은혜에 감동하여 다시는 촉군과 대적하지 않겠다고 맹세하고 고향으로 떠났다. 제갈량은 곧이어 맹획을 끌어오라고 무사들에게 지시했다. 제갈량의 말이 떨어지자 군사들이 밧줄로 결박한 맹획을 끌고 왔다. 제갈량은 무사들에 의해 억지로 무릎 꿇린 맹획을 내려다보며 꾸짖었다.

"돌아가신 선제께서 한 번도 너를 섭섭하게 대하지 않았는데, 너는 어찌하여 반기를 들었느냐?"

맹획이 대답했다.

"구린내 나는 입으로 여러 말 하지 마라. 서천과 동천은 본래가 한족의 땅이 아니었다. 중원에서 쫓겨온 유비가 강제로 이 땅을 빼앗아 자칭 황제의 보위에 오른 것을 천하가 다 아는데, 대대로 이곳에 살아온 사람들의 땅을 무례하게 침범해놓고 반기를 들었다고 말하니 가소로울 뿐이다."

제갈량이 물었다.

"이왕에 너희 군사가 패하고 너마저 사로잡힌 마당에 항복할 생각은 없느냐?"

"산으로 잠시 피해 있다가 군사를 정비하여 다시 싸우려고 했으나 길이 좁아서 잡혔을 뿐이다. 그런 내가 어찌 너희에게 항복한단 말이냐?"

"네가 너를 그냥 놓아준다면 너는 어찌하겠느냐?"

"네가 나를 풀어준다면 나는 기필코 흩어진 군마를 정비하여 다시 자웅을 겨루어보겠다. 만약 그때도 이기지 못한다면 천명인 줄 알고 복종하겠다."

제갈량은 맹획을 묶은 결박을 풀어주고 의복을 내주라고 명령했다.

그리고 술과 음식을 대접하고 말에 태워 진문 밖까지 전송하게 했다. 촉의 진영에서 풀려난 맹획은 자기 진지를 향하여 날듯이 돌아갔다.

제갈량이 애써 잡은 맹획을 돌려보내자 장수들이 의아하여 물었다.

"맹획은 남만을 장악하고 있는 토호입니다. 다행히 큰 수고 없이 그를 붙잡아 남방을 평정할 수 있게 되었는데 승상께서는 어찌하여 그를 도로 풀어주셨습니까?"

제갈량이 빙그레 웃으며 답했다.

"그를 다시 사로잡는 것은 내 주머니 속의 물건을 꺼내는 것처럼 쉬운 일이오. 내가 원하는 것은 그가 진심으로 우리에게 투항하는 것이오."

하지만 많은 장수들은 제갈량의 말을 미심쩍어했다.

제갈량으로부터 풀려난 맹획은 노수濾水로 돌아가다가 남만의 패잔병을 만났다. 고향으로 돌아가던 패잔병들은 맹획이 풀려났다는 말에 반신반의하며 그의 곁으로 모여들었다. 만병들은 촉군에 붙잡혔던 맹획이 풀려난 것을 보고 한편으로는 놀라고 한편으로는 반기며 물었다.

"대왕께서는 어떻게 적진에서 빠져나오셨습니까?"

맹획은 제갈량이 풀어주었다는 말을 어물쩍 둘러대고 거짓으로 말했다.

"촉군의 매복에 걸려 제갈량 앞에 끌려갔다가 감시가 허술해진 사이에 감시병 10여 명을 죽이고 어둠을 틈타 도망쳐오는 길이다. 촉의 진영을 빠져나오는 길에 놈들의 군사기밀을 빼내왔으니 다시 한번 싸워볼 만하다."

절
치
부
심
하
는
맹
획

남만의 군사들은 맹획의 무용담을 듣고 다시 한번 맹획을 따르기로 했다. 맹획은 패잔병들을 모아 노수 건너에 새 진지를 세우고, 파발을 띄워 인근 지역의 동주들에게 소집령을 내리니 10만여 명의 군사가 새로 모였다. 맹획이 각 지역으로 파발을 보내 만병을 모을 때 동도나와 아회남은 자기 동에 돌아와 쉬고 있었다. 맹획이 특별히 사람을 보내 두 사람을 청하자 그들은 맹획의 권세가 두려워 부족의 군사를 모아 맹획에게 갔다. 맹획은 두 사람을 크게 반기며 장수들에게 다음과 같이 말했다.

"나는 한 번의 싸움으로 제갈량의 계책을 훤히 꿰뚫어볼 수 있게 됐다. 그와 정면으로 맞서 싸우면 싸울수록 그의 계책에 말려들어갈 공산이 크다. 그들은 멀리서 왔으므로 피로할 것이고 더욱이 요즈음 이곳의 날씨가 유난히 더워 오래 견디기 힘들 것이다. 우리는 노수 지역의 험한 지세를 이용하여 강변을 따라 토성을 길게 쌓고 호를 파 놓은 다음 느긋이 기다려야 한다. 또 만일에 대비해 작고 큰 배들을 모두 한군데로 모아놓아라. 이렇게 만반의 태세를 갖춰놓고 굳게 지키면 제갈량이 무슨 수로 우릴 이길 수 있겠느냐?"

맹획의 진지에 모인 동주들은 맹획의 계책에 따라 노수 일대에 긴 토성과 호를 만드는 한편 군선으로 쓸 수 있는 작고 큰 배를 모조리 징발했다. 노수 뒤쪽의 산에 의지하여 토성을 길게 쌓고 요충지마다 높게 누를 세운 다음 누 위에는 궁노를 배치하거나 돌덩이를 퍼붓는 발석거를 설치했다. 그리고 촉군과의 장기전에 대비하여 각 부족에게 명하여 군량미와 마초를 거둬들이도록 했다.

맹획이 이처럼 만반의 준비를 하고 있을 무렵, 제갈량은 군사를 거느리고 노수 앞까지 진격해나갔다. 노수에 먼저 도착한 선발군의 전령이 제갈량에게 달려가 보고했다.

"노수에는 배 한 척도 남아 있지 않은데다가 물살은 이루 말할 수 없이 급합니다. 또 강 건너 노수 연안에는 토성이 길고 높게 쌓여 있고 그 앞에는 깊은 호를 파놓았습니다. 게다가 요충지라고 여겨질 만한 곳마다 누각을 높이 세워놓고 만병들이 철통같이 지키고 있었습니다."

때는 5월 초여름이라 남만 지방은 벌써부터 날씨가 덥고 습도도 높았다. 북쪽에서 온 군사들은 찌는 듯한 더위를 이기지 못하고 갑옷과 투구를 벗어던졌다. 전령의 보고를 접한 제갈량은 직접 노수로 나가 강변 일대를 둘러보았다. 그런 다음 군막으로 여러 장수들을 불러모아 지시했다.

"지금 맹획의 군사들은 노수의 남쪽에 긴 토성을 급조하고 누를 높

이 쌓아 우리의 군사들과 장기전을 치르려고 하오. 하지만 성도에서
이곳까지 왔다가 어찌 빈손으로 돌아갈 수 있겠소. 적들이 장기전을
획책하니 우리도 적들의 장단에 맞추어주는 것이 좋겠소."

제갈량은 이곳 지리에 밝은 여개를 불러 노수 밖 100여 리 안에 안
심하고 군사들을 주둔시킬 만한 시원한 장소를 천거하게 했다. 제갈
량은 왕평·장의·장익·관색에게 여개가 지정해준 장소에 진지를
하나씩 세우게 하고 영채 안팎으로 초막을 지어 병사와 말들이 시원
하게 쉴 수 있도록 했다. 참군 장완이 노수 강변의 진지를 둘러보고
제갈량에게 근심스레 말했다.

"여개가 지정해준 장소에 구축된 진지를 살펴보니 마치 옛날 선제
께서 동오에 패했을 때의 지세와 비슷합니다. 만병이 몰래 노수를 건
너와 촉군이 주둔하고 있는 진지에 화공을 가한다면 어찌하시겠습니
까?"

제갈량이 웃으며 대답했다.

"공이 근심하는 까닭을 잘 알겠소. 하지만 나대로 묘책을 세워두었
으니 염려마시오."

장완은 고개를 갸우뚱하며 제갈량의 군막을 나왔다. 이때 촉에서
마대 편에 더위를 이길 수 있는 약과 여러 가지 물품 및 양곡을 보내
왔다는 보고가 들어왔다. 제갈량은 네 곳의 진지에 약·물품·양곡
을 골고루 보내주라고 영을 내리고 나서 마대를 반갑게 맞이하며 군
막으로 안내했다.

"장군은 이번에 군사를 얼마나 대동해왔소?"

"3천 명을 거느리고 왔습니다."

"여기 있는 군사들은 피로와 더위에 지쳐 있소. 그러니 장군이 거

느리고 온 군사를 내게 빌려줄 수 있겠소?"

"모두가 조정의 군마이지 어찌 저의 사사로운 물건이겠습니까? 승상께서 쓰시려면 얼마든지 데려가 쓰십시오."

"지금 맹획이 노수 건너편에 토성을 쌓고 단단히 대비하고 있으니 함부로 건널 수 없소. 그래서 나는 적의 보급로를 끊어 장기전의 단초를 없애버리려고 하오."

"무슨 수로 적의 보급로를 끊으려 하십니까?"

"여기에서 150여 리 밖에 있는 노수 하류에는 사구沙口가 있는데, 물이 완만히 흘러 뗏목을 타고도 쉽게 건널 수 있소. 나는 장군의 3천 군마를 거느리고 노수 하류를 건너 곧바로 만동蠻洞으로 들어가 적의 보급로를 끊어버릴 것이오. 그런 다음 내가 방면한 적이 있는 동도나와 아회남에게 내응하게 하면 성공할 수 있을 것이오."

마대는 좋은 생각이라고 제갈량을 칭송하고는 자기 군사를 거느리고 사구로 갔다. 직접 가서 보니 그곳은 수심이 워낙 얕아 뗏목을 이용하지 않고도 건널 수 있었다. 많은 군사들이 옷을 벗고 물에 들어가 강을 건넜다. 별 어려움 없이 강을 건너게 되어 다행이라고 생각한 마대가 안도하기도 전에, 옷을 벗고 강을 건너던 군사들 가운데 많은 수가 입과 코로 피를 흘리며 죽었다. 깜짝 놀란 마대는 도강을 중지시키고 재빨리 이 사실을 제갈량에게 알렸다. 제갈량은 급히 병사들을 보내어 이 지역에 살고 있는 노인들을 불러오게 했다. 원주민 노인이 말했다.

"지금은 날씨가 몹시 더워 노수 속에 있는 독기가 발효할 때입니다. 이곳에 오래 산 사람들은 면역이 됐지만 타지 사람들이 맨몸으로 강을 건너면 살갗으로 독기가 침투하여 내장까지 퍼지며 또 그 물을 먹으면 그 자리에서 즉사하고 맙니다. 강을 건너시려면 군사들을 배불리 먹인 다음 수온이 떨어지는 밤에 건너게 해야 합니다. 그때라도 물이 신체에 닿는 것은 최대한 피해야 합니다."

제갈량은 원주민 노인에게 사례하고 길을 인도해달라고 부탁했다. 제갈량은 마대에게 사람을 보내 즉시 도강을 중지하라 이르고 병사들을 편히 쉬게 한 다음 저녁을 배불리 먹게 했다. 그후 저녁 7시경이 되어 뗏목을 타고 강을 건너게 하니 500~600명의 병사가 하나도 다치지 않고 무사히 노수를 건널 수 있었다. 사구를 건넌 마대는 먼동이 트기 전에 만동으로 들어가 맹획의 보급로를 차단했다. 만병의 보급로는 그 지역의 험난한 산길을 따라 나 있어서 말 한 필과 사람 하나가 겨우 지날 정도로 좁았다. 마대는 보급로의 앞뒤에 군사를 매복시켜놓고 만병들이 양곡을 싣고 오기를 기다렸다.

만병들은 아무것도 모른 채 군량미를 운반하다가 앞뒤로 길이 끊겨 옴짝달싹 못하게 되자 모두 무기를 버리고 투항했다. 마대는 적군의 군량미 100여 수레를 빼앗아 새로 구축한 진지로 돌아왔다. 이때 맹획은 매일 술과 여자에 빠져 군무를 돌보지 않고 있었다. 보다못한 동주 하나가 맹획을 질책했다. 그러자 맹획이 말했다.

"제갈량과 정면으로 맞서 싸우면 반드시 그의 계책에 빠지게 된다고 내가 이미 말하지 않았소? 그래서 이곳 노수의 험한 지형을 이용하여 호를 깊게 파고 높이 누대를 쌓아 지키고 있는 것이오. 우리가 토성을 지키며 싸움에 응대하지 않으면 놈들은 무더위를 견디지 못하고 물러갈 것이 분명하오. 그때 그대들과 내가 뒤를 추격한다면 촉군을 궤멸시킬 수 있을 것이오."

맹획이 술잔을 비우며 호기롭게 소리내어 웃었다. 그러자 또 다른 동주 한 명이 앞으로 나서며 말했다.

"사구 쪽은 수심이 얕아 만일 그들이 그곳으로 도강을 한다면 보통 위태로운 일이 아닙니다. 군사들의 일부를 보내 미리 방비를 해두는 게 좋겠습니다."

맹획이 손을 내저으며 말했다.

"당신은 이곳에 오래 살았으면서도 어찌 그렇게 현지 사정에 어둡단 말이오? 그 강은 타지 사람들이 견뎌낼 수 없는 독기를 품고 있으니 사구 쪽으로 강을 건너는 촉병은 모두 죽을 것이오. 그래서 일부러 그곳을 비워둔 것을 짐작하지 못하겠소?"

"만일 우리 백성 중에서 그들에게 시원한 밤에 건너면 무사하다고 가르쳐준다면 큰 화를 불러올 것입니다."

"우리 백성 중에 누가 적을 돕겠소? 그것은 쓸데없는 걱정이오."

맹획이 또 한 잔의 술을 마시고 잔을 놓자마자 전령이 숨을 헐떡이며 달려왔다.

"촉의 장수 마대가 어둠을 틈타 사구를 건넌 다음 앞뒤로 보급로를 막고 군량미를 모조리 빼앗아갔습니다. 촉군은 만동에 진채를 내리고 물러갈 생각을 하지 않습니다."

맹획은 크게 개의치 않는 듯 웃으며 말했다.

"그까짓 하룻강아지 같은 놈이 무슨 문제가 되겠느냐. 내가 알아서 처리하겠으니 호들갑 떨 필요 없다."

맹획은 곧 부장 망아장을 불러 3천 군사를 거느리고 마대가 진을 치고 있다는 협곡으로 쳐들어가게 했다. 마대는 맹획의 움직임을 기다리고 있던 중에 만병이 몰려온다는 보고를 듣고 급히 2천 군마를 거느리고 산 아래로 내려갔다. 양쪽 군사는 산 아래의 널찍한 벌판에 둥그렇게 진을 치고 잠시 서로의 적진을 살펴보았다. 그러다가 망아장이 먼저 말을 달려나와 마대의 목을 노렸다. 하지만 망아장은 불과 1합도 싸우지 못하고 마대가 휘두르는 칼에 단번에 목이 잘려 말 아래로 굴렀다. 대장이 죽는 것을 목격한 만병은 크게 사기가 떨어져 서로를 짓밟으며 도주하기 바빴다. 망아장의 목이 단칼에 떨어지고 병사들이 크게 상했다는 보고를 들은 맹획은 그제야 사태가 심상치 않음을 알고 여러 부족의 장수들을 불러모아 물었다.

"누가 나서서 마대의 예기를 꺾겠느냐?"

동도나가 자원해 나서며 말했다.

"제가 나가 놈의 목을 가져오겠습니다."

맹획은 흡족해하며 동도나에게 3천 군마를 주어 촉병을 퇴치하게 했다. 동도나가 마대를 상대하러 나간 사이 맹획은 촉병이 다시 강을 건너올 것에 대비하여 아회남에게 3천 군마를 주어 사구를 지키게 했다.

동도나는 군사를 거느리고 나가 촉의 진지 앞에 진을 쳤다. 이때 부장 한 사람이 만병을 이끌고 온 적장이 동도나임을 알아보고 마대에게 말했다.

"지금 말을 타고 만병 앞에 서 있는 적장은 장군님이 오시기 전에 승상께서 한 번 잡았다가 놓아준 동도나란 자입니다. 그러니 싸우기 전에 먼저 말로써 꾸짖어보십시오."

마대는 고개를 끄덕이더니 말을 몰고 앞으로 나가서 동도나를 보고 소리쳤다.

"이 배은망덕한 오랑캐놈아! 우리 승상께서 네놈의 생명을 한 번 구해주었는데 어쩌자고 또다시 군사를 이끌고 왔느냐?"

동도나는 예전의 맹세를 떠올리며 부끄러움에 얼굴이 벌겋게 달아올라 아무 대꾸도 하지 못했다. 동도나가 전의를 잃고 우물쭈물하자 마대는 그 기회를 놓치지 않고 군사를 몰아쳐 만병을 궤멸시켰다. 순식간에 3천여 명의 병사 가운데 태반을 잃어버리고 진지로 도주한 동도나는 맹획에게 변명을 했다.

"마대는 뛰어난 용장이라 감히 맞서 싸울 수가 없었습니다."

맹획이 화를 내며 책임을 추궁했다.

"네가 제갈량의 은혜를 못 잊어 일부러 군사들을 모두 죽이고 온 것을 내가 모를 줄 아느냐? 네놈은 역적이다."

맹획은 부하들에게 당장 동도나의 목을 베게 했다. 그러자 주위의 여러 동주들이 나서서 맹획을 말렸다. 동도나는 간신히 죽음을 면했지만 대신 곤장 100대를 맞고 그의 진지로 돌아와 누웠다. 그날 밤 여러 동주들이 동도나를 찾아와 위로하며 말했다.

"우리가 비록 변방에 살고 있지만 무엇 하나 아쉬운 것 없이 살았소. 대대로 우리가 중국을 범한 일이 없었고, 중국 또한 우리 터전을 넘보지 않았소. 그런데 맹획이 천지를 모르고 중국 땅을 먼저 범하여 우리가 이런 고생을 당하고 있는 것이오. 맹획이 포악하여 우리가 억지로 그를 따르고 있지만 이대로 가다간 모두가 죽게 될 것이오. 이번에 촉군을 몰고온 공명은 조조와 손권 같은 영웅도 두려워했다는데 하물며 우리가 무슨 수로 대적한단 말입니까? 또한 공명이 목숨을 살려주어 장군은 물론이고 많은 부족민들이 그에게 은혜를 입었습니다. 그러니 우리가 천지 모르고 날뛰는 맹획을 사로잡아 공명에게 넘기는 것이 은혜도 갚고 도탄에 빠진 우리 백성들을 구하는 방법이 아니겠습니까?"

그러자 동도나가 반문했다.

"내가 당신들을 어떻게 믿을 수 있단 말이오?"

그러자 동도나와 함께 붙잡혔다가 제갈량에게 풀려난 군사들이 일제히 호응하여 외쳤다.

"장군께서 결심만 하신다면 저희들도 함께 따르겠습니다."

동도나는 그제야 칼을 들고 100여 명의 부하를 거느려 맹획이 있는 진지로 쳐들어갔다. 이때 맹획은 술이 잔뜩 취해 군막에 누워 있었다. 동도나와 그 부하들이 칼을 뽑아들고 맹획의 군막으로 몰려가자 만왕을 지키고 있던 호위병들이 그들을 제지했다. 동도나가 말했다.

"우리는 맹획을 잡으러 왔다. 너희들도 공명에게 목숨을 건졌으니 우리 앞을 막지 말고 은혜에 보답하도록 하라!"

그러자 호위병들이 입을 모아 말했다.

"장군께서 직접 나설 필요 없이 저희들이 맹획을 사로잡아 이리로 데려오겠습니다. 그후에는 장군께서 알아서 처분하십시오."

맹획의 군막을 지키던 호위병들이 우르르 장막 안으로 들어가 술에 취한 맹획을 밧줄로 묶어 문밖에 있던 동도나에게 인계했다. 맹획을 말에 태운 동도나는 노수에 이르러 배를 갈아타고 제갈량이 있는 북쪽 강안에 당도했다. 그러자 파수를 보고 있던 보초가 급히 달려가 이 사실을 제갈량에게 보고했다. 제갈량은 의관을 갖춰입은 다음 각 장수들에게 군기를 정돈하고 병사들을 질서정연하게 도열시키라 명령했다.

촉진에 도착한 동도나는 제갈량에게 예를 차리고 나서 맹획을 사로잡은 경위를 상세히 보고했다. 제갈량은 동도나는 물론 그와 함께 온 인근의 동주들에게 후하게 상을 내리며 노고를 치하했다. 그런 다음 부하들에게 맹획을 끌고 오라는 영을 내렸다. 도부수들이 맹획을 끌고 오자 제갈량이 웃으며 말했다.

"그대는 전에 '다시 붙잡히면 투항하겠다'고 하였으니 오늘은 투항하겠는가?"

맹획은 술이 다 깨지 않은 채 붉은 눈을 치뜨며 대답했다.

"나를 사로잡은 것은 당신의 능력으로 된 것이 아니오. 내가 내 동족들의 배반으로 잡혀왔는데 어찌 당신이 다시 나를 붙잡았다 하겠소?"

제갈량이 다시 물었다.

"내가 그대를 다시 놓아준다면 그때는 어떻게 하겠는가?"

"내 비록 당신들에게 오랑캐라고 불리지만 병법을 모르지는 않소. 그러니 나를 돌려보내준다면 다시 군사를 거느리고 정식으로 승부를 겨루어보겠소. 그러고도 다시 붙잡힌다면 내 능력과 지모가 모자란 줄 알고 진심으로 그대에게 투항하겠소."

제갈량은 맹획에게 엄포를 놓았다.

"다시 붙잡혀도 굴복하지 않으면 그때는 살아남지 못할 것이오."

제갈량은 좌우에 명하여 만왕의 결박을 풀게 하고 당상으로 오르게 하여 술과 음식을 대접했다.

"나는 거병한 이래 패한 적이 없고 공격하여 취하지 못한 것이 없소. 그런데 그대 남방인들은 어찌하여 이기지도 못하면서 복종하지도 않는 거요?"

맹획은 술잔을 든 채 아무 대답도 하지 않았다. 술을 대접한 제갈량은 맹획을 자리에서 일으켜 함께 말을 타고 진지를 돌면서 일부러 여러 진지에 가득 쌓인 군량미와 무기는 물론 질서정연한 군사들의 모습을 보여주었다. 그런 다음 은근한 목소리로 맹획을 다시 한번 회유했다.

"우리 진지의 풍요로움과 군사들의 사기를 보고도 항복하지 않다니 그대는 참으로 어리석은 사람이오. 뛰어난 장수와 잘 훈련된 정병을 본 기분이 어떻소? 산더미처럼 쌓여 있는 군량미와 무기를 보고도 우리가 아무 소득 없이 그냥 물러나길 바란단 말이오? 만일 그대가 하루라도 빨리 투항해온다면 나는 황제께 말씀드려 그대에게 남방의 왕위를 계승시켜주겠소. 그러면 그대는 자자손손 이 땅을 다스리게 될 것인데 어떻게 생각하시오?"

맹획이 말했다.

"나 혼자 투항하는 것은 쉽지만 우리 백성들 모두가 중국에 투항하려 하지는 않을 것이오. 좀 전의 약속대로 승상께서 나를 돌려보내주신다면 족장들을 설득해보겠소."

제갈량은 고개를 끄덕이며 다시 한번 맹획을 믿어보기로 했다. 그날 밤 늦도록 맹획을 대접한 제갈량은 다음날 아침 직접 노수 강변까지 나가 그를 전송했다.

자기 진지로 돌아온 맹획은 군막에 도부수를 매복시키고 나서 자기 부족에게 돌아가 있던 동도나와 사구를 지키고 있던 아회남에게 사람을 보내 제갈량의 사신이 제갈량의 영을 가지고 왔다고 속여 그들이 도착하자 목을 베어 죽였다. 그런 다음 동주들을 자기 진지로 소집해 동도나와 아회남의 수급을 보이며 함께 싸울 것을 강요했다. 맹획의 협박에 마지못해 군사를 동원한 동주들은 촉장 마대와 싸우러 나갔으나 촉의 군사는 어디로 사라졌는지 그림자도 보이지 않았다. 만병이 몰려올 것을 예측한 마대가 전날 밤에 많은 군량미와 말먹이를 거두어 노수 건너 쪽으로 진지를 옮겼기 때문이다. 이 사실을 알게 된 맹획은 진지로 돌아와 동생 맹우孟優를 불렀다.

"나는 이제 제갈량의 허실이 무엇인지 잘 알겠다. 내가 한 가지 계책을 줄 테니 노수를 건너가 내가 시키는 대로만 해라."

맹획은 동생 맹우에게 은밀한 지시를 내렸다. 맹우는 형의 계책에 따라 몇 필의 말 잔등에 금은보화와 상아 등 값진 물건을 가득 싣고 병사 100여 명과 함께 노수를 건너 제갈량의 진지로 향했다. 맹우가 강을 건너 제갈량이 있는 북쪽 강안에 오르려 할 때, 앞에서 북소리가 크게 울림과 동시에 일단의 군마가 달려나왔다. 진지를 옮겨간 마대의 부대였다. 갑작스레 마대가 나타나자 맹우는 질겁을 했다. 하지만 맹우에게 싸울 의사가 없다는 것을 간파한 마대가 맹우를 인도하여 제갈량의 진지로 갔다.

마대로부터 맹획의 동생이 값진 보물을 바치러 왔다는 보고를 들은 제갈량은 마침 장막 안에서 남만을 평정하기 위해 대책을 협의하고 있던 마속·여개·장완·비위 등에게 물었다.

"맹획의 아우 맹우가 선물을 바치러 온 까닭을 알겠느냐?"

모두 아무 대답도 하지 못하는데 마속이 말했다.

"드러내놓고 말씀드릴 수 없어서 제 짐작을 글로 써서 승상께 바치려는데 그래도 되겠습니까?"

제갈량이 기꺼이 허락했다. 그러자 마속이 글을 써서 제갈량에게 올렸다. 제갈량은 마속의 글을 읽어보고 환한 얼굴로 그의 손을 어루만졌다.

"공의 생각과 내 생각이 요철처럼 들어맞으니 맹획을 사로잡는 것은 시간 문제구려."

제갈량은 곧 조운을 진지로 불러들여 귀엣말로 지시를 한 다음 연이어 위연을 불러 또 다른 지시를 내렸다. 두 사람이 진지를 떠나자 왕평·마충·관색을 불러 각자에게 은밀한 분부를 내렸다. 여러 장수들이 제갈량의 계책을 받아들고 작전 지역으로 물러가고 나서야 제갈량은 맹우를 군막으로 들게 했다. 맹우는 당하에서 예를 차려 절을 올리며 말했다.

"저희 형님께서 두 차례나 거듭 목숨을 살려주신 승상의 은혜에 보답하고자 금은보화와 물품을 보내셨습니다. 약소하나마 이 물품들이 승상께서 군사들에게 상을 내리실 때 도움이 되었으면 합니다. 형님께서 말씀하시길 황제께 바치는 예물은 별도로 준비하여 다시 올리겠다고 합니다."

제갈량이 빙그레 웃으며 물었다.

"네 형은 지금 어디에 있느냐?"

"승상의 하늘 같은 은혜에 보답하고자 보물이 나오는 은갱산銀坑山으로 가셨습니다. 많은 은을 캐는 대로 곧 돌아올 것입니다."

제갈량이 다시 물었다.

"네가 올 때 데리고 온 병사가 몇 명이냐?"

맹우가 대답했다.

"예물을 지키고 운반하기 위해 100여 명의 병사를 데려왔습니다."

그러자 제갈량은 맹우가 거느리고 온 군사들이 보고 싶다며 그들을 장막 안으로 들게 했다. 그러자 중국에서 보지 못하던 이색적인 남방 부족 전사들이 제갈량의 군막을 가득 채웠다. 그들은 푸른 눈에 검은 피부를 가졌으며 머리카락은 노랗고 수염은 붉은색이 돌았다. 또한 금이나 쇠붙이로 된 커다란 금귀고리를 걸었으며 신발은 신지 않았다. 제갈량은 억세고 힘이 세어 보이는 남방의 전사들에게 자리를 권하고 술상을 내어 후히 대접했다.

한편 동생에게 예물을 싣고 촉의 진영으로 떠나 보낸 맹획은 뒷일이 궁금하여 초조하게 보고를 기다리고 있었다. 그러다가 전령이 도착했다는 보고를 듣고 장막에서 뛰어나가 전령들을 맞이했다.

"갔던 일은 어떻게 되어가고 있더냐?"

"제갈량은 왕께서 보낸 예물을 받고 크게 기뻐하며 소를 잡고 술상을 차려 예물을 수송한 군사들을 환대했습니다. 아우께서 우리에게 은밀히 영을 내리기를, 왕께 아뢰어 미리 약속한 대로 오늘 밤 9시에 군사를 거느리고 기습하신다면 서로가 접응하여 일을 성사시킬 수 있을 것이라고 하셨습니다."

맹획은 전령의 보고를 듣고 크게 고무되어 곧 3만 군사를 3대로 나눈 후에 각 부대의 장수들에게 말했다.

"각 부대는 모두 불 잘 붙는 건초와 역청을 준비하라. 오늘 밤 촉의 진지에 도착하면 불을 질러 촉군을 모두 숯불구이로 만들겠다. 그 사이에 나는 중군을 거느리고 제갈량을 사로잡겠다."

여러 부족의 장수들이 맹획의 지시를 받고 건초와 역청을 준비하여 해가 지기를 기다렸다. 서산으로 해가 완전히 넘어가자 3만의 군사는 노수를 건너 촉의 진지로 향했다. 맹획은 정예 100여 명을 거느리고 제갈량이 있는 본진으로 직접 쳐들어갔다. 그런데 촉의 병사들은 그림자도 보이지 않았다. 촉병이 안심하고 자는 것이라고 여긴 맹획은 아무런 의심 없이 제갈량의 진지 문앞에 당도했다.

칼을 빼어든 맹획이 진지를 살피며 촉의 중군에까지 침입했을 때, 등불이 대낮같이 밝게 켜져 있는 군막이 보였다. 맹획은 거기에 제갈량이 있을 것이라고 생각하고 장막을 들치며 군막으로 뛰어들었다. 맹획과 그가 이끌고 간 100여 명의 심복들은 군막 안의 광경을 보고 깜짝 놀랐다. 거기엔 맹획이 제갈량의 진지를 칠 때 내응하기로 되어 있던 맹우와 100여 명의 군사들이 쓰러져 있었다.

맹획이 그들을 보고 죽은 줄로만 알고 큰 소리로 맹우의 이름을 부르자 그제야 술에 취해 누워 있던 맹우가 비실거리며 일어났다. 맹획이 맹우에게 빠른 말로 영문을 묻자 그는 제갈량의 계책에 넘어갔다고 대답했다. 제갈량은 맹획이 예물을 보내 촉군의 경계를 풀어놓고 한밤에 기습해올 것을 눈치채고 마속과 여개에게 은밀히 영을 내려 맹우와 그가 거느린 군사들에게 마취제를 섞은 술을 먹인 것이다. 그제야 계책에 빠진 것을 깨달은 맹획은 술취한 병사들을 깨워 겨드랑이를 끼거나 등에 들쳐업고 연회가 벌어졌던 막사를 빠져나왔다. 그때 갑자기 앞에서 함성이 크게 일며 촉군 진지가 횃불로 환해졌다.

깜짝 놀란 맹획의 병사들은 채 술에서 깨어나지 못한 맹우의 병사들을 팽개치다시피 땅바닥에 내려놓고 바퀴벌레처럼 흩어져 도망갔다. 하지만 촉장 왕평이 맹획이 숨어 들어온 중군 막사 앞길을 막자 황급히 왼쪽 길로 빠져 달아났다. 그러나 맹획은 얼마 가지 않아 함성을 지르며 나타난 위연의 군사들에게 도주로가 막혔다. 간이 콩알만 해진 맹획은 재빨리 몸을 돌려 오른쪽 샛길로 도망을 쳤으나 그 앞에는 이미 조운이 입구를 막고 있었다.

3로가 가로막힌 맹획은 포위를 뚫기 위해 죽기 살기로 칼을 들고 앞장서 나갔다. 그 기세에 눌렸는지 촉군은 맹획 혼자서만 포위를 뚫고 달아날 수 있도록 길을 터주었다. 간신히 목숨을 구한 맹획은 주위를 돌아볼 겨를도 없이 단기로 말을 달려 허겁지겁 노수로 도주했다. 맹획이 노수에 다다랐을 때 다행히도 노수 한가운데에 수십 명의 만병들이 작은 배를 여럿 거느리고 대기하고 있었다. 맹획이 큰 소리로 외쳐 부르자 군사들이 빠르게 노를 저어 맹획이 있는 곳에 배를 댔다. 맹획이 목숨을 건졌다고 안도하는 찰나, 배에서 내린 병사들이 다짜고짜 맹획에게 달려들어 포박하고 말을 빼앗았다. 그제야 맹획은 그를 기다리던 병사들이 아군으로 위장한 촉군이라는 것을 깨닫고 분하여 수염을 파르르 떨었다.

맹획이 진지에서 빠져 달아나도록 놓아둔 제갈량은 촉의 진지에 갇힌 만병을 해치지 않고 투항을 유도했다. 그런 다음 무기를 버리고 땅바닥에 꿇어엎드린 만병을 하나씩 일으켜세워 위로하고 편히 자게 했다. 오래 기다리지 않아 마대가 밧줄에 묶인 맹획을 데려왔고 연이어 조운이 맹우를 사로잡아 나타났다. 그리고 조금 더 기다리자 위연·마충·왕평·관색 등이 여러 족장들을 사로잡아 데려왔다. 모든 장수들이 개선하여 돌아오자 제갈량은 포로들을 잠시 장막에 가둬놓게 하고 징수들에게 다음과 같이 말했다.

"내가 맹획을 두 번째로 사로잡았을 때 일부러 우리 진지를 샅샅이 보여준 것은 우리의 허실을 보여 기습을 유도하기 위해서였소. 맹획은 나름대로 병법을 익힌 인물이라 우리의 군량미가 산더미처럼 쌓여 있는 것을 보고 화공법을 쓰리라는 것을 나는 이미 짐작하고 있었소. 그래서 그는 예물을 보낸다는 구실로 동생과 수행원을 보내어 우리 진중에 침투시켜놓고 안팎에서 접응하려고 했던 것이오. 이번에 여러 장수들이 애쓴 끝에 또 한번 맹획을 잡아왔으나, 그를 죽일 수는 있을지언정 그의 진심에서 우러난 항복을 받아내지는 못할 것이오. 중원을 도모하고 있는 우리로서는 남만에 군사를 상주시킬 수 없소. 그러니 이번 전쟁은 전투에서 이기는 것이 아니라 오랑캐들의 마음을 정복하는 것이오. 나는 한번 더 맹획을 놓아주고 싶은데 여러분들의 생각은 어떻소?"

그러자 장수들을 대표해서 조운이 말했다.

"승상께서는 지智·인仁·용勇 세 가지를 온전히 갖추신 분입니다. 비록 자아子牙나 장량이 되살아나더라도 승상에게는 미치지 못할 것입니다. 저희들은 승상의 뜻에 따를 테니 다음 일을 일러주십시오."

"내 어찌 옛사람의 발치에라도 닿을 수 있겠소? 그대들이 나를 믿고 도와주지 않는다면 나는 한낱 평범한 필부에 지나지 않을 것이오."

제갈량은 공을 세운 장수의 이름을 부르며 한 사람씩 치하하고, 다음에 해야 할 일들을 지시했다. 그런 뒤에 무사들을 시켜 장막에 가둬놓은 맹획과 족장들을 끌어오게 했다. 바닥에 꿇어엎드린 맹획을 향해 제갈량이 말했다.

"네가 예물을 보내면 내가 속을 줄 알았는가? 이번에는 네 꾀에 네가 넘어갔으니 누구를 탓할 수도 없을 것이다. 이래도 투항하지 않겠느냐?"

맹획은 여전히 기가 죽지 않았다.

"내 아우는 원래 술이라면 사족을 못 쓰는 사람이오. 그런 아우에게 마취제를 섞은 술을 대접했다니 어찌 그것이 인덕 있다고 소문난 승상이 할 짓이오? 만일 내가 예물을 바치러 먼저 오고 아우가 뒤에 외응을 하기로 했다면 내가 앉아 있는 자리와 그대가 서 있는 자리가 바뀌었을 것이오. 이번에 일이 이렇게 된 것은 하늘의 운이 따라주지 않았기 때문이지 내 능력이 모자랐기 때문이 아니오. 그런데 어찌 그대에게 투항한단 말이오?"

제갈량이 정색하고 말했다.

"갈수록 그대의 변명이 장황해지는구려. 하지만 세 번씩이나 사로잡히고도 불복한다는 것이 말이 된다고 생각하시오?"

제갈량의 추궁에 맹획은 아무 말 없이 고개를 숙였다. 침울해 있는 맹획을 보고 제갈량이 위로하듯 말했다.

"그대가 그토록 억울해한다면 다시 한번 기회를 주겠소."

그러자 맹획이 말했다.

"승상께서 우리 형제를 돌려보내신다면 군사를 정비하여 승상과 제대로 겨뤄보겠소. 그때 또다시 사로잡힌다면 촉을 위해 목숨을 바쳐 충성하겠소."

제갈량이 빙그레 웃으며 말했다.

"내가 그대를 풀어주는 것은 남아의 높은 기상 때문이오. 그렇다고 해서 번번이 적장을 풀어줄 수는 없는 노릇이니 다음에 잡히면 투항하든지 죽든지 하나를 택해야 할 것이오. 그러니 진지로 돌아가거든 자만에 빠져 있지 말고 병서를 자세히 읽어보고 부하들도 잘 수습하시오."

제갈량이 부하들에게 명하여 맹획·맹우를 비롯해 줄줄이 사로잡힌 족장들의 포박을 풀어주니 모두들 제갈량에게 절하고 고향으로 돌아갔다. 노수를 건넌 맹획이 강변을 살펴보니 촉병들은 그 사이에 노수 건너편에 진지를 구축해놓고 있었다. 맹획이 바람에 펄럭이는 깃발 아래 서 있는 촉의 장수들과 병사들 앞으로 지나가는데 영문 앞의 높은 망루 위에 앉아 있던 마대가 칼을 빼들고 외쳤다.

"이번에 또다시 잡히면 다시는 노수를 살아서 건너지 못할 것이다!"

맹획은 부끄러워서 얼굴을 붉힌 채 얼른 그 곳을 지나왔다. 마대의 진지를 지나 맹획이 자기 진지에 도착해서 영문을 열고 들어서 려고 하자 갑자기 진지에서 북소리가 들리 며 망루마다 촉군의 깃발이 솟아올랐다. 맹획이 놀라서 영문 위의 망루를 올려다보 니 그 위에 한 장수가 나타나 큰 창을 꼬나 들고 소리쳤다.

"나는 상산의 조자룡이다. 승상께서는 너 를 번번이 살려주셨지만 내 손에 걸리면 가 차 없이 목을 벨 것이니 후회하지 말라!"

맹획은 두려워 두 손으로 목을 싸쥐고 도 망치듯 사라졌다. 맹획이 자신의 본진을 떠나 좀더 남쪽에 있는 진지를 찾아가려 할 때, 눈앞에 보이는 산등성이에서 뽀얗게 먼지가 일면서 1천 군마가 달려왔다. 촉의 장수 위연이었다. 맹획에게 다가온 위연 역시 큰 소리로 맹획을 꾸짖었다.

"우리는 이미 너의 진지를 완전히 점령했다. 그러니 더 이상 어리 석은 마음을 품지 말라. 그래도 역심을 버리지 못하고 대든다면 네놈 을 다시는 용서치 않을 것이다!"

맹획은 이를 악문 채 말을 달려 좀더 남쪽에 있는 은갱산을 찾아갔 다. 촉군의 세력이 닿지 않는 남쪽 변방의 은갱산으로 들어간 맹획은 주민들을 동원해 밤낮 없이 은을 캤다. 그리고 거기서 캐낸 보석을 가지고 사방팔방으로 돌아다니며 무기와 군마는 물론 군사마저 사들

맹획

촉군의 침공에 맞서 결단을 내리는 맹획. 기존의 『삼국지』에서는
맹획과 남만 사람들을 겁 없는 야만인 정도로 묘사하고 있지만, 이것은 오류이다. 운남 땅
전인(滇人)의 유물을 통해 그들이 고도로 발달한 독자적 문화를 누리고 있었음을 알 수 있다.
그림에 보이는 피난민과 춤추는 무사의 모습은 그들의 유물에 근거한 것이다.

였다. 또한 맹획은 틈나는 대로 가까운 곳에 있는 부족들을 찾아다니며 자신에게 모든 것을 일임해준다면 촉의 군사를 쫓아주겠다고 설득하여 동주들의 호응을 끌어냈다. 세 번씩이나 사로잡힌 치욕을 씻기 위해 절치부심 노력을 쏟아부은 끝에 맹획은 10만 대군을 모을 수 있었다. 넓은 벌판에 10만 대군을 모아놓으니 그 기세가 천지를 뒤덮을 듯했다.

맹획이 금은보석을 팔아 무기며 군사를 사들이고 있다는 소식은 염탐꾼들을 통해 노수 강변에 있는 제갈량의 귀에 들어갔다. 제갈량은 미소를 지으며 말했다.

"고대하던 소식이로군. 맹획이 빨리 쳐들어올수록 남만 정벌도 빠른 시일 안에 끝날 것이다."

제갈량은 작은 수레를 타고 정찰을 나갔다. 수백 기의 호위대를 거느리고 그 지역을 정찰하던 제갈량은 강물이 그리 깊지 않은 서이하西耳河라는 강가에 당도했다. 제갈량은 매우 기뻐하며 군사들에게 명하여 뗏목을 만들게 했다. 하지만 수심이 너무 얕아 만드는 뗏목마다 물 속으로 가라앉고 말았다. 제갈량이 여개를 불러 대책을 묻자 여개가 대답했다.

"소문에 의하면 서이하 상류에 있는 어떤 산에 검은색 대나무가 많이 자라고 있다 합니다. 군사들에게 그 대나무를 베어다가 밧줄로 엮어 다리를 놓게 한다면 군마가 거뜬히 건널 수 있습니다."

제갈량은 여개의 말을 듣는 즉시 3만 군사를 풀어 수십만 개의 대나무를 베어오게 했다. 그리고 밧줄로 대나무를 엮어 강폭이 좁은 곳에 10여 장 길이의 대나무 다리를 설치했다. 촉의 군사는 대나무 다리를 통하여 서이하를 건넌 다음 남만의 북쪽 강안에 일자로 진을 세우고 호를 깊게 파 부교를 설치한 다음 토성을 쌓았다. 또 남쪽 강기 슭에도 서로 도울 수 있는 거리에 세 개의 진지를 세우고 만병의 공격에 대비했다.

제갈량이 서이하에 진지를 구축하는 동안 맹획은 10만 병사의 점검을 끝내고 남만 땅을 무단히 점거하고 있는 촉군을 퇴치하기 위해 손수 1만의 선봉대를 이끌고 서이하로 쳐들어왔다. 이때 제갈량은 머리에 윤건을 쓰고 몸에는 학창의를 입고 손에는 백구의 깃으로 만든 부채를 들고 네 필의 말이 이끄는 수레에 올라 무사들의 엄중한 호위를 받으며 나타났다. 제갈량이 남만의 선봉대를 바라보니 몸에 소가죽으로 만든 갑옷을 입고 머리에는 주홍색 투구를 쓴 맹획이 왼손에는 방패를, 오른손에는 칼을 들고 붉은색 말 위에 앉아 있었다. 제갈량이 부채를 들어 맹획을 가리키며 말했다.

"맹획은 백성을 더 이상 괴롭히지 말고 어서 황제의 신민이 되는 게 어떻겠느냐?"

"너희 황제는 한족의 황제이지 우리의 황제가 아니다."

맹획은 말을 마치자마자 1만 병사들에게 공격을 명령했다. 남만의 병사들이 칼과 방패로 무장하고 말을 달려 뛰쳐나오자 제갈량은 급히 본진으로 돌아가 네 개의 영문을 굳게 닫아걸었다. 절대 싸움에 응하지 말라는 영을 받은 촉군은 벌거숭이 만적들이 네 영문 앞에서 온갖 욕설을 퍼부으며 싸움을 걸어왔지만 꿈쩍도 하지 않았다. 그러나 그런 날이 여러 날 계속되자 좀이 쑤신 촉의 장수들이 제갈량에게 몰려가 싸우기를 자청했다.

"저희들은 죽음을 두려워하거나 적군이 거는 싸움을 피한 적이 한 번도 없으니 속시원히 나가서 싸우게 해주십시오."

제갈량은 장수들의 부탁을 단호히 거절했다. 순순히 물러난 장수들은 다음날 또다시 제갈량을 찾아와 나가 싸우기를 간청했다. 하지만 제갈량은 좋은 말로 장수들을 다독이며 허락하지 않았다.

"저들은 문명의 혜택을 받지 못해 거칠기 짝이 없소. 또한 이번에는 지난번의 한을 씻기 위해 절치부심 준비를 하고 왔으니 정면으로 대응하면 큰 피해를 입을 것이오. 그러니 좀더 성을 지키면서 저들의 예기가 수그러들기를 기다려봅시다. 저들이 지치는 기색을 보이면 그때 묘책을 알려주겠소."

제갈량이 누대에 올라 바라보니 촉의 군사들이 싸움에 나서길 기다리다 지쳤는지 남만의 병사들이 땅바닥에 질서 없이 드러누워 있었다. 누대를 내려온 제갈량이 장수들을 불러모아 물었다.

"남만의 병사들이 나태해져 있으니 지금이 공격할 적기다. 누가 먼저 나가서 공을 세워보겠느냐?"

장수들이 앞다투어 자원하고 나섰다. 제갈량은 제일 먼저 조운과 위연에게 한 가지 계책을 일러주고 장막 밖으로 내보냈다. 두 장수가 물러가자 이번에는 왕평·마충에게 영을 내린 다음 장막 밖으로 내보냈다. 마지막으로 제갈량은 마대에게 다음과 같이 지시했다.

"나는 이곳 세 진지를 떠나 강 건너로 물러가 있겠소. 내가 군사를 거느려 강을 건너 북쪽으로 가 있으면 장군은 곧 이곳의 다리를 부수고 하류 쪽으로 내려가서 자룡과 위연의 군마가 강을 건너오는 것을 도우시오."

그런 다음 제갈량은 장익에게 말했다.

"내가 군사를 거느리고 물러가거든 그대는 진지 안에 등불을 밝히고 허수아비로 사람 그림자를 만들어 맹획을 유인하도록 하시오. 그리고 진지 바깥에 기다리고 있다가 맹획이 쳐들어오면 그의 퇴로를 차단하시오."

장익이 영을 받고 물러나자 제갈량은 관색에게 수레를 호위하게 하여 대나무로 만든 강을 통해 강 건너 진지로 물러났다. 그날 밤, 텅 빈 진지에는 허수아비로 만든 보초병의 그림자만 환히 밝힌 등불에 고즈넉이 비쳤다. 하지만 만병들은 대낮같이 밝은 등불과 보초병들을 보고 감히 다가서지 못했다. 다음날 동이 트자 맹획은 대군을 거느리고 촉의 진지를 기습했다. 하지만 세 진지 어디에서도 촉의 병사는 발견되지 않았다. 단지 미처 옮기지 못한 군량미와 말먹이 풀이 산더미처럼 쌓여 있을 뿐이었다. 맹우가 맹획에게 물었다.

"제갈량이 진지를 버리고 도망간 것은 우리를 함정에 빠트리기 위해서가 아닙니까?"

맹획이 고개를 저었다.

"제갈량이 이렇게 많은 물자를 팽개치고 소리없이 달아난 것은 분명 나라에 중대한 급변이 있어 경황없이 빠져나갔기 때문이야. 만약 동오가 촉을 침범하지 않았다면 위가 정벌에 나선 것이 틀림없다. 그래서 일부러 허수아비로 보초를 세워놓고 등불을 환히 밝혀 진지에 군사가 있는 것처럼 속인 것이다. 이 기회를 놓치지 않고 적을 추격하면 좋은 전과가 있을 것이다."

맹획은 군사들을 격려해 제갈량이 달아났을 것으로 보이는 서이하 강변으로 급히 진격해갔다. 강변에 도착한 맹획이 강 건너 북쪽 강안을 바라보니 촉군이 어느새 새 진지를 세워놓고 있었다. 진지 일대에 무수한 깃발이 가지런히 꽂혀 휘날리고 있는 모습은 마치 노을지는 강변의 물비늘이 반짝거리는 것처럼 찬란해 보였다. 맹획의 부하들은 깃발들로 만들어진 오색의 성을 보고 감탄만 할 뿐 감히 진격하지 못했다. 맹획이 아우 맹우에게 말했다.

"이것은 제갈량의 간계가 분명하다. 그는 텅 빈 진지를 보고 우리가 급히 추격해올 것을 미리 짐작하고 저곳에 새로운 진지를 만든 것처럼 허장성세를 부리고 있는 것이다. 우리가 머뭇거리는 만큼 시간을 벌어보자는 수작이니 어서 강을 건너야 한다."

맹획은 장수와 군사들을 강변에 주둔시켜 휴식을 취하게 하고 인근의 부락민을 동원해 검은 대나무를 베어오게 했다. 부락민들이 산에 있는 검은 대나무를 베어 나르자 병사들에게 강을 건너갈 수 있는 다리를 만들게 했다. 맹획은 강 건너편에 보이는 촉군의 새 진지에만 정신이 팔려 서이하 하류 쪽에서 촉병이 다가오는 것을 알아채지 못했다. 맹획의 부하들이 대나무 다리를 만드는 데 분주한 가운데 갑자기 북소리와 고함소리가 요란하게 들려왔다. 맹획이 깜짝 놀라 소리가 나는 쪽을 바라보니 어느새 촉병이 몰려와 닥치는 대로 만병을 시살하고 있었다. 맹획은 가까운 심복들과 함께 죽을 힘을 다해 촉병의 포위망을 뚫고 왔던 곳으로 도망갔다.

남쪽 변방의 진지로 서둘러 도망치는 맹획의 앞길을 한 무리의 군마가 와서 가로막았다. 맹획이 놀라 쳐다보니 조운이었다. 잔뜩 겁을 집어먹은 맹획은 말 머리를 돌려 서이하로 향하는 샛길을 타고 으슥한 산기슭으로 도주했다. 하지만 멀리 가지 못해 마대가 거느린 촉병에 진로가 막혔다. 당황한 맹획은 100여 기의 심복들만을 거느리고 산골짜기로 도주했다.

맹획이 말을 타고 정신 없이 달려가는데 갑자기 화염이 치솟으며 산골짜기 전체가 불덩어리로 변했다. 맹획은 더 이상 전진하지 못하고 또 다른 샛길을 타고 동쪽으로 바삐 달아났다. 산모퉁이를 돌아선 맹획이 안도의 숨을 내쉬려는 순간 눈앞에 보이는 울창한 갈대밭에서 작은 수레 하나가 10여 명의 호위를 받으며 나타났다. 맹획이 두 손으로 눈을 부비고 보니 수레 위에는 제갈량이 단정히 앉아서 부채질을 하고 있었다. 제갈량이 큰 소리로 맹획의 이름을 불렀다.

"맹획아, 네가 은갱산을 파며 오랫동안 전쟁 준비를 하더니 고작 이 정도밖에 안 되느냐?"

맹획은 크게 노하여 좌우에 거느리고 있던 심복들에게 소리쳤다.

"내가 저 얼굴 하얀 놈의 속임수에 빠져 세 번씩이나 창피를 당하였는데 다행히도 이곳에서 지난날의 창피를 만회하게 됐구나! 너희들은 사력을 다해 저놈이 타고 있는 수레를 빼앗아 오너라."

맹획의 영이 떨어지자 100여 기의 기마가 제갈량의 수레를 향해 달려들었다. 맹획의 부하들이 제갈량이 탄 수레를 덮치려는 순간 갈대숲 어딘가에서 화살이 쏟아져나왔다. 그러자 태반은 화살을 맞고 비명을 지르며 말 아래로 떨어져 갈대밭을 피로 물들였고, 나머지는 갈고리와 올가미를 든 촉의 군사에게 당해 말에서 떨어지는 대로 밧줄에 묶였다. 부하들이 화살을 맞고 죽거나 말에서 떨어져 포로가 되는 것을 본 맹획이 말 머리를 돌려 단기로 달아났다.

제갈량은 홀로 달아나는 맹획을 내버려두고 군사들과 함께 사로잡은 남만의 병사들을 데리고 진지로 돌아왔다. 제갈량의 진지에는 이미 여러 장수들이 잡아온 만병들로 북새통을 이루고 있었다. 제갈량은 포로들 가운데 동주들을 가려내어 투항을 권했다. 그러자 애초부터 이 싸움에 적극적이지 않았던 동주들은 부족민들과 함께 고향으로 돌아가기를 원했다. 제갈량은 이들에게 술과 고기 등 음식을 대접하고 부상자들에게는 적당한 치료를 해준 다음 그들의 마을로 돌려보냈다. 그러자 남만의 병사들은 하나같이 제갈량의 어짊을 칭송하고 서둘러 고향으로 돌아갔다.

제갈량이 남만의 병사들을 돌려보내고 난 직후, 장익이 맹우를 사로잡아 장막 안으로 끌고 들어왔다. 제갈량이 맹우를 알아보고 큰 소리로 꾸짖었다.

"네 형이 그토록 어리석으니 너라도 애써 말려야 했을 게 아니냐? 너희 형제는 번번이 분란을 일으켜서 무고한 동족을 죽이고, 황제의 군사를 수고롭게 하니 어찌 죽음을 면하겠느냐?"

제갈량이 노하여 소리치자 이번에는 살아날 가망이 없다고 여긴 맹우가 땅바닥에 바짝 엎드린 채 머리를 조아리며 살려달라고 애원했다. 그 모습을 안타깝게 바라보던 제갈량이 말했다.

"네가 진심으로 뉘우친다면 네 목숨을 살려주마. 대신 조금 후에 네 형이 잡혀오거든 네가 형을 설득하여 투항시킬 수 있겠느냐?"

"천 번 만 번, 승상의 분부에 따르겠습니다."

제갈량은 주위의 무사들에게 명하여 맹우의 결박을 풀어주고 근처의 장막에 데려가 음식을 먹이고 쉬게 했다. 맹우가 울며 절하고 나간 뒤, 위연이 단기로 달아나는 맹획을 사로잡아 장막으로 끌고 들어왔다. 제갈량은 밧줄에 온몸이 묶인 채 바닥에 꿇어앉아 있는 맹획에게 물었다.

"그대는 세 번째로 내게 잡혔을 때 나에게 한 말을 기억하고 있는가?"

맹획이 대답했다.

"나를 또다시 사로잡았으니 마음대로 하시오."

그러자 제갈량이 짐짓 화난 표정을 지으며 도부수들에게 맹획을 끌어내 죽이라고 호령했다. 맹획은 얼굴빛 하나 변하지 않고 큰 소리로 제갈량에게 따져 물었다.

"속임수를 써서 이기면 기분이 어떠냐? 나는 이제 죽는다만 귀신이 되어 돌아와서라도 속임수를 밥먹듯 한 너에게 복수하고 말겠다."

제갈량이 크게 웃더니 무사들에게 결박을 풀어주라 명하고 자리를 마련해 앉힌 뒤 술을 권하며 설득했다.

"나는 그대를 네 번이나 예로써 대했건만 무턱대고 내게 불복하는 까닭이 무엇이오?"

맹획이 대답했다.

"나는 비록 중국 땅에서 먼 변방에 사는 오랑캐이지만 전투에 나가서 낯간지러운 속임수를 쓴 일은 없소. 그러니 내가 어찌 분하지 않겠소?"

제갈량이 한숨을 쉬고 다시 물었다.

"남방의 장수들은 어떻게 싸우는지 모르겠지만 내가 사는 중국에서는 싸우지 않고 이기는 것과 죽이지 않고 이기는 것을 백안시하지 않소. 그대 말처럼 내가 속임수를 썼다면, 지난번에 그대가 예물을 보내놓고 기습한 일은 다 무엇이오? 또 이제 내가 또 한번 그대를 놓아준다면 어찌할 것이오."

그제야 맹획이 사죄하며 말했다.

"승상께서 나를 다시 놓아준다면 새로 군사를 정비하여 정정당당히 승패를 겨뤄보고 싶소. 그때 가서 승상이 나를 사로잡는다면 나는 힘에 부치는 것을 인정하고 마음으로부터 투항할 뿐 아니라 여느 족장보다 앞장서서 촉의 황제에게 충성을 바치겠소."

제갈량이 또 한번 빙긋 웃으며 맹획을 놓아주니 맹획은 일어나 허리 굽혀 절하고 나서 포로로 잡혀 있는 1천여 명의 패잔병을 거느리고 남쪽 끝을 향해 달아났다. 맹획이 패잔병을 이끌고 달린 지 얼마 안 되어 앞쪽에서 먼지를 자욱히 일으키며 한 떼의 군마가 몰아쳐왔다. 촉의 군사가 출몰한 줄 알고 겁에 질린 부하들이 뿔뿔이 흩어져 달아나려고 하자 맹획이 큰 소리로 안심을 시켰다.

"복장과 깃발을 보니 촉군이 아니다. 흩어지면 살기 어려우니 움직이지 말고 기다려보라."

다행히도 맹획을 향해 달려온 군사는 맹우와 그의 부하들이었다. 제갈량에게 풀려난 맹우는 자기 진지로 돌아가 나머지 군사를 정돈하여 형을 구하러 달려오는 길이었다. 두 형제는 말에 앉은 채 서로 얼싸안고 살아난 기쁨을 나눴다. 맹우가 형에게 말했다.

"우리가 싸울 때마다 제갈량의 포로가 됐으니 다시 싸워봤자 결과는 뻔합니다. 제갈량에게는 잘 훈련된 병사와 용맹한 장수들이 있을 뿐 아니라 그의 지략은 신출귀몰합니다. 우리 능력으로는 도저히 촉의 군사를 당해내지 못할 것 같으니 잠시 산골 깊숙이 들어가 군사를 쉬게 하면서 적의 동정을 살피는 게 좋지 않겠습니까?"

아우의 말에 귀가 솔깃해진 맹획이 물었다.

"나도 그러고 싶구나. 그런데 적당한 장소가 있느냐?"

"이곳에서 서남쪽으로 가면 독룡동禿龍洞이라는 마을이 나옵니다. 그곳을 다스리는 타사대왕朶思大王은 오래전부터 저와는 아주 가깝게 지내왔으니 그곳으로 가서 그간의 일들을 말하고 잠시 의탁할 것을 청한다면 매정히 뿌리치지 않을 것입니다."

맹우의 말을 들은 맹획은 아우와 함께 독룡동으로 향했다.

맹절과 축융부인

남방 부족의 영웅 맹획이 온다는 보고를 받은 타사대왕은 직접 군사를 거느려 동문 밖까지 마중을 나왔다. 맹획은 타사대왕이 마중을 나와준 것에 고무되어 그간의 사정을 전하며 군사들이 충분히 휴식을 취할 때까지만 이곳에 있게 해달라고 부탁했다. 맹획의 청에 타사대왕이 쾌히 응락하여 말했다.

"대왕께서는 갖은 고생을 하시는 동안 저는 아무런 소식도 듣지 못했습니다. 하지만 이제야 한족놈들의 뻔뻔한 야욕을 알게 됐으니 저도 손발을 걷어붙이고 대왕을 돕겠습니다. 만일 촉의 군사가 이곳까지 쳐들어온다면 한 놈도 살려보내지 않음은 물론 대왕을 욕보인 제갈량마저도 이곳에서 장사지내게 하겠습니다."

맹획은 크게 기뻐하며 밤새 타사대왕과 제갈량을 격파할 계책을 논의했다. 이곳 지리를 잘 알고 있는 타사가 말했다.

"이곳으로 들어오는 입구는 오직 두 갈래뿐입니다. 오늘 낮에 대왕께서 오신 동북쪽 길은 지세가 평탄하고 땅이 기름지며 물이 풍부해 인마가 통행하기에 편리합니다. 하지만 길이 좁고 고개가 가팔라 돌무더기와 나무토막을 실어 보루를 쌓는다면 수백의 군사로 100만 대군을 막을 수가 있습니다. 또 다른 길은 서북쪽으로 뚫린 길인데, 그 길 역시 산이 높고 험한데다가 폭이 좁고 가파르기 짝이 없습니다. 그리고 독사와 전갈들이 득실거려 이 지역 사람들도 왕래하기를 꺼리는 곳입니다.

뿐만 아니라 해질 무렵부터 다음날 오전까지는 안개가 자욱이 깔려 사람이 다닐 수 있는 시간이라고는 오직 오후 1시부터 7시까지 여섯 시간뿐입니다. 또 그 길을 다 지나는 동안에는 인마가 마실 물을 얻을 수 없습니다. 샘이 아예 없는 것은 아니지만 도중에 있는 네 개의 샘은 모두 치명적인 독을 가지고 있습니다. 특히, 아천啞泉은 물맛은 매우 달지만 만일 사람이 그 물을 먹게 되면 즉시 기도가 막혀 음식물을 삼키지 못하게 되는 것은 물론 말도 하지 못하게 되어 열흘 이내에 죽고 맙니다. 멸천滅泉은 겉보기에는 차가운 것 같지만 살갗에 닿으면 마치 끓인 물을 부은 것처럼 뜨거워서 멋모르고 그 물로 목욕했다간 피부와 살이 문드러져 흰 뼈가 드러나게 됩니다. 흑천黑泉 또한 외관상으로는 맑고 깨끗해 보이며 한겨울에도 따뜻한 김을 뿜고 있습니다만 그 물이 사람의 몸에 닿으면 피부가 새까맣게 타면서 죽게 됩니다. 마지막으로 유천柔泉이 있는데 이 물은 한여름에도 얼음처럼 차갑습니다. 하지만 요즘처럼 무더운 날 갈증을 풀어보겠다고 그 물을 마시면 온몸에서 온기가 없어지고 사지가 솜같이 나른하게 되어 며칠 내로 죽게 됩니다. 그래서 그 길 주위엔 벌레가 살지 못하고, 벌레가 살지 못하니 새들도 살 수 없습니다. 오직 복파장군伏波將軍(한나라 시대의 장군) 한 사람만이 그 길을 지나갔을 뿐 이후로는 아무도 그 길을 지나 이 땅을 밟은 사람이 없습니다.

그러니 대왕께서 들어오신 동북쪽의 길을 막고 이곳에 편히 은거해 계신다면 촉병은 동북쪽으로 오다가 도저히 진로를 뚫을 수 없다는 것을 알고 반드시 서쪽의 길로 들어올 것입니다. 촉의 대군이 멋모르고 서쪽 길로 온다면 방금 말씀드린 네 곳의 샘물을 인마의 식수로 사용하게 될 것입니다. 그러면 제아무리 잘 훈련되고 숫자가 많은 촉군이라 할지라도 순식간에 시체가 되어 나뒹굴 테니 수고롭게 군사를 부릴 필요가 뭐 있겠습니까?"

타사대왕의 말을 들은 맹획은 기뻐 어쩔 줄을 모르며 입이 귀까지 벌어졌다.

"이제야 중국놈들에게 당한 치욕을 씻을 수 있겠구려!"

그는 북쪽 방면을 가리키며 큰 소리로 말했다.

"제갈량아! 네가 아무리 귀신 같은 재주를 지녔을지라도 이번에는 어쩔 수 없겠구나! 네 곳의 샘물이 차례대로 내 원한을 씻어줄 것이다!"

그날 저녁부터 맹획 형제는 술을 시키고 여자를 불러 잔치를 벌였다.

한편 네 번째로 맹획을 풀어준 제갈량은 맹획이 아무런 기동도 하지 않고 잠잠히 있자 전군에게 서이하를 떠나 남단으로 진군하라고 영을 내렸다.

이때는 6월 염천이라 하늘에서 쏟아지는 뜨거운 태양열과 땅에서 올라오는 지열로 온 천지가 끓어오르는 용광로 같았다. 제갈량이 대군을 거느리고 나가려고 할 때 전령이 나는 듯이 달려와 말했다.

"코빼기도 보이지 않던 맹획의 거취를 수소문해보니 독룡동으로 들어간 것으로 확인되었습니다. 그곳으로 들어가는 입구에 보루를 쌓고 몇 백 명의 파수병에게 지키게 해놓았는데 산이 험준하고 고개가 가팔라 거기서 한 발짝도 앞으로 나갈 수 없다고 합니다."

제갈량이 곁에 있는 여개에게 조언을 구하자 여개가 대답했다.

"독룡동으로 들어가는 길이 이 길 외에 또 있다는 소문을 듣긴 했습니다만, 저도 그 길의 사정에 대해서는 아는 게 없습니다."

그러자 함께 있던 장완이 말했다.

"맹획은 네 번씩이나 붙잡혔다 살아났으니 이제는 기가 꺾여 더 이상 승상과 대적해 싸울 엄두도 내지 못할 것입니다. 몹시 더운 날씨에 단련되지 않은 우리 병사들이 극도의 피로를 호소하고 있습니다. 산골짜기에 은거하고 있는 맹획을 정벌한다 해도 크게 이익될 일이 뭐가 있습니까? 그만 군사를 거느려 돌아가는 것이 어떨는지요?"

장완의 말을 듣고 골똘히 생각한 끝에 제갈량이 고개를 저었다.

"맹획이 산골짜기에 숨어 나타나지 않는 것은 우리가 군사를 거느리고 돌아가기를 바라기 때문이오. 더위에 지친 우리 군사가 사기를 잃고 회군한다면 맹획은 기다렸다는 듯이 우리의 뒤를 추격할 것이오. 네 번씩이나 사로잡은 맹획을 다섯 번 잡지 못할 까닭이 어디 있소?"

제갈량이 항복한 만병들을 불러 독룡동으로 가는 다른 길에 대해 묻자 몇몇 만병들이 서북쪽 길을 알려주었다. 제갈량은 왕평에게 수백의 군마를 주어 서북쪽 길을 뚫는 선봉으로 삼았다. 서북쪽 길 역시 좁고 가파르기는 마찬가지였으나 동북쪽 통로와는 달리 파수병을 세워놓았음직한 요충지가 무인지경으로 방치되어 있었다.

염천 더위에 좁고 가파른 길을 올라가는 병사들은 땀을 뻘뻘 흘리며 물을 찾았으나 좀처럼 물을 구할 만한 곳이 없었다. 그러다가 눈앞에 샘이 하나 나타나자 앞다투어 달려가 두 손으로 물을 떠 마셨다. 샘의 성분도 제대로 알아보지 않고 허겁지겁 샘물을 떠마신 병사들은 갑자기 목구멍이 막히면서 벙어리가 됐다. 샘가로 달려가 물을 마신 병사들이 갑자기 조용해지자 이를 이상하게 여긴 왕평이 다가가 말을 걸었으나 병사들은 아무 소리도 내지 못하고 손으로 자기 입만 가리켰다. 왕평은 나머지 군사들에게 샘가에 다가가지 말라 이르고 뒤에 따라오는 제갈량에게 달려가 사정을 설명했다.

제갈량은 군사들이 독수에 중독된 것으로 짐작하고 서둘러 수레를 타고 군의들과 함께 샘가로 달려갔다. 과연 거기에는 맑은 샘이 있었는데 가까이 다가가 바닥을 내려다보니 물이 맑아서 깊은 바닥 아래 가라앉은 자갈과 모래까지 세세히 들여다보였다. 그러나 이상하게도 물가에 응당 있어야 하는 물벌레들이 보이지 않았다. 그리고 샘가에 무성히 자라 있는 나무와 풀들에도 벌레가 보이지 않았다.

제갈량은 군의들에게 병사들을 돌보게 하고 혼자서 높은 언덕에 올라가 사면을 두루 살펴보았다. 숲이 울창한 첩첩산중인데도 새소리 하나 들리지 않는 것을 기이하게 여긴 제갈량이 멀리 고개를 들어 바라보니 산마루 중턱에 작은 사당이 하나 있었다. 길을 잘 모르는 제갈량은 칡덩굴을 붙잡고 사당을 향해 기어올랐다. 그의 도포가 금세 땀으로 흠뻑 젖었다.

사당에 도착해보니, 돌로 지은 사당 안에 칼을 찬 장군의 조각이 모셔져 있고 옆에는 비석이 서 있었다. 비문에는 이곳이 한나라의 복파장군 마원馬援을 모신 사당으로 만족에게 중국 문명을 전해준 것을 기려 원주민들이 세웠다는 내용의 글이 새겨 있었다. 제갈량은 장군 상 앞에 엎드려 절하고 두 손을 모아 기원했다.

"재주 없는 량亮이 돌아가신 선제의 뜻을 받들고 새 황제의 명에 따라 만족을 평정하러 나섰습니다. 이곳 만족을 평정한 후에는 위와 오를 토멸하여 한나라 사직을 세세만대 보전코자 하니 장군의 영령께서 저희를 도와주십시오. 오늘 병사들이 이곳의 지리에 어두워 독이 있는 물을 잘못 마시고 괴질에 걸렸으니 부디 한나라 황실의 은의를 생각하셔서 저희 군사를 보살펴주십시오."

이렇게 기원하고 사당 밖으로 나와 좁은 마당을 걸으며 골똘히 생각에 잠겨 있는데 백발의 노인 하나가 지팡이에 의지해 맞은편 산비탈을 타고 사당을 향해 다가왔다. 제갈량은 황급히 달려가 노인을 부축해 사당 안으로 모셔 예를 올리고 그 앞에 좌정했다.

"저는 제갈량이라고 합니다. 이 산중에 홀로 계시는 노인장은 누구십니까?"

노인이 입을 열었다.

"이 늙은이가 오래전부터 승상의 높은 존함을 들어오다가 이렇게 뵙게 되니 여간 다행이 아닙니다. 우리 만족은 승상의 두터운 은혜로 여러 차례 목숨을 구하게 되어 칭송이 자자합니다."

제갈량은 시간이 촉박해서 곧바로 샘물에 대해 물었다. 그러자 노인이 혀를 차며 자세히 설명했다.

"증상을 보아하니 승상의 군사들이 마신 물은 아천이라는 샘물입니다. 그 물을 마시면 기도가 막혀 말을 하지도 먹지도 못한 채 며칠 내에 죽게 됩니다. 승상이 진로로 택하신 그 길에는 아천 말고도 세 개의 샘물이 더 있습니다. 이곳 동남쪽에 있는 물은 차갑기가 얼음

장 같은데 만일 사람들이 그 물을 마시면 몸에서 온기가 사라지고 몸이 나른해진 상태에서 죽게 되기 때문에 이름을 유천이라 했습니다. 또한 남쪽에 있는 샘물에 사람의 몸이 닿으면 손발이 새까맣게 변해서 죽게 되는데, 이 샘물은 흑천이라 합니다. 또 서남쪽에 있는 멸천이라는 샘물은 한여름에도 주위에 차가운 서리가 내릴 정도로 차갑지만 막상 몸에 뒤집어쓰면 피부와 살점이 문드러져 뼈만 남아 죽게 됩니다. 이 네 곳의 샘물은 독기가 강해 특히 아무런 면역이 없는 타지 사람들에게는 치명적입니다. 또 네 곳의 샘물을 마시지 않는다 하더라도 이곳에는 장기瘴氣(덥고 습한 지대에서 발생하는 여러 가지 전염병)가 심하고 폐에 좋지 않은 안개가 자욱하며 미未·신申·유酉(오후 1시부터 7시) 외의 시간에는 통행이 불가능합니다. 독룡동을 다스리고 있는 타사대왕은 그런 사실을 잘 알고 있기 때문에 동북쪽 길에만 파수병을 세워 승상 일행을 서북쪽으로 유인한 것입니다."

노인의 말을 듣고 난 제갈량이 한숨을 쉬며 말했다.

"그렇다면 남방을 평정해 후방의 안정을 꾀하는 일은 불가능하겠군요. 남방을 평정해놓지 못하면 촉은 위와 오로 진군할 수 없습니다. 그렇다면 영영 한 황실을 일으켜세울 수가 없으니 어찌하면 좋겠습니까? 선제께서 부탁하신 바를 이루지 못한다면 저는 천하의 불충한 신하가 되고 말 것입니다."

노인이 제갈량을 위로하며 말했다.

"이 늙은이가 한 가지 방법을 가르쳐드릴 테니 승상께서는 너무 쉽게 포기하지 마십시오."

그 말을 들은 제갈량은 자리에서 벌떡 일어나 절을 하며 말했다.

"노인장께서 가르침을 주신다면 이 몸은 평생 그 고마움을 잊지 않겠습니다.”

“이곳에서 서쪽으로 몇 마장을 내려가면 깊은 계곡이 나올 것입니다. 그 계곡을 따라 20여 리쯤 들어가면 만안계萬安溪라는 시냇물이 나타나고 그 시냇물을 건너 맞은편 언덕에 선비 한 분이 살고 계십니다. 부모가 지어준 이름 대신 만안은자萬安隱者라고 불리는 이 선비는 수십 년 동안 속세에 나온 일이 없는 도인입니다. 승상께서는 그에게 부탁하여 그가 살고 있는 초당 뒤에 있는 샘물을 얻어 쓰십시오. 안락천安樂泉이라 하는 그 샘물을 마시고 그 물에 목욕을 하면 문둥병 환자나 장기에 감염된 사람도 단번에 쾌유가 됩니다. 그러니 아천의 샘물을 마신 병사들을 데려다가 한 모금씩 마시게 하십시오. 또 만안은자에게 부탁하면 해엽운향薤葉芸香이라는 효험있는 약초를 줄 것이니 병사들의 입안에 그 이파리를 하나씩 머금게 하면 장기에 오염되는 것을 막을 수 있을 것입니다.”

제갈량은 자리에서 일어나 또 한번 절하며 물었다.

“노인장께서 이처럼 가엾은 생명을 구하는 법을 가르쳐주시니 이 은혜 잊을 길이 없습니다. 작별하기 전에 노인장의 존함을 알고 싶습니다.”

노인은 손을 내저으며 말했다.

“촌부의 이름을 알아서 어디에 쓰시겠습니까? 나는 오래전에 이 길을 지나던 복파장군에게 큰 은혜를 입은 적이 있습니다. 내가 고마워하며 보답하려고 하자 복파장군이 말하기를 ‘내 뒤에 이 길을 오는 한나라 장군이 있거든 그를 도와주라’고 하셨습니다. 그러니 감사를 하려거든 복파장군에게 하십시오.”

노인은 이렇게 말을 맺고 나서 지팡이를 들고 왔던 길로 사라졌다.

제갈량은 노인의 뒷모습을 보며 두 손을 가슴에 모으고 허리를 굽혀 길게 인사했다. 그리고 사당으로 다시 들어와 마원 장군상을 향해 두 번 절하고 칡덩굴을 타고 산 아래의 병사들에게 돌아왔다.

제갈량은 여개를 불러 군중에 있는 귀한 향과 금은 등의 예물을 모두 모아오라고 일렀다. 여개가 예물을 말 잔등에 싣고 오자 제갈량은 왕평이 거느렸던 부하들 가운데 독수를 마시고 벙어리가 된 병사들을 데리고 노인이 일러준 만안은자의 처소를 찾아갔다. 노인이 말한 것처럼 계곡을 따라 20여 리를 들어가니 맑은 시냇물이 나왔고 그 건너편에 소나무가 울창하게 들어찬 언덕이 보였다. 제갈량은 병사들에게 여기서 기다리라 이르고 혼자서 예물을 실은 말의 고삐를 쥐고 언덕을 올랐다. 그러자 갖가지 꽃들이 장관을 이루고 있는 넓은 평지에 건초로 지붕을 얹은 두어 칸의 암자가 보였다.

제갈량이 암자 주위로 다가가자 주변에서 풍겨오는 꽃 향기가 코를 찔렀다. 자기도 모르게 얼굴이 환해진 제갈량이 집 앞에 당도해 문을 두드리니 동자 하나가 나와서 문을 열어주었다. 제갈량이 자기의 이름과 신분을 밝히려 하자 집안에서 나이를 알 수 없는 노인이 대나무 관을 쓰고 흰 도포에 검은 띠를 두르고 짚신을 신은 차림으로 제갈량에게 다가왔다. 제갈량이 가만히 살펴보니 눈은 비취처럼 푸르고 머리카락은 황금색이었다. 노인이 먼저 말했다.

"문밖에 계신 분은 혹시 한나라의 승상이 아니십니까?"

제갈량이 미소를 지으며 허리를 굽혀 인사했다.

"선생께서는 어떻게 한 번도 본 적이 없는 제 이름을 알고 계십니까?"

"세상일에 무심한 촌로이지만 승상께서 남정길에 오르셨다는 소문을 어찌 듣지 못했겠습니까?"

만안은자는 제갈량을 초당으로 안내했다. 방안에 마주앉은 두 사람은 또 한번 예를 갖추어 인사를 나누었다. 동자가 조용한 동작으로 문을 열고 들어와 백자차柏子茶와 송화채松花菜를 내어놓고 아무 소리 없이 문밖으로 사라졌다. 제갈량이 먼저 입을 열었다.

"저는 선제이신 소열황제의 부탁과 살아계신 유선 황제의 명을 받들어 중국에서 멀리 떨어진 남방 지역에 왕도를 전하고자 왔습니다. 그러나 남쪽의 세력가인 맹획이 여러 부족을 충동질하여 왕도에 저항하니 서로 죽고 죽이는 불상사를 피할 수 없었습니다. 몇 번이나 잡았다가 놓아준 맹획이 독룡동에 잠입하였다기에 그를 잡으러 가는 길에 군사들이 부주의하여 독이 든 샘물을 마시고 벙어리가 됐습니다. 이곳에 오기 전에 복파장군의 사당에 들러 참배를 했는데 웬 노인이 나타나셔서 선생을 찾아가면 독수를 해독할 약수를 구할 수 있다고 알려주었습니다. 부디 선생께서 약수를 주셔서 불쌍한 군사들의 생명을 구하도록 해주십시오."

"승상께 촌로의 초당을 가르쳐준 노인은 저의 오랜 친구입니다. 그 늙은이가 말해주지 않았더라도 저는 승상께서 이 길을 넘어오시면 오늘 같은 곤란을 당할 줄 알고 물을 지고 마중할 참이었습니다. 승상께서 원하시는 샘물은 초당 뒤에 있으니 어서 병사들을 불러 양껏 마시게 하십시오."

만안은자는 동자를 불러 제갈량의 병사들을 안내해 초당 뒤에 있는 안락천을 마시게 했다. 왕평의 병사들이 앞다퉈 안락천의 물을 손바닥으로 떠마시자 벙어리가 된 병사들이 큰 기침을 하면서 목구멍에서 검은 가래가 튀어나왔다. 그러더니 곧 이전처럼 말을 할 수 있게 됐다. 동자는 그 군사들을 만안계로 데려가 목욕을 시켰다. 병사들이 해독을 하는 사이에 만안은자가 제갈량에게 말했다.

"이 지역은 날씨가 무덥고 습하여 온갖 독사와 전갈이 많으며 길가의 샘들은 무슨 독소가 들어 있는지 알 수 없으니 함부로 마실 수 없습니다. 그러나 깊이 판 땅에서 솟구치는 물을 마신다면 해가 없을 것입니다. 좀더 안심하고 물을 마실 수 있도록 제가 해엽운향이란 약초를 드릴 테니 땅에서 판 샘물을 먹기 전에 물에 빠트려보아 잎새가 가라앉으면 나쁜 독이 있는 것이고 가라앉지 않고 떠 있으면 안심하고 먹어도 되는 물인 줄 아십시오."

만안은자가 해엽운향이란 약초의 이름을 먼저 꺼내자 제갈량은 크게 반가워 물었다.

"어디 가면 그 약초를 구할 수 있겠습니까?"

"그 약초를 찾으러 멀리까지 나갈 필요는 없습니다. 바로 제 집 초당 뒤 샘가에 자라는 풀들이 해엽운향입니다. 승상의 군사들이 그 약초의 잎사귀를 입에 머금고 있으면 장기를 예방할 수 있으니 병사들에게 마음껏 뜯어가게 하십시오."

너무나 따뜻한 배려에 제갈량이 만안은자의 존함을 묻자 그는 빙그레 웃으며 말했다.

"나는 맹획의 형 맹절孟節이오."

제갈량은 자신에게 은혜를 베푸는 이 은자가 맹획의 형이라는 말을 듣고 소스라치게 놀랐다. 그런 제갈량의 반응에 개의치 않고 맹절이 말을 계속했다.

"승상을 해치거나 속이지 않을 테니 너무 놀라지 마시고 내 이야기를 들으십시오. 우리 부모님은 3형제를 두셨는데 내가 장남 맹절이고, 차남이 맹획, 셋째가 맹우입니다. 남방 부족의 우두머리셨던 아버님이 돌아가시면서 중국의 문명을 받아들여 변방의 야만스러움을 벗어나라고 당부하셨건만 둘째 아우는 부모님의 유언을 무시하고 중국과 원수가 되는 일만 골라 했습니다. 내가 수차에 걸쳐 타일렀으나 듣지 않아 이렇게 이름을 숨기고 산중에 숨어 지내고 있습니다. 아우 맹획이 천지를 모르고 날뛰다가 세가 다하여 이런 오지까지 쫓겨와 승상의 몸을 수고롭게 하였으니 형의 입장에서는 만 번이라도 고쳐 죽어 속죄를 해야 마땅할 것입니다."

"옛날의 도척盜拓(일생 동안 나쁜 짓만 일삼고 다녔던 전설상의 인물)과 유하혜柳下惠(주나라 때의 현인)의 고사를 직접 내 눈으로 보게 되다니, 과연 옛 현인들의 말씀은 거짓이 없구나!"

제갈량이 이렇게 감탄하며 맹절에게 다시 물었다.

"황제께 상주하여 선생을 이곳의 왕으로 봉해도 되겠습니까?"

맹절은 고개를 젖히고 크게 웃으며 말했다.

"헛된 이름이 싫어서 이곳에 숨어서 산 지가 수십 년째인데 이제 와서 왕후장상이 탐날 까닭이 어디 있겠습니까?"

제갈량이 손수 끌고온 말에 실어놓은 예물을 선사하고자 했으나 맹절은 한사코 이를 뿌리쳤다. 제갈량은 자신의 얕은 생각을 책망하며 만안은자에게 깍듯한 예를 올리고 병사들이 기다리고 있는 진중으로 돌아왔다.

제갈량은 마실 물이 없어 고생하는 병사들에게 여러 군데 땅을 파보라고 했다. 군사들은 20여 길이 넘는 우물을 10여 군데나 팠다. 제갈량은 한 우물씩 두레박을 내려 물을 길어올리게 한 다음, 해엽운향의 이파리를 띄워보았다. 그러자 일곱 개의 두레박에서는 약초 잎이

가라앉고 세 개의 두레박에서는 잎이 동동 떠 있었다. 제갈량은 약초 잎이 가라앉은 일곱 개의 우물은 흙과 돌덩이로 막게 하고 나머지 세 군데의 우물물을 길어 목마른 병사들과 말에게 먹였다. 그리고 그 물로 밥을 지어먹으니 아무 탈이 없었다.

해엽운향 이파리를 입에 머금고 독룡동을 향해 다시 진군을 하게 된 촉군은 물이 필요할 때마다 새로 우물을 파고 약초 잎을 띄워 독수를 감별했다. 마음껏 물을 먹고 밥을 지을 수 있게 된 촉병은 사기가 충천하여 어느새 독룡동이 지척에 보이는 곳에 이르러 벌판에 진을 쳤다. 그러자 이를 탐지한 파수병이 타사대왕에게 달려와 두 눈으로 본 것을 보고했다.

"촉의 대군이 서북쪽 길을 지나 독룡동의 코 앞에 진채를 만들었습니다. 이들은 아무도 독수를 마시지 않은 듯 하나같이 건강했으며 장기에 감염되지도 않은 것 같았습니다. 지금 부족민들은 서북쪽 길을 아무 이상 없이 지나온 제갈량의 군사들을 신군神軍이라고 수군거리며 두려움에 떨고 있으니 어서 대책을 세우시기 바랍니다."

그 말을 들은 타사대왕과 맹획은 파수병의 말이 좀처럼 믿어지지 않아 직접 말에 올라타고 높은 산에 올라가 촉군의 진지를 살펴보았다. 과연 촉의 군사들은 아무도 병든 기색 없이 활기차게 움직이고 있었다. 마침 점심 때가 되어 촉군은 크고 작은 통으로 물을 운반하여 말에게도 먹이고 밥도 지었다. 그것을 본 타사대왕은 머리털이 곤두서면서 자신도 모르게 떨리는 목소리로 맹획에게 말했다.

"제갈량의 군사는 신병이오!"

더 이상 도망갈 데도 마땅치 않은 맹획은 두려울 게 없었다.

"우리 형제는 여러 번 제갈량과 싸워보아 조금도 두렵지 않소. 이번에 싸운다면 내가 죽거나 놈이 죽거나 양단간에 결판이 날 것이오. 대왕은 순순히 결박을 받을 작정이오?"

타사대왕이 말했다.

"만약 대왕께서 싸움에 패하게 되면 우리 부족은 죽음을 면할 수 없게 되오. 그러니 방법은 하나밖에 없소. 소와 말을 잡아 부족 안의 장정들을 배불리 먹인 다음 대왕의 군사와 우리 군사가 사력을 다해 촉병을 물리치는 것이오. 죽자고 덤벼들면 촉의 대군인들 어떻게 감당하겠소?"

타사대왕은 소와 말을 잡아 부족의 장정들과 맹획이 데리고 온 군사들에게 배불리 먹였다. 그러고 나서 촉병과 싸우기 위해 군사들을 일으켜 나가려고 할 때 독룡동 뒤쪽에 있는 은야동銀冶洞의 동주 양봉楊鋒이 3만 군사를 거느리고 지원을 나왔다는 보고가 들어왔다. 생각지도 못한 원군을 얻은 맹획은 기뻐서 어쩔 줄 몰랐다.

"이웃의 군마가 우리를 도우러 나섰다니 상서로운 조짐이 아니오? 우리는 반드시 승리할 것이오!"

맹획은 타사대왕과 함께 양봉의 군사를 맞이하기 위해 동문 밖으로 나섰다. 양봉은 맹획에게 예를 차려 인사한 뒤 호기롭게 말했다.

"내가 거느린 3만 정병은 모두 철갑옷으로 무장했으며 태산 준령도 나는 듯 뛰어넘을 만큼 날랜 병사들입니다. 게다가 내 아들 다섯이 모두 뛰어난 무예를 가졌으니 백만 대군을 능히 막아낼 수 있습니다."

양봉은 뒤에 거느린 다섯 아들을 타사대왕과 맹획에게 인사시켰다. 양봉이 자랑한 대로 다섯 아들은 모두 범같은 체구에 강인한 눈빛을 하고 있었다. 타사대왕과 맹획은 양봉의 다섯 아들을 은근히 부러워하며 원군을 환영하는 잔치를 베풀었다. 술자리가 무르익자 양봉이 자리에서 일어나 큰소리를 쳤다.

"내일 적과 대판 싸움을 벌일 것인데 어찌 이리 분위기가 음전합니까? 우리 진중에 군사를 따라다니는 광대가 있는데 칼춤이 천하일품입니다. 흥을 내기 위해 그들을 불러 함께 즐겨봅시다."

맹획이 박수를 치며 반겼다. 그러자 언제 준비되었는지 머리를 산발한 수십 명의 광대가 맨발로 밖에서부터 칼춤을 추면서 들어왔다. 그러자 여러 부족으로 이루어진 남만의 병사들이 손뼉을 치며 노래를 불렀다.

분위기가 무르익자 양봉은 두 아들에게 맹획 형제에게 잔을 올리라고 했다. 양봉의 두 아들은 부친의 영을 받고 맹획과 맹우에게 술잔을 올렸다. 맹획과 맹우가 술잔을 받아 막 입으로 가져가려는 순간, 양봉은 칼을 빼들며 두 아들에게 맹획 형제를 묶어 연회장 밖으로 끌어내라고 명령했다. 양봉의 두 아들은 눈 깜짝할 사이에 술상을 훌쩍 뛰어넘어 맹획 형제를 결박지었다.

옆에서 그것을 지켜보던 타사대왕이 뭔가 일이 잘못되었음을 깨닫고 도망치려는 순간 양봉의 다른 아들에게 붙잡히고 말았다. 맹획의 부하들과 타사대왕의 호위병도 변고를 눈치채고 칼을 집어들려고 했지만, 칼춤을 춘 광대들이 칼을 겨누며 위협하자 바닥에 바짝 엎드려 두 손을 비비며 살려달라고 애걸했다. 올가미에 걸린 곰 신세가 된 맹획이 분하다는 듯 크게 외쳤다.

"토끼가 죽으면 여우가 슬퍼한다는 말이 무슨 뜻인지 아느냐? 그것은 서로 같은 처지이기 때문이다. 너와 나는 모두 남방의 변방민으로 같은 처지에 있지 않느냐? 너와 내가 서로 원수진 일이 없는데 너는 왜 나를 해치려 드느냐?"

"우리 형제와 조카들은 예전에 제갈승상의 두터운 은혜를 입어 목숨을 건졌지만 아직 갚지 못했다. 그런데 네가 반기를 들었다니 어찌 너를 붙잡아 은혜를 갚지 않겠느냐?"

맹획과 타사대왕이 양봉에게 사로잡히자 각 부락에서 소집된 족장들과 병사들은 모두 집으로 돌아갔다. 양봉은 맹획·맹우·타사대왕 등을 끌고 촉군의 진지를 찾아가 제갈량을 만났다. 양봉과 그 일행이 당상에 앉은 제갈량에게 절을 올리며 말했다.

"저와 제 아들, 조카들은 지난번에 승상의 두터운 은혜를 입었으니 맹획과 맹우를 붙잡아 승상께 보답하고자 합니다."

제갈량은 양봉과 그가 데려온 일행에게 크게 상을 내리고 맹획을 끌어오게 했다. 제갈량이 빙그레 웃으며 말했다.

"그대가 잡혀온 게 이번으로 몇 번째인가? 이제 그만 항복하는 게 어떻겠느냐?"

"내가 잡혀온 것은 지난번과 마찬가지로 그대가 잘나서가 아니라 우리 부족의 배반자 때문이다. 나는 승복할 수 없으니 죽일 테면 죽여라!"

"너는 우리들을 죽이기 위해 물이 없는 땅으로 유인했다. 독기가 서린 아천·멸천·흑천·유천의 샘물을 이용해 모조리 독살을 하려고 마음먹었으면서도 어찌 한마디 사과도 하지 못하느냐? 이게 네가 말하는 정정당당한 승부인가?"

맹획은 자기가 하고 싶은 말만 계속 했다.

"독룡동에서 남쪽으로 더 내려가면 우리 조상 대대로 금은을 캐냈던 은갱산이 나온다. 그곳은 세 개의 큰 강이 지켜주고 있을 뿐 아니라 지나기 어려운 험한 관문이 있어 백만 대군을 능히 막을 만하다.

그대가 만일 내 고향에서 나를 사로잡는다면 우리는 자자손손 마음을 바쳐 복종할 것이다."

제갈량이 말했다.

"내가 또 한 번 너를 돌려보낼 것이니 병마를 수습해서 다시 승부를 겨뤄보자. 그때 사로잡히고도 이처럼 복종하지 않는다면 내 반드시 너희 가족을 모두 없애리라."

제갈량은 이렇게 다짐하고 좌우에 명하여 맹획과 그의 아우 맹우는 물론 타사대왕의 결박까지 풀어주게 했다. 그러자 맹획은 제갈량에게 절하고 뒤도 돌아보지 않고 장막을 걸어나갔다. 하지만 맹우와 타사대왕은 제갈량 앞에 엎드려 일어날 생각을 하지 않았다. 제갈량이 당상에서 내려와 두 사람의 손을 잡아 일으키고 술과 음식을 내어 위로했다. 그리고 많은 예물을 주어 고향으로 돌려보냈다. 두 사람은 부끄러워 감히 고개를 들어 제갈량을 바라보지 못했다.

맹획·맹우·타사대왕을 풀어준 제갈량은 양봉과 그 아들에게 관직을 주고 그 부하들에게도 후히 상을 내렸다. 이에 양봉이 기뻐하며 제갈량에게 절하고 물러갔다.

한편 제갈량의 진지를 빠져나온 맹획은 밤새 달려 은갱산이 있는 은갱동에 도착했다. 은갱동 주위에는 노수瀘水·감남수甘南水·서성수西城水라는 커다란 강이 감싸듯이 흐르고 있었는데 사람들은 그 강들을 그냥 삼강三江이라고 합쳐 불렀다.

이 지역에 사는 사람들은 동마다 가귀家鬼라고 불리는 사당을 지어 사계절이 바뀔 때마다 잊지 않고 소와 말을 잡아 복귀卜鬼라는 제사를 지냈다. 그리고 제사가 끝나고 나면 온 부족 사람들이 술을 마시고 춤을 추는 축제를 즐겼다. 축제 때는 다른 부족 사람들도 함께 와서 제사를 지내며 어울렸다. 또 이 지역에 사는 여러 부족들은 환자가 생기면 약을 먹이기보다 무당을 불러 푸닥거리를 했는데 이를 약귀藥鬼라 했다.

삼강 주변의 부족들에게는 성문화된 법전이 없어 죄를 지으면 경중에 따라 죄수의 목을 베거나 노예로 삼았고 곤장을 치기도 했다. 그리고 무엇보다 특이한 풍습으로 학예學藝라는 행사가 있었다. 그것은 각 집안의 장성한 딸들을 모아 마을 청년들과 시냇가에서 혼욕하고 각기 배필을 구하도록 하는 것으로 그 일은 부모가 전혀 간섭하지 않았다.

그들은 비가 내리는 계절이 되면 씨앗을 뿌려 농사를 지었고 만일 농사를 그르쳐 양곡이 부족하면 야산을 다니며 여러 들짐승과 나무뿌리를 캐어 먹었다. 남방의 사람들은 여러 동리의 우두머리를 대왕이라 부르고 그 밑의 인물을 동주라고 했다. 매달 초하루와 보름날에는 시장이 섰고 삼강 주변에서는 물물교환이 활발히 이루어졌다.

제갈량에게 패했을 때마다 맹획이 몸을 숨기고 군자금을 조달하던 은갱산은 삼강 주변의 은갱동에 있었다. 은갱동 북쪽으로 200여 리 떨어진 곳에 있는 평지는 노수 덕분에 땅이 기름지고 거기에서 나는 물산은 풍성하고 윤택했다. 또 서쪽 200리에 걸쳐 커다란 염정鹽井이 있고, 서남쪽으로 200여 리에 뻗은 길은 노수와 감남수로 통했으며 남쪽으로 300여 리를 가면 양도동梁都洞이 나왔다.

삼강과 험한 산이 주위를 둘러싸고 있는 은갱동에 지어놓은 맹획의 궁전과 누대는 그 지역에서 누리는 그의 영향력을 나타내주었다. 은갱동으로 돌아온 맹획은 동 안에 있는 종당宗黨에 1천여 명의 부족민을 모아놓고 한족의 침입을 성토했다.

"이곳은 조상대대로 우리 부족이 살아왔고 또 자자손손 물려주어야 할 영광스러운 땅이다. 그런데 여러 부족들간에 마음이 합해지지 않아 삼강 주변까지 한족이 침입하도록 방치하고 말았다. 나는 최후의 결전을 펼쳐 촉군을 몰아내고자 하니 좋은 의견을 가진 사람이 있거든 기탄없이 말해보라!"

맹획의 비장한 각오가 끝나자 한 사람이 자리에서 불쑥 일어나 소리쳤다.

"제갈량을 쳐부술 수 있는 사람이 한 사람 있으니 그를 천거해보겠습니다."

부족민들이 바라보니 그는 맹획의 처남으로 현재 팔번부장八番部長으로 있는 대래동주帶來洞主였다. 귀가 솔깃해진 맹획이 누구냐고 묻자 대래동주가 말했다.

"이곳에서 서남쪽으로 가면 팔납동八納洞이 나오는데 그곳의 동주 목록대왕木鹿大王을 천거합니다. 그는 여러 가지 법술에 통달한 사람으로 외출할 때는 코끼리를 타고 다니며 비와 바람을 마음대로 부릴 수 있다고 합니다. 또 범과 표범을 자유자재로 다루고 독사나 전갈에 물려도 아무렇지도 않습니다. 그가 거느린 3만 병사들은 영특하고 용맹하기 이를 데 없어 그 지역의 동주들에게는 신군이라 불리고 있습니다. 대왕께서 손수 글월을 써주신다면 제가 직접 가서 사정을 설명하고 구원을 청해보겠습니다. 그가 선뜻 나서기만 한다면 촉군 따위는 상대도 되지 않을 것입니다."

맹획은 그의 요청을 흔쾌히 수락하고 편지를 써서 목록대왕에게 보내고 타사대왕에게도 사람을 보내 삼강으로 들어오는 길목을 철통같이 지키게 했다.

한편 제갈량은 군사를 거느리고 천천히 진군해오다가 눈앞에 작은 성이 버티고 있는 것을 보고 군사를 멈추게 했다. 돌무더기로 견고하게 쌓은 성 주변으로는 삼강이 흐르고 있었고 한 면만이 육지와 통해 있었다. 제갈량은 군사를 점검한 다음 조운과 위연에게 눈앞에 보이는 성을 공격하라고 영을 내렸다.

　두 장수가 병사들을 이끌고 성 아래에 도착하자 기다렸다는 듯이 성 위에서 일제히 활과 쇠뇌가 쏟아졌다. 남방 사람들은 어려서부터 활과 궁노 쏘기에 익숙해 있어 활을 쏘면 쏘는 대로 촉군에게 와서 맞았다. 그리고 그들이 쓰는 화살 끝에는 남방에 흔한 여러 가지 독초의 독이 발라져 있어 화살에 스치기만 해도 살이 푸른색으로 부풀어올랐다가 결국 숯처럼 검게 변하며 죽어갔다.

　독약이 묻은 화살이 빗발치듯 쏟아지자 촉의 대군은 견뎌낼 수 없었다. 조운과 위연은 잠시 군사들에게 휴식을 취하라 이르고 제갈량에게 달려가 적군의 저항이 여간 심하지 않다고 보고했다. 제갈량은 손수 수레에 올라 적진 근처까지 나가 성의 생김새와 적군의 방어 상태를 살핀 뒤 진지로 돌아와 군사들을 후퇴시키라고 명령했다.

　촉의 군사가 성에서 물러나는 것을 보고 만병들은 만세를 부르며 기뻐했다. 승리를 맛본 만병들은 그날부터 촉군을 얕보고 밤이 되어 잠을 잘 때도 전혀 경계를 하지 않았다. 일단 군사를 후퇴시킨 제갈량은 성 가까이에 든든히 진채를 쌓고 별도의 영이 있을 때까지는 아무도 나가 싸우지 못하게 했다. 제갈량은 진채에 틀어박혀 닷새가 지나도록 아무런 영을 내리지 않았다. 다음날 해질 무렵, 진지의 왼쪽 누대에 세워놓은 깃발이 미풍을 받아 펄럭이기 시작하자 급히 물품 담당관을 불러 말했다.

"너는 저녁 7시가 되기 전에 모든 병사들에게 하나씩 돌아갈 만큼 보자기를 만들어 돌려라. 내가 점검하여 영대로 되지 않았다면 네 목을 벨 것이다."

물품담당관이 제갈량의 장막을 나와 부랴부랴 보자기를 만들어 병사들에게 하나씩 돌렸다. 저녁 7시가 되어 군사들을 소집해보니 명령한 대로 모든 병사들의 손에 보자기가 하나씩 들려 있었다. 제갈량은 병사들을 향해 영을 내렸다.

"군사들은 나누어준 보자기에 흙을 가득 채워라. 이 영을 어긴 자는 목을 벨 것이다."

군사들은 제갈량의 엄명에 따라 모두 보자기에 흙을 가득 채웠다. 그러자 제갈량이 다시 영을 내렸다.

"너희들은 보자기에 담은 흙을 들고 적의 성 아래로 살며시 다가가서 쏟아붓고 오너라. 제일 먼저 도착하는 군사에게 상을 내리겠다."

제갈량의 영을 받은 군사들이 나는 듯이 성 밑으로 달려가 흙을 붓고 왔다. 그러자 제갈량은 거듭 영을 내려 보자기에 흙을 채워 성 밑에 쏟아붓게 하고, 제일 먼저 성에 오르는 자에게 상을 주겠다고 했다.

한밤에 5만여 촉군과 항복해온 1만여 만병이 보자기에 흙을 담아 성 주위에 쌓으니 흙더미는 삽시간에 산봉우리를 이루며 적의 토성을 뛰어넘을 만큼 높아졌다. 촉군이 칼을 들고 토성을 넘어들어가 누대에 불을 놓으니 오랜만에 불어온 서풍을 타고 성은 순식간에 불바다가 됐다. 성으로 잠입한 병사들이 성문을 열어젖히자 성밖에 있던 촉의 장수들은 군사를 나누어 일제히 성으로 달려들어갔다. 지난번의 승리로 경비를 허술히 했던 만병들은 활을 한번 잡아보지도 못하고 성을 내주었다. 잠자던 만병 가운데 태반은 촉병에게 붙잡히고 동작이 빠른 일부 병사들만 성밖으로 달아났다. 성을 지키던 타사대왕도 그날 밤 전사했다. 성을 빼앗은 제갈량은 전리품으로 얻은 많은 보화를 군사들에게 나누어주었다. 성을 빼앗기고 도망쳐나온 만병들이 맹획에게 말했다.

"성은 빼앗기고 타사대왕은 전사하고 말았습니다."

맹획은 수염을 짓씹으며 분을 삼켰다. 이때 전령이 다시 달려와 급한 목소리로 말했다.

"촉의 군사들이 강 건너에 진을 치고 있습니다."

"파죽지세로구나! 파죽지세야!"

머리를 감싸쥔 맹획은 당황하여 무슨 일부터 해야 할지 안절부절못했다. 이때 병풍 뒤에서 누군가 크게 웃으며 이렇게 말했다.

"장부로 태어나서 무엇이 그렇게 두렵습니까? 저는 한낱 아녀자에 불과하지만 그까짓 중국 군사들은 하나도 두렵지 않습니다."

병풍 뒤에서 나타난 사람은 맹획의 처 축융부인祝融夫人이었다. 축융부인은 대대로 남방에 살아온 축융씨의 후예로 어려서부터 말을 타고 창을 던지는 것을 좋아했는데 특히 짧은 비도飛刀를 잘 썼으며 백발백중의 무서운 명중률을 자랑했다.

맹획은 자리에서 일어나 용맹스런 부인을 치하했다. 그리고 부부가 나란히 말에 올라 여러 부락을 돌며 선동하니 촉군과 싸우겠다는 지원자가 구름떼처럼 몰려들었다. 맹획과 축융부인은 은갱동과 생력동生力洞 등지에서 모은 5만의 군사와 함께 촉병을 물리치기 위해 출진했다. 맹획의 군사들이 동문 밖을 나서 얼마 가지 않았을 때 장의가 거느린 촉의 선봉대를 만나게 됐다. 맹획을 발견한 장의가 말을 타고 앞으로 나와서 큰 소리로 외쳤다.

"너는 다섯 번이나 사로잡히고도 자진하지 않는 까닭이 무엇이냐?"

그 말을 들은 축융부인이 크게 화를 내며 말을 타고 앞으로 달려나왔다. 그러자 장의가 맹획을 다시 비웃었다.

"전쟁터에 아녀자를 내보내는 것을 보니 과연 오랑캐는 할 수 없구나!"

붉은색 털로 뒤덮인 적토마를 탄 축융부인은 장의의 비웃음에도 아랑곳하지 않고 한달음에 적장 앞으로 다가가 칼을 휘둘렀다. 그러자 장의도 칼을 빼들고 축융부인과 맞섰다. 긴 칼을 휘두르던 축융부인은 장의와 수 합을 겨뤄보더니 남자 장수와 진검 승부를 하는 게 아무래도 힘에 부치는 듯 말 머리를 돌려 자기 편 진지를 향해 달아났다. 그러자 장의가 기회를 놓치지 않고 뒤를 추격했다.

축융부인은 장의가 서너 척 뒤까지 바짝 추격해오자 몸을 비틀며 등 뒤에 꽂고 있던 다섯 개의 비도 가운데 하나를 뽑아 던졌다. 축융부인의 손을 벗어난 비도는 햇볕에 반짝이며 장의에게 날아갔다. 비도가 날아올 줄 전혀 짐작하지 못했던 장의가 손을 들어 날아오는 칼을 막자 칼은 장의의 왼쪽 손바닥을 그대로 관통했다. 장의는 중심을 잡지 못하고 말에서 굴러떨어져 땅바닥에 곤두박질쳤다. 그러자 만병들이 일제히 함성을 지르며 달려들어 기절해 쓰러진 장의를 결박지어 진중으로 끌고 갔다.

장의가 붙잡혀갔다는 보고를 들은 마충이 급히 원병을 이끌고 달려왔지만 장의를 사로잡은 만병은 군사를 물려 자기 진지로 돌아가고 있었다. 마충은 장의를 사로잡은 적장이 여자라는 것을 알고 호기심이 동해 진지로 돌아가는 만병의 후미를 따라가 싸움을 걸었다. 그러자 뒤돌아선 만병을 양쪽으로 가르며 한 필의 말이 마충을 마주보며 달려왔다. 마충이 호기심 어린 눈으로 자세히 살펴보니 등에는 오구비도五口飛刀를 꽂고 한손에는 장팔장표丈八長標를 든 여전사가 적토마를 타고 당차게 달려오는 모습이 여간 신기하지 않았다.

마충이 축융부인의 당당한 모습을 보고 감탄하는 사이 갑자기 눈앞에 창날이 번쩍이며 지나갔다. 그제야 정신을 차린 마충이 노기 충천하여 급히 칼을 빼려 할 때 축융부인이 던진 오랏줄에 마충이 타고 있던 말의 두 발굽이 걸려들었다. 축융부인은 손에 쥐고 있던 오랏줄의 끝을 재빨리 말안장에 휘감아매고 박차를 가했다. 그러자 마충의 말이 쓰러지며 마충이 땅바닥으로 나뒹굴었다. 때를 놓치지 않고 달려든 만병들이 마충마저 결박지어 동중으로 돌아갔다. 궁궐로 돌아온 축융부인이 도부수들에게 명하여 장의·마충의 목을 베어 죽이라고 하자 맹획이 손을 저으며 만류했다.

"제갈량은 나를 다섯 번이나 놓아주었는데 그의 수족을 단번에 베는 것은 너무 야속한 일이오. 이놈들을 옥에 가두어두었다가 제갈량을 사로잡았을 때 일괄처리해도 늦지 않을 거요."

부인이 이를 응낙하자 맹획은 무사들에게 장의·마충을 옥에 가두고 음식과 술을 들여보내주라고 했다. 이날 맹획은 밤늦게까지 잔치를 벌여 처음 거둔 승리를 자축했다.

한편 두 장수를 잃고 진지로 회군한 촉의 패잔병은 제갈량에게 달려가 남만의 여전사에게 장의·마충이 붙잡혀간 사실을 보고했다. 여자가 전쟁터에 나오는 것도 금시초문이지만 장의·마충만한 장수들이 여전사에게 잡혀갔다는 보고에 제갈량은 대경실색했다. 제갈량이 투항한 만병들에게 여전사에 대해 물으니 만병들이 이구동성으로 말했다.

"그 여자는 맹획의 아내 축융부인이 분명합니다."

"허어, 맹획은 자기보다 더 나은 여자를 아내로 두었구나!"

제갈량은 혀를 차며 마대 · 조운 · 위연을 불러 축융부인을 잡을 계책을 알려주었다. 다음날 아침, 세 장수는 각기 군사를 거느리고 맹획이 있는 부락 가까이 진군했다. 파수를 보던 만병이 즉각 동중으로 달려가 촉군이 싸움을 걸어왔다고 보고했다. 축융부인이 다시 말을 타고 싸우러 나섰다.

조운과 축융부인은 양쪽 군대가 서로 대진하고 있는 벌판에서 창을 맞댔다. 하지만 축융부인과 예닐곱 합을 겨룬 조운은 천하 명장답지 않게 말 머리를 돌려 갑자기 달아났다. 담대함과 조심성을 함께 갖춘 축융부인은 조운의 도주가 촉군의 유인책일지도 모른다고 여기고 더 이상 쫓지 않았다. 그러자 이번에는 위연이 군사를 거느리고 싸움을 돋웠다. 축융부인이 위연을 상대하기 위해 말을 달려나왔다. 한창 불꽃 튀는 접전을 벌이는 듯했으나 위연 또한 거짓 패한 체하며 도주했다. 축융부인은 이번에도 함정이 있을지 모른다고 여기고 추격하지 않았다.

다음날 아침, 조운이 또다시 군사를 이끌고 나와 싸움을 걸었다. 몇 번의 싸움으로 촉장을 만만히 생각한 축융부인이 이번에도 거리낌 없이 나와 맞섰다. 조운은 어제와 마찬가지로 축융부인을 맞아 건성으로 싸우다가 거짓으로 패한 체하며 도망쳤다. 그녀는 고작 몇 합을 겨루다가 끝도 내지 않고 달아나는 촉장들을 실없는 인간들이라고 생각하며 더 이상 추격하지 않았다.

축융부인이 달아나는 조운의 등을 보며 군사를 물려 부락으로 돌아가려고 하자 위연이 군사를 거느리고 나타나 욕을 퍼붓기 시작했다. 축융부인이 귀찮은 날파리를 쫓는 심정으로 창을 들고 위연에게 달려갔다. 그러나 위연은 아무런 무기도 들지 않은 채 이빨을 드러내 웃으며 말 머리를 돌려 달아났다. 그것을 본 축융부인은 참았던 분노를 터뜨리며 세차게 말을 몰아 위연을 추적했다.

위연은 말고삐를 잡아당겼다 늦추었다 하면서 축융부인을 계속 유인했다. 어느새 쫓고 쫓기는 두 필의 말이 사위가 어두컴컴하고 좁은 산골짜기 길로 접어들었을 때였다. 등 뒤에서 여자의 비명 소리가 들렸다. 위연이 회심의 미소를 지으며 뒤를 돌아보니 축융부인이 안장을 안은 채 땅바닥으로 굴러떨어지고 있었다. 길 양쪽에 미리 매복하고 있던 마대의 병사가 올무를 매단 대나무로 말의 다리를 낚아채어 축융부인을 사로잡은 것이다. 앞서 달리던 축융부인이 촉군에게 사로잡히자 뒤따라온 만병들이 축융부인을 구하고자 덤볐으나 조운이 나타나서 닥치는 대로 시살했다.

장수들에게 계책을 일러주고 장막에서 기다리고 있던 제갈량은 마대가 축융부인을 결박지어 끌고 들어오는 것을 보고 주위의 무사들을 시켜 부인의 결박을 풀어주도록 한 다음 별실에 모시고 술과 음식을 대접하게 했다. 그런 다음 맹획에게 보내는 사자를 뽑아 축융부인과 장의·마충 두 장수를 교환하자고 제의했다. 맹획은 제갈량의 제의에 선선히 응낙하고 장의·마충을 먼저 촉진으로 돌려보냈다. 제갈량도 축융부인을 은갱동으로 돌려보냈다.

아내를 맞이한 맹획은 한편으로는 기뻤으나 아내를 사지까지 내몬 자신의 처지를 생각하니 심사가 여간 괴롭지 않았다. 그때 전령이 와서 팔납동의 동주가 도착했다고 보고했다. 맹획은 기분이 밝아져 장막 밖으로 뛰쳐나가 팔납동의 동주를 맞이했다. 팔납동의 동주 목록대왕은 흰 코끼리를 타고 목에는 황금과 보석으로 꾸민 영락瓔珞(목에 두르는 장식품 겸 호신구)을 달고 허리 양쪽에는 두 자루의 커다란 칼을 찬 차림이었다. 그리고 그를 호위하는 많은 무사들은 호랑이·표범·늑대 등을 거느리고 왔다.

맹획은 목록대왕 일행을 안으로 안내하여 상석에 앉힌 다음 그 간의 일들이며 촉군의 전력과 특징을 낱낱이 설명했다. 맹획의 말을 들은 목록대왕이 시원스런 언사로 원수를 갚아주겠다고 약속하자 맹획은 크게 기뻐하며 잔치를 베풀어 대접했다. 다음날 목록대왕은 군사와 맹수들을 거느리고 촉군과 싸우러 나섰다.

촉의 진지에서 맹획을 칠 대책을 논의하고 있던 제갈량은 남만의 새로운 부대가 싸움을 걸어왔다는 보고를 듣고 조운과 위연에게 적을 물리치라는 영을 내렸다. 조운·위연이 나가보니 새 만병은 특이하게도 산이 병풍처럼 쳐진 곳에 좌우 양쪽으로 진을 치고 있었다. 적진 가까이 다가간 두 사람은 만병들이 든 깃발과 무기가 각각 다른 것을 보고 여러 군데서 모아온 군사들임을 눈치챘다. 이들 역시 여느 만병들처럼 대부분 옷과 갑옷을 걸치지 않은 검은 피부의 알몸들이었다. 그들은 긴 칼 외에 작고 예리한 칼을 네 개씩이나 지니고 있었으며 군중에서는 북을 사용하지 않고 징만으로 모든 군호를 대신했다.

조운·위연이 만병들의 모습을 보며 의아해하고 있는데 갑자기 만병의 진영이 좌우 양쪽으로 갈라지며 여러 마리의 코끼리가 줄지어 나타났다. 코끼리를 한 번도 구경한 적이 없는 촉군 병사들 중에는 지옥의 동물이 나타난 줄 알고 달아날 준비를 하는 이들도 있었다.

조운·위연이 군사들을 안심시키고 나서 특히 눈에 띄는 흰 코끼리에 올라탄 남만의 우두머리를 자세히 살펴보니, 양쪽 허리에는 보석으로 장식된 두 자루의 커다란 칼을 차고 손에는 손잡이가 달린 작은 종을 들고 있었다. 조운이 위연에게 말했다.

"내가 온갖 오랑캐들을 두루 섭렵했지만 저런 꼴은 처음 보오."

코끼리 부대를 보며 두 사람이 잠시 전쟁터라는 것을 잊고 있을 때 별안간 흰 코끼리 위에 앉아 있던 목록대왕이 무어라고 주문을 외면서 손에 든 종을 울렸다. 그러자 광포한 바람이 크게 일더니 모래와 자갈이 촉병의 진영으로 날려왔다. 이어서 불길한 호각 소리와 함께 호랑이 · 표범 · 늑대 등의 맹수와 독사들이 촉군이 서 있는 좌우 숲속에서 튀어나왔다. 촉의 군사들은 목록대왕이 마술을 부리는 줄 알고 기겁을 하고 뒤로 달아났다. 만병들은 그 기회를 놓치지 않고 일시에 촉병을 향해 달려들었다.

큰 패배를 당한 조운과 위연이 패잔병을 데리고 제갈량이 있는 진지로 돌아가 새로 온 만병의 괴력을 세세히 보고했다. 두 사람의 이야기를 들은 제갈량이 오히려 두 장수를 위로하며 말했다.

"그것은 그대들의 무능도 아니고 그렇다고 만왕이 요술을 부린 것도 아니오. 만왕은 산골짜기에 바람이 불 시간이 되어 주문을 외웠던 것이오. 내 일찍이 초옥에 있을 때 남만 지방의 어떤 부락은 호랑이와 표범 같은 사나운 맹수들을 길들여 실전에 사용한다는 말을 들었소. 그래서 남정을 결심하면서부터 호랑이와 표범 같은 맹수를 격파할 기구를 연구했소. 내게 맹수를 퇴치할 기구의 설계도가 있으니 그 도면대로 기구를 만들도록 하시오."

제갈량이 시자에게 궤를 가지고 오라고 하여 궤 속에서 기름칠을 해둔 두루마리 종이를 꺼내 조운에게 주었다. 조운이 위연 등의 장수와 함께 제갈량에게 절하고 물러나오며 중얼거렸다.

"승상은 정말 귀신 같은 분이시다."

조운이 군사들에게 영을 내려 목공 솜씨가 좋은 병사들을 불러모아 제갈량이 준 도면대로 밤새 기구를 만들게 했다. 그러자 동이 틀무렵 10량 정도의 기구가 만들어졌다. 그것은 나무를 깎고 덧대어 만든 커다란 짐승으로 머리는 용의 형상을 닮았고 다리와 몸통은 호랑이를 본떴으며 꼬리는 무시무시한 뱀의 모습을 하고 있었다. 본체가 다 만들어지자 머리와 꼬리에 색칠을 하고 몸뚱어리에는 여러 맹수들의 가죽을 붙여 마치 산 짐승처럼 보이게 했다. 그리고 마지막으로 강철로 어금니와 발톱을 만들어 달았다.

기구가 완성되었다는 보고를 받은 제갈량이 군막을 나와 기구를 살펴보았다. 과연 진짜 짐승으로 착각할 정도로 정교하게 만들어진 기구였다. 제갈량은 밤새 기구를 만든 병사들을 치하하고 쉬게 한 다음 조운에게 100여 명의 날랜 군사를 선발해 오게 했다. 그러고 나서 제갈량이 그들에게 기구를 사용하는 방법을 설명했는데 그가 고안한 기구 속에는 10여 명의 병사가 들어갈 수 있었으며 배 밑의 바퀴를 움직여 전후 좌우로 움직일 수도 있었다. 또 짐승의 입으로 불이나 연기를 내뿜을 수도 있었다. 제갈량은 100여 명의 병사들에게 해가 완전히 뜰 때까지 기구를 쓰는 방법을 숙지하게 했다.

날이 밝아 해가 하늘 높이 떠오르자 제갈량은 정병 1천 명을 뽑아 기구를 은밀히 호위하여 어제 만병이 진을 쳤던 산속으로 옮겨놓고 만병에게 싸움을 걸게 했다. 촉군이 몰려왔다는 보고를 들은 목록대왕은 맹수를 부리는 부하들로 하여금 산 양쪽에 먼저 가 있으라 이르고, 어제처럼 주문을 외면 맹수들을 풀어놓게 했다. 그러고 나서 어제와 똑같은 시간에 당도하기 위해 만병들을 거느리고 뻐기는 듯한 자세로 느릿느릿 촉군이 기다리고 있는 곳으로 진군했다. 그때 제갈량은 도포를 입고 부채를 손에 든 채 수레에 단정히 앉아 있었다. 맹획이 채찍으로 제갈량을 가리키며 목록대왕에게 말했다.

"수레 위에 앉아 있는 놈이 바로 제갈량으로 꾀가 출중한 인물이오. 우리가 저놈만 사로잡는다면 싸움은 끝난 거나 마찬가지요!"

목록대왕이 제갈량을 눈여겨 바라보더니 주문을 중얼거리며 손에 든 종을 급히 울렸다. 그러자 어제처럼 고요한 산골짜기에 갑자기 바람이 몰아치며 모래와 자갈이 촉군의 진영으로 날아왔고, 숲 양쪽에서 호각 소리가 들리면서 맹수들이 튀어나왔다. 촉의 군사들이 겁을 먹고 움찔하자 제갈량이 손에 들고 있던 깃털 부채로 신호를 했다. 그러자 촉의 진지 뒤편에 대기하고 있던 촉병들이 나무로 만든 짐승들을 일제히 운전하여 앞으로 달려왔다.

목록대왕이 거느린 맹수들은 촉진에서 튀어나온 커다란 가짜 맹수가 몸을 요란하게 흔들어대며 구리방울을 흔들고 입으로는 뜨거운 불길을 뿜어내고 코로는 검은 연기를 피워올리는 것을 보고는 두려워 꽁무니를 내리고 부리나케 산으로 흩어져 달아났다. 맹수들이 정신을 잃고 우왕좌왕 달아나는 통에 만병 가운데는 짐승의 발에 채이고 뿔에 다쳐 죽는 자가 무수히 생겨났다.

그러자 제갈량이 북을 울려 달아나는 만병을 추격하게 하니 그 와중에 목록대왕이 전사하고 동의 궁궐에 있던 맹획과 그의 여러 친지와 심복들은 궁궐을 버리고 산으로 도망쳤다. 이날 제갈량은 대군을 총 동원해 맹획의 근거지인 은갱동을 완전히 점령했다. 다음날 아침, 제갈량이 장수들을 불러 맹획을 사로잡으라는 영을 내리고 있을 때 전령이 숨가쁘게 달려와 보고했다.

"맹획의 처남 대래동주가 맹획에게 투항할 것을 권했으나 맹획이 이를 듣지 않아 부하들과 함께 맹획과 축융부인 및 그의 종당 수백여 명을 사로잡아 승상께 투항하러 왔습니다."

전령의 보고를 들은 제갈량은 즉시 장의·마충을 불러 한 가지 밀명을 내렸다. 두 장수는 제갈량의 분부에 따라 2천여 정병을 거느리고 궁궐의 뜰에 달려 있는 낭하에 매복했다. 잠시 뒤에 대래동주가 거느린 부하들이 맹획과 그의 추종자 수백 명을 포박하여 궁궐의 뜰 아래 절하고 엎드렸다. 그러자 제갈량이 큰 소리로 외쳤다.

"어서 나와서 이들을 묶어라!"

제갈량의 영이 떨어지기가 무섭게 낭하에 매복해 있던 장의·마충의 부하들이 일제히 뛰어나와 대래동주와 그 부하들은 물론 이미 포박되어 있던 맹획 일당까지 오랏줄로 꽁꽁 묶었다. 대래동주가 억울한 듯 말했다.

"승상은 어찌해서 투항하러 온 사람을 이렇게 박대하시오?"

제갈량이 웃으며 맹획을 꾸짖었다.

"그대는 어이하여 이런 잔꾀로 나를 속이려 하는가! 그대는 두 차례에 걸쳐 동족에게 배반당하여 붙잡혀왔으니 죽는 한이 있더라도 항복할 수 없다고 말했기에 나는 그대의 말만 믿고 살려주었다. 그런데 어쩌자고 그대는 이런 수치스러운 방법으로 나를 속이려 드는가?"

말을 마친 제갈량이 부하들에게 명하여 처음에 맹획과 그 종당들의 몸을 묶고 있던 오랏줄을 조사하게 하니 과연 쉽게 끊어질 수 있게 밧줄에 칼집이 나 있었다. 그리고 가슴 속에는 칼 한 자루씩을 품고 있었다. 제갈량이 맹획에게 물었다.

"그대가 요전에 말하기를 그대의 고향에서 붙잡힌다면 진심으로 복종하겠다고 했는데 그와 같은 일이 벌어졌으니 항복하겠느냐?"

"이번에는 우리가 제발로 찾아와 헛되이 죽는 것이지, 그대가 뛰어나서 우리를 붙잡은 것은 아니다. 그러므로 죽인다면 할 수 없으나 내 마음에서 우러나는 항복은 얻지 못할 것이다."

제갈량이 다시 물었다.

"내가 오늘 일까지 합쳐서 여섯 번이나 그대를 붙잡았는데도 아직 항복할 수 없다고 하니 언제쯤에나 항복하겠느냐? 네 마음대로 횟수를 정해보라!"

맹획은 부끄러워서 잠시 고개를 숙였다. 하지만 곧 고개를 들고 뻔뻔스럽게 말했다.

"그대에게 일곱 번까지 사로잡힌다면 그때에야 역부족인 것을 알고 순순히 항복할 뿐 아니라 진심으로 충성을 바치겠소."

"너희들의 본거지가 이미 쑥대밭이 되어 없어지고 부족민들마저 너를 따르지 않을 텐데 내가 무엇을 두려워하겠느냐?"

제갈량은 부하들에게 명하여 맹획과 그의 처남을 비롯한 모든 포로들의 결박을 풀어주게 하고 다시 한번 맹획의 다짐을 받았다.

"여섯 번째로 다시 그대를 방면한다. 또다시 붙잡히는 날에는 투항을 하든지 죽든지 둘 중에 하나다!"

일
곱
번
째
잡
힌
맹
획

　제갈량에게 여섯 번 잡히고 여섯 번 풀려난 맹획은 다시 잡히면 반
드시 투항하겠다며 철석같이 약속하고 어디론가로 사라졌다. 한편
촉병에게 은갱동의 근거지를 빼앗긴 뒤에 아직까지도 촉에게 투항하
지 않고 적게는 수십 명, 많게는 수백 명씩 몰려다니며 촉병에게 대
항하는 패잔병 무리가 있었다. 그들은 소단위로 끈질기게 촉병을 괴
롭히면서 이리저리 왕을 찾아다니다가 맹획 일당을 만났다. 군사들
이 몰살당했다고 믿었던 맹획은 1천 명이 넘는 충성스런 부하들을 만
나자 눈물을 글썽이며 크게 반가워했다. 맹획은 이들을 거느리고 대
래동주에게 가서 함께 대책을 협의했다.
　"이미 우리의 동부洞府가 촉병에게 점령되었으니 장차 새로운 근거
지를 마련해야 할 텐데 어디로 가야 재기를 준비할 수 있겠는가?"
　"행여 오늘 같은 일을 당하게 될 것을 염려하여 오래전부터 점찍어

둔 곳이 있습니다."

맹획이 처남을 대견하게 생각하며 다시 물었다.

"그곳이 어디인가?"

대래동주가 대답했다.

"이곳에서 동남쪽으로 700여 리쯤 내려가면 오과국烏戈國이란 나라
가 있는데 저는 그 나라 국왕 올돌골兀突骨과 친합니다. 그는 키가 두
장丈이 넘고 평소에 곡류를 먹지 않고 뱀과 짐승을 잡아 껍질이나 가
죽만 벗긴 채 날로 먹습니다. 또 태어났을 때부터 벌거숭이 몸으로
자갈밭과 가시덤불 산을 뛰어다녀서 온 몸뚱어리가 굳은살투성이입
니다. 그래서 칼이나 화살에 맞아도 상처가 나지 않는다고 합니다.

그가 거느리는 군사들은 깊은 산 석벽에 휘감겨 자라는 등나무 껍
질을 벗겨서 6개월 동안 기름에 담갔다가 꺼내어 말리고 다시 담그기
를 10여 차례나 되풀이한 끝에 만들어진 갑옷을 입는다고 하는데, 그
렇게 만든 갑옷을 입고 물에 들어가면 물에 가라앉지도 않고 화살과
칼에 맞아도 뚫어지지 않는다고 합니다. 근방의 부족들은 올돌골의
군사들을 등나무로 만든 갑옷을 입은 군사라 하여 등갑군藤甲軍이라
부릅니다. 대왕께서 친히 가셔서 그의 협조를 얻어낼 수 있다면 칼로
대나무 쪼개는 것보다 더 쉽게 제갈량을 퇴치할 수 있을 것입니다."

맹획은 올돌골을 만나기 위해 하루 종일 오과국을 향해 말을 달려
갔다. 맹획이 가서 보니 오과국 사람들은 집을 짓지 않고 거의가 토
굴을 파서 그 속에서 살고 있었다. 맹획은 그곳 사람들에게 길을 물
어 올돌골에게 절을 하고 구원병을 보내주기를 간청했다. 맹획의 사
정을 세세히 들은 올돌골은 쾌히 원병을 보내기로 했다.

"남방민은 너무 넓은 산지에 흩어져 살고 있긴 하지만 따지고 보면

모두 한 핏줄이오. 내가 그대의 원수를 갚아주겠소."

맹획은 몇 번이나 고개를 숙여 감사를 표시하고 나서 숨어 지내는 진지로 돌아왔다. 맹획이 떠난 후 올돌골은 여러 장수들 가운데 토안土安과 계니溪尼를 선봉으로 삼고 이번 전쟁의 성격을 설명해주었다. 올돌골과 두 장수는 등나무 갑옷을 입은 3만의 군사를 거느리고 은갱동이 있는 동북쪽으로 진군했다. 오과국 군사들은 촉군과 싸우러 은갱동으로 향하는 중에 도화수桃花水라는 강에 닿았다. 그 강의 양쪽 연안에는 복숭아나무가 빽빽이 자라고 있었고, 오랫동안 복숭아나무의 낙엽이 떨어져 물 속에 독기가 흐르고 있었다. 그래서 외지 사람들이 그 물을 마시면 복통을 일으켰지만 오과국 사람들이 이 물을 먹으면 오히려 정신이 흥분되어 겁이 없어지고 용기가 생겨난다고 했다. 그래서 오과국 병사들은 싸움을 하러 가기 전에 꼭 이 강물을 마셨다. 올돌골은 도화수 옆에 진을 치고 촉군이 어떻게 나오는가를 기다려보기로 했다.

한편 제갈량은 투항해온 은갱동의 만병들을 풀어 맹획의 소식을 알아오게 했다. 그러자 정보를 수집하기 위해 여러 방면으로 흩어졌던 만병들이 돌아와 이렇게 보고했다.

"맹획이 오과국 국왕에게 원병을 요청하러 가서 지원을 약속받았다고 합니다. 오과국 국왕 올돌골은 3만 등갑군을 거느리고 도화수 강안에 진을 치고 촉군을 기다리고 있는 것으로 확인됐습니다. 또한 맹획은 여러 부족을 돌아다니며 승상을 치기 위한 군사를 모으고 있습니다."

보고를 종합한 제갈량은 대군을 거느리고 오과국 군사가 진을 치고 있는 도화수 건너편에 진을 치고 적진을 살폈다. 소문에 듣던 대로 오과국 군사들은 하나같이 기름으로 번질거리는 등나무 갑옷을 입고 있었다. 제갈량은 원주민을 통해 외지 사람이 도화수 물을 먹으면 복통을 일으키거나 심하면 죽기까지 한다는 말을 듣고 복숭아나무가 없는 곳에 우물을 파게 해서 그 물을 길어 병사들에게 마시게 했다.

촉군이 진을 친 다음날 올돌골은 요란스레 징을 울리며 일단의 군사를 거느리고 강을 건넜다. 촉진을 지키고 있던 위연이 바라보니 오과국 병사들은 한손에 든 방패로 머리를 가리고 갑옷을 입은 채로 강물에 뛰어들었다. 보통 갑옷이라면 무게 때문에 가라앉는데 그들은 오히려 부레를 단 듯이 물 위에 동실동실 떠 있는 형국이었다.

위연은 등갑군이 강을 건너기 전에 섬멸할 작정으로 궁수들에게 화살을 퍼붓게 했다. 하지만 등나무 갑옷에 맞은 화살은 갑옷을 뚫지 못하고 강물 속으로 미끄러져 들어갔다. 기가 질린 궁수들이 일제히 시위에 살을 메겨 쏘았으나 물 속의 등갑군은 끄덕도 하지 않았다. 그러자 촉병들 사이에 오과국 병사들은 괴력을 가지고 있어서 칼로 내리치고 창으로 찔러도 죽지 않는다는 소문이 삽시간에 퍼져나갔다.

오과국 병사들을 보고 사기가 떨어진 병사들이 뒤로 주춤거리며 달아나자 위연도 할 수 없이 퇴군을 명령했다. 다행히도 오과국 병사들은 강을 건너는 일에 집중하여 촉군을 추격하지는 않았다. 위연은 급히 진지로 돌아가 등갑군 이야기를 자세히 설명했다. 그러자 제갈량은 여개에게 원주민들을 불러 등갑군에 대해 자세히 알아오라고 분부했다. 얼마 되지 않아 여개가 돌아와 대답했다.

"현지인들에게 들어보니 오과국 병사들이 입고 있는 등나무 갑옷은 물에 잘 뜰 뿐 아니라 화살이나 창칼이 쉽게 뚫지 못한다고 합니

촉군이 등갑군의 게릴라 전법에 고전하고 있다.
맹획은 남만을 침공한 촉군을 괴롭히기 위해 지형 지물과 풍토병을 적극적으로 이용했다.
이른바 '독천(毒泉)'의 물을 마시고 체온이 오르내린다거나 목이 막혀 말을 하지 못하게 되는 것은,
더운 지방에서 걸리기 쉬운 '디프테리아'와 같은 수인성 전염병일 가능성이 크다.

다. 또 오과국 병사들은 전투에 나서기 전에 타지 사람들이 마시지 못하는 도화수를 마셔서 용기를 얻고 두려움을 없앴다고 합니다. 그래서 전투가 벌어지면 물불을 가리지 않고 덤비는데다 잔혹한 행동도 서슴지 않는다고 합니다. 이런 야만인들과 싸워서 비록 승리한다 하더라도 무슨 이익을 보겠습니까? 그만 군사를 물려 돌아가는 것이 어떻는지요?"

제갈량이 빙긋이 웃으며 말했다.

"이곳에 다시 오기가 쉬운 일이 아닌데 어찌 아무 성과 없이 돌아갈 수 있겠소? 내일 날이 밝을 때까지 내가 저들을 이길 계책을 세우겠소."

제갈량은 조운과 위연을 불러 진지를 단단히 지키게 하고 장막에 들어앉아 올돌골을 물리칠 방책에 골몰했다. 다음날 아침 일찍, 수레에 오른 제갈량은 현지 주민들을 불러 길을 안내하게 하여 도화수가 바라보이는 북쪽 산 위로 올라갔다. 주변의 지세를 살피기 위해 산비탈을 오르던 제갈량은 산이 점점 험해지고 고개가 가팔라져 수레가 앞으로 나갈 수 없게 되자 수레를 버리고 걸어갔다. 한참 만에 산 정상에 올라 아래를 내려다보니 석벽으로 이루어져 나무 한 그루, 풀한 포기 자라나지 않는 계곡 사이로 큰 길이 곧게 뻗어 있었다. 제갈량이 길을 안내하던 현지인에게 물었다.

"저 밑에 바라보이는 계곡 이름이 무엇이냐?"

현지인 하나가 대답했다.

"저 계곡의 이름은 반사곡盤蛇谷이라고 합니다. 저 계곡으로 빠져나가면 삼강 벌판에 이르게 되는데 삼강 벌판에 당도하기 전에는 탑랑전塔郎甸이라는 곳이 있습니다."

제갈량은 크게 기뻐하며 말했다.

"하늘이 나에게 좋은 기회를 주는구나!"

제갈량은 서둘러 산을 내려와 마대를 불렀다.

"장군에게 한 가지 영을 내릴 테니 즉시 대나무 장대 1천 개를 준비하여 내가 지시하는 곳에 옮겨놓으시오. 그리고 군사를 거느려 반사곡으로 들어가 진을 치시오. 보름 안에 이 일을 모두 완료하도록 하시오."

마대가 영을 받고 물러가자 이번에는 조운을 불렀다.

"장군은 군사를 거느려 반사곡 뒤편 삼강에 이르는 큰 길의 입구를 지키시오."

조운이 영을 받고 물러가자 다시 위연을 불렀다.

"장군은 일단의 군사를 거느리고 올돌골을 막으시오. 하지만 절대로 그들과 정면으로 싸우지 말고 놈들이 진군해오거든 무조건 흰 깃발이 나부끼는 곳으로 도망치도록 하시오. 보름 이내에 열다섯 번 싸움을 걸고 열다섯 번 패하시오. 내가 일곱 개의 진지를 맡길 테니 그 사이에 일곱 개의 진지를 모두 잃도록 하시오. 그대의 임무는 지는 것이니, 지면 이길 것이오!"

제갈량의 영을 받은 위연은 시무룩한 얼굴로 장막을 물러났다. 제갈량은 장익을 불러 본부의 군사를 이끌고 나가 지시하는 곳에 진지를 세우라고 영을 내렸다. 마지막으로 장의·마충에게는 만병 1천 명과 한 가지 계책을 주어 진지 밖으로 출동시켰다. 한편 맹획은 올돌골과 머리를 맞대고 제갈량을 퇴치할 대책을 논의했다.

"제갈량은 꾀가 많아 유인과 매복을 능수능란하게 활용합니다. 장수들에게 단단히 주의를 주어 계곡이나 숲이 우거진 곳을 지날 때,

그리고 적이 그곳으로 도주할 때는 함부로 진군하지 못하도록 하십시오."

올돌골이 고개를 끄덕이며 말했다.

"나도 중국인들이 정면 승부보다는 계책에 뛰어나다는 것을 이미 들어서 잘 알고 있소. 대왕의 말에 일리가 있으니 장수들에게 단단히 일러두겠소. 전투 때마다 내가 선봉에 설 테니 대왕께서 뒤를 잘 받쳐주시오."

두 사람이 작전을 협의하고 있을 때 전령이 달려와 촉병이 도화수 북쪽 강변에 진지를 세우고 있다고 보고했다. 올돌골은 토안·계니 두 선봉장에게 등갑군을 거느리고 나가 촉병을 패퇴시키되 적군이 달아나거든 가벼이 뒤를 쫓지 말라는 엄명을 내렸다. 왕의 명령을 받은 토안·계니는 등갑군을 거느리고 나가 촉군과 맞서 싸웠다. 위연은 제갈량의 지시대로 등갑군과 싸우는 듯 마는 듯하다가 금세 말 머리를 달려 도주했다. 하지만 왕의 엄명을 받은 토안·계니는 촉군의 술수라고 생각하고 더 이상 추격하지 않았다.

다음날 위연은 또다시 군사를 거느리고 나와서 토안·계니에게 싸움을 걸었다. 두 장수가 등갑군을 거느리고 촉군을 덮치자 위연은 오래 싸우지도 않고 병사들과 함께 달아났다. 이날 올돌골의 두 장수는 10여 리까지 위연을 추격했다. 복병이 있을 줄 알고 조심했으나 전혀 그런 낌새가 보이지 않자 마음놓고 추적하여 촉의 진지 하나를 빼앗았다. 그런 다음 전령을 보내 오늘의 승전을 왕에게 알렸다. 올돌골은 크게 기뻐하며 군사를 거느리고 두 장수가 점령한 촉의 진지까지 가서 그간에 있었던 일을 상세히 보고받았다.

다음날 아침, 이번에는 올돌골이 직접 대군을 거느리고 위연이 지키고 있는 다음 진지를 기습했다. 그러자 위연은 거짓으로 못이기는 체하면서 부하들에게 갑옷과 무기를 내던지고 도망치라는 명령을 내렸다. 위연이 도주를 하면서 앞을 바라보니 산모퉁이에 흰 깃발 하나가 나부끼고 있었다. 승상의 분부대로 위연이 부하들을 이끌고 그곳으로 가보니 못 보던 진지가 세워져 있었다.

갑옷과 무기마저 내던지고 달아나는 촉군을 보고 의심을 거둔 올돌골은 맹렬한 기세로 촉군을 추격했다. 그러자 위연은 산모퉁이의 진지를 버리고 또다시 달아났다. 올돌골의 등갑군은 진지에 흩어져 있는 전리품을 거두고 거기서 하루를 머물렀다.

다음날 아침이 되어 일찌감치 밥을 지어먹은 등갑군은 위연이 도주한 방향으로 추격을 계속했다. 위연은 군사를 돌려 싸웠으나 시늉만 하고 거짓으로 패한 척 또다시 달아났다. 위연이 군사를 이끌고 얼마쯤 달려가자 앞에 보이는 산모퉁이에 흰 깃발 하나가 나부끼고 있었다. 위연이 그곳에 도착해보니 거기에도 못 보던 진지가 꾸며져 있었다.

다음날 아침 등갑군들이 진지로 쳐들어오자 위연은 승상이 시킨대로 또다시 진지를 버리고 도주했고 만병들은 세 번째로 촉군의 진지를 점령했다. 이런 식으로 위연은 싸울 때마다 번번이 패하여 달아나기를 열다섯 번이나 계속했으며 정확히 일곱 개의 진지를 올돌골에게 헌상했다.

연전연승을 거듭한 올돌골과 맹획의 군사들은 사기충천하여 두려울 게 없었다. 촉군과 남방의 두 연합군이 싸움을 벌인 지 열여섯째 날이 되어 위연은 마지막으로 만병에게 싸움을 걸었다. 그러자 올돌골이 코끼리를 타고 선봉에 나섰는데, 머리에는 해와 달을 수놓은 이리털 모자를 쓰고 몸에는 눈부신 금은보석으로 치장한 등나무 갑옷 차림이었다. 코끼리 위에 올라탄 올돌골이 채찍을 들어 위연에게 욕을 퍼부으며 위협하자 위연은 잔뜩 겁을 집어먹은 것처럼 말을 탄 채 뒷걸음질을 치더니 어느 순간 잽싸게 말 머리를 돌려 도주했다. 만병들이 달아나는 위연과 그 병사들을 보며 큰 소리로 웃어댔다. 올돌골이 추격을 명령하자 장마로 산사태가 난 것처럼 무수한 만병이 위연의 후미를 덮쳤다. 위연이 허겁지겁 말을 달려 달아나 반사곡 입구에 다다랐다. 한참 동안 촉군을 추격하던 올돌골은 산림이 우거진 계곡 입구로 위연이 달아나자 그곳에 복병이 있을까 두려워 잠시 진군을 멈추었다. 올돌골은 척후병을 보내 계곡 입구를 탐색하게 했다. 잠시 뒤에 척후병이 돌아와 보고했다.

"멀리 숲이 우거진 그늘 밑에 촉군의 깃발이 펄럭이고 있습니다."

올돌골이 맹획을 바라보며 말했다.

"과연 대왕의 생각이 적중했소."

하지만 맹획은 영문을 알 수 없이 크게 웃고 나서 말했다.

"숲이 우거진 그늘 밑에 촉군의 깃발이라고요? 나는 이미 제갈량의 속셈을 손바닥처럼 환히 읽고 있소이다. 대왕께서 열다섯 차례나 연전연승하며 일곱 개의 진지를 빼앗았으니 제갈량의 계책도 바닥이 난 거라고 보아야 하오. 계곡에 깃발을 꽂아둔 것은 우리의 진격을 막으려는 눈속임이 분명하오. 이번에 진격해 들어간다면 제갈량의 숨통이 끊어지고 말 것이오."

올돌골은 맹획의 말에 고개를 끄덕이고 나서 대군을 정비하여 계곡 입구로 들어갔다. 그러자 맹획의 호언대로 계곡 입구에는 무수한 촉군의 깃발만 펄럭이고 있을 뿐 적군의 그림자도 보이지 않았다. 올돌골이 어깨를 으쓱거리며 좀더 깊숙이 들어가자 계곡의 좌우 산에는 한 그루의 나무도 찾아볼 수 없는 석벽이었다. 올돌골은 다시 한번 이런 곳에는 복병이 있을 수 없다고 생각하며 안심했다. 등갑병이 속도를 내어 계곡으로 깊숙이 들어가자 검은 기름칠을 한 10여 대의 수레가 길을 막고 있었다. 앞서가던 척후병이 그것을 보고 올돌골에게 달려와 보고했다.

"길 앞에 촉군의 수레가 널려 있습니다. 이 길로 촉병이 군량미를 운반하다가 대왕께서 군사를 거느리고 달려오는 것을 보고 군량미 수레를 버리고 도망친 것 같습니다."

올돌골은 이 보고를 받고 크게 기뻐하며 촉군이 버리고 간 수레를 끌어오게 하는 한편 어서 촉군을 추격하라고 군사들을 독촉했다. 등갑군이 수레를 끌어오기 위해 앞으로 전진하자 행렬의 후미 산등성이에서 갑자기 커다란 나무토막과 돌무더기가 쏟아졌다. 그와 동시에 길 앞을 가로막고 있던 수레에서 연기가 피어오르기 시작했다. 함정에 빠졌다고 판단한 올돌골은 군사들에게 나무토막과 돌무더기를 치워 퇴로를 열도록 재촉했으나 그것들이 연이어 쏟아지는 탓에 전혀 손을 댈 수가 없었다. 퇴로가 막힌데다 길 앞을 가로막고 있던 기름 먹인 수레에서도 점점 불길이 크게 타올랐다. 제갈량은 그 수레에 화약과 마른 장작을 가득 실어놓고 산등성이에서 돌과 나무토막이 떨어지면 불을 지르게 했던 것이다.

올돌골은 주위에 불이 옮겨붙을 나무와 풀이 없는 것을 보고 다소나마 안도했으나 아무리 살펴보아도 계곡을 벗어날 또 다른 출구가 보이지 않았다. 그때 산 양쪽에서 이글거리는 횃불이 비오듯이 쏟아졌다. 등갑군들이 산 위에서 쏟아지는 횃불을 피하기 위해 우왕좌왕

하고 있는데 언제 매설해두었는지 알 수 없는 무쇠 포탄의 도화선에 불이 붙어 서너 개씩 연이어 터지자 반사곡 골짜기는 온통 불길에 휩싸였다. 기름 먹인 등나무 갑옷은 불티가 묻기만 해도 금세 불이 옮겨붙어 올돌골과 그가 거느린 3만 등갑군은 서로 부둥켜안은 채 불덩이가 되어 타올랐다.

산 위에 있던 제갈량이 산 밑으로 내려와 전황을 살펴보니, 등갑군의 몸뚱어리는 간데없고 불에 그을린 손과 다리만 보일 뿐이었다. 게다가 철포에 맞아 얼굴이 으스러진 참혹한 만병들의 시신이 반사곡 여기저기에 널브러진 가운데 더운 여름이라 벌써부터 살이 썩는 고약한 냄새가 났다. 이 광경을 본 제갈량은 갑자기 눈물을 흘리면서 탄식했다.

"내가 비록 나라에는 공을 세웠을지 모르나 하늘에는 큰 죄를 지었구나. 이토록 많은 인명을 죽였으니 하늘이 그냥 지나치지 않으리라!"

좌우의 장수들도 제갈량의 모습을 보고 모두 숙연해졌다.

한편 맹획이 진지에서 승전보가 오기만을 기다리고 있을 때 1천여 만병들이 희색이 만면한 얼굴로 떠들썩하게 소리치며 돌아와 이와 같이 보고했다.

"오과국 군사들이 반사곡 계곡에 촉병을 완전히 가두어놓고 시살해나가고 있습니다. 제갈량이 죽을 시간도 머지않았으니 어서 대왕께서도 군사를 데리고 가서 올돌골 대왕과 합세하십시오. 우리들은 인근 부족 사람들로 어쩔 수 없이 촉병에게 투항했으나 전세가 바뀌어 촉군을 물리칠 수 있게 되었으니 대왕의 부하가 되고자 합니다."

맹획은 크게 기뻐하며 자기 부족 사람과 방금 자신을 찾아온 1천

명의 만병을 모아 반사곡을 향하여 말을 달려갔다. 맹획이 반사곡 안으로 깊숙이 들어가보니 그때까지도 불길이 치솟고 매캐한 연기와 송장 타는 냄새가 진동하고 있었다. 포위되었다던 촉군은 물론 촉군을 포위하고 있어야 할 등갑군마저 보이지 않자 맹획은 그제야 계책에 빠졌음을 깨닫고 급히 말을 돌려 계곡을 빠져나가려 했다. 그러나 계곡 입구에 다다랐을 때 양쪽에서 장의·마충이 군사를 이끌고 나타났다.

맹획은 사력을 다해 적을 무찌르라고 군사들을 독려했지만 그는 함께 공격에 나선 만병 가운데 태반 이상이 제갈량의 사주를 받은 위장된 촉병인 줄을 알지 못했다. 그 촉병들은 갑자기 칼끝을 돌려세우더니 맹획의 친척과 심복들을 사로잡아 오랏줄로 묶었다. 맹획은 죽을 힘을 다해 축융부인과 가까운 친척 몇 명을 대동하고 계곡 입구를 빠져나와 산속의 샛길을 택해 달아났다. 그런데 얼마 가지 못해 작은 수레 하나가 맹획의 앞을 가로막고 나타났다. 몇 명의 호위병에게 둘러싸인 수레 안에는 제갈량이 단정히 앉아 있었다. 맹획이 놀라 말머리를 돌리려 하자 제갈량이 큰 소리로 맹획을 꾸짖었다.

"만왕 맹획은 달아나지 말라!"

그 말을 듣고도 맹획은 부리나케 오던 길로 달아났다. 하지만 몇 마장 가지 못해 번개처럼 말을 달려온 촉장에게 길이 막혔다. 바로 마대였다. 놀란 맹획은 마대가 던진 투삭葈索(그물)을 뒤집어쓰고 맥없이 사로잡혔다. 그와 동시에 왕평·장익 등이 달려들어 축융부인과 그 가족을 무장 해제시키고 밧줄로 묶었다. 본진으로 돌아온 제갈량은 전투에 참가한 장수들을 불러 말했다.

"이번 계책은 어쩔 수 없이 썼지만 하늘의 덕을 크게 손상한 것이었소. 적은 우리가 산림이 우거진 곳에 매복할 것이라 여기고 그런 장소에서는 늘 조심했소. 따라서 나는 역으로 숲이 없는 곳에 흰 깃발을 세워 적으로 하여금 허장성세라고 믿도록 만들었소. 위연 장군이 열다섯 차례나 패하여 달아남으로써 적의 사기를 올린 것도 상당한 도움이 됐소. 내가 높은 곳에 올라가 반사곡을 살펴보니 양쪽 산비탈이 모두 바위투성이인데다 나무는 하나도 없고 땅은 모래흙이었소. 그래서 마대에게 검은 기름칠을 한 수레에 화약과 장작더미를 가득 싣게 하여 반사곡에 옮겨두도록 한 거요. 그리고 모래땅에는 대나무 속을 파내어 도화선을 심고 폭약을 장치해두었소. 나는 또 조운에게 계곡 입구를 막을 때 쓸 수 있도록 커다란 나무토막과 돌무더기를 잔뜩 준비해놓게 하고 올돌골의 병사들을 유인하는 임무를 맡은 위연 장군에게는 횃불을 준비하게 했소. 병법에 '물에서 잘 싸우는 군사는 화공에 약하다'는 말이 있는데, 기름 먹인 등나무 갑옷은 물에 잘 뜨고 가벼우며 화살이나 창·칼로는 꿰뚫을 수 없지만 기름을 먹여놓아 잘 탈 것이 분명했소. 우리가 지금껏 싸웠던 어떤 군대보다 올돌골의 등갑군이 강했으니 불로써 공격하지 않았더라면 어떻게 이길 수 있었겠소? 서로 척진 일이 없는 오과국 사람들의 씨를 말리게 되었으니 내 죄가 크오!"

말을 마친 제갈량은 여개를 불러 몰살한 오과국 병사들과 올돌골을 위해 제사를 지내주고 반사곡 입구에 사당을 지어 죽은 자들의 혼을 위로하게 했다. 그런 다음 무사들에게 영을 내려 맹획을 끌어오게 했다. 올돌골의 등갑군이 한 명도 살아남지 못하고 떼죽음을 당했다는 말을 들은 맹획은 혼이 빠진 것처럼 사지를 떨며 제갈량 앞에 와서 무릎을 꿇었다.

제갈량이 맹획의 놀란 가슴을 진정시켜주고자 결박을 풀어주고 옆의 장막으로 보내 술상을 차려주라고 했다. 그러고 나서 주식酒食 담당자를 불러 한 가지 분부를 내렸다. 옆의 장막으로 옮겨간 맹획은 먼저 와 있는 아내 축융부인과 아우 맹우, 처남 대래동주 그리고 가까운 친지와 끝까지 충성을 바친 심복들과 함께 술과 음식을 들었다. 이때 제갈량이 임무를 내렸던 주식 담당자가 장막에 들어와 맹획에게 말했다.

"저희 승상께서 너무 많은 사람을 살상하셨다면서 천지신명께 청죄를 하고 계십니다. 그래서 대왕을 더 만날 수 없으니 대왕께서는 그만 돌아가시어 군마를 수습하여 여력이 되면 그때 다시 승부를 가리자고 하셨습니다. 그러니 대왕께서는 속히 여장을 차리십시오."

시자의 말을 들은 맹획은 눈을 감고 오랫동안 생각하더니 이렇게 말했다.

"내가 처음 사로잡혔을 때 순순히 항복했다면 일곱 번이나 포로가 되는 수모를 당하지 않았을 것이다. 그러나 그랬다면 촉은 우리를 깔보고 개나 돼지처럼 다루었을 것이다. 하지만 이제는 항복하더라도 그런 업신여김은 당하지 않을 테니 이만 항복하여 동족의 고생을 덜고 후대를 건사하자."

이렇게 말한 맹획은 곧 아우와 아내 그리고 친지와 심복들을 거느리고 제갈량이 있는 장막으로 가서 육단肉袒(옷의 일부를 벗어 몸을 드러내는 것으로 항복의 표시임)을 하며 말했다.

"인덕과 지모를 갖추신 승상께 남방의 우두머리인 맹획이 진심으로 투항합니다. 다시는 반기를 들지 않을 것을 맹세하니 문명 교화로 저희를 이끌어주십시오."

제갈량이 부드러운 음성으로 물었다.

"대왕께서 진정으로 하시는 말씀이오?"

맹획이 눈물을 흘리며 머리를 바닥에 조아렸다.

"여섯 번 목숨을 살려주시고 그것도 모자라 일곱 번째로 생명을 구해주시는 승상께 어찌 진심으로 항복하지 않겠습니까? 그러고도 반항을 한다면 개나 돼지로 다시 태어나야 마땅할 것입니다."

제갈량은 자리에서 일어나 당하에 꿇어엎드려 있는 맹획을 일으켜 세워 당상으로 오르기를 청했다. 그리고 크게 잔치를 베풀어 맹획과 그의 일행을 대접하고 그에게 남방 전체를 다스리게 했다. 그리고 지금까지 노획한 금은보화를 비롯한 각종 진귀한 물품과 군량미를 돌려주고 촉군에 투항한 만병들도 다시 거느리게 했다. 맹획은 촉으로부터 자치권을 보장받은 것에 크게 만족하며 제갈량과의 이별을 못내 아쉬워했다. 맹획이 기뻐하며 돌아가고 나자 장사 비위가 제갈량에게 넌지시 물었다.

"승상께서는 직접 군사를 거느리고 이 먼 불모의 땅까지 와서 힘들게 남만을 평정하셨습니다. 그런데 남만의 왕인 맹획이 완전히 항복한 이 마당에 왜 우리 관리를 두어 이 땅을 지키도록 하시지 않습니까?"

제갈량이 설명했다.

"그렇게 하면 이득이 있을 것 같지만 오히려 잃는 것이 더 많소. 첫째, 관리를 이곳에 두면 그를 지키기 위한 군사도 머물게 해야 하는데 그들이 먹을 양곡이 없소. 둘째, 이번 전쟁으로 만인들 가운데는 죽은 사람도 많고 부상을 당한 사람도 부지기수요. 그런 상황에 관리만 두고 군사가 머물러 있지 않으면 반드시 해를 당할 것이오. 셋째, 만인들은 풍습이 거칠고 외부 사람들을 극도로 경계하니 관리를 두어 그들을 자극할 필요가 없소. 그 동안 내가 맹획을 사로잡았다가 풀어주기를 되풀이하는 것을 못마땅하게 여긴 장수들도 있다는 것을 모르지 않소. 하지만 이번 전쟁은 남만을 정복하자는 싸움이 절대 아니었소. 힘으로 정복하는 게 목적이었다면 이 싸움은 일찌감치 끝났을 것이오. 나는 남만과 강화를 맺기 위해 싸운 것이오. 이제 그 목적을 이루었으니 미련 없이 이 땅을 물러나는 것이 순리인 것 같소. 그렇더라도 맹획은 절대 촉에 대항하는 일이 없을 것이오. 중국은 중국대로, 변방은 변방대로 서로 간섭하지 않는다면 무슨 사단이 더 일어나겠소?"

제갈량의 설명을 들은 사람들은 그제야 제갈량의 전략이 노렸던 바와 자신들의 덧없어 보였던 수고를 이해할 수 있었다.

제갈량이 촉군을 거느리고 철군한다는 소문이 돌자 제갈량의 은혜에 감복한 남방 사람들은 부리나케 제갈량을 기리는 송덕비를 지어 바쳤다. 또한 제갈량을 자부慈父라고 부르며 촉군에게 금은보화를 비롯한 그 지방의 여러 특산물과 귀한 약재를 선물했다. 맹획도 철군 준비를 하는 제갈량을 청해 환송회를 열어주고 다시는 반기를 들지 않겠다는 약속으로 전마 수백 필과 군용에 쓰이는 여러 물품을 바쳤다. 이윽고 철군 준비가 완료되어 남방에서 떠나기 하루 전날 제갈량은 잔치를 크게 베풀어 군사들을 배불리 먹이고 잘 재운 다음 동이 밝자 위연을 선봉장에 세워 촉으로 향했다.

선봉에 선 위연이 발걸음도 힘찬 개선군의 일단을 거느리고 노수에 이르렀을 때 갑자기 맑은 하늘에서 음산한 구름이 모여들더니 잔잔한 수면에서 높은 파도가 치기 시작했다. 그뿐 아니라 어디선가 강한 바람이 불어와 눈을 뜰 수 없을 만큼 많은 모래와 돌덩이 · 나뭇가지를 날리며 길 앞을 막으니 한 발짝도 전진할 수가 없었다. 위연은 군사들에게 영을 내려 전진을 멈추게 하고 부장들과 함께 제갈량에게 달려가 갑작스런 기상 이변을 보고했다.

제갈량과 장수들이 노수를 건너는 방법을 협의하고 있을 때 맹획이 크고 작은 부락의 동주들과 여러 촌로들을 데리고 제갈량을 전송하러 나왔다. 제갈량은 마침 잘됐다고 생각하고 맹획을 불러 갑작스러운 노수의 변화에 대해 설명하고 방책을 구했다. 맹획이 대답했다.

"그럴 줄 알았습니다. 해마다 9월이 되면 노수 주변에 음산한 구름이 모여들고 사방에서 바람이 미친 듯이 불어와 모래와 돌을 날립니다. 이곳 주민들의 말에 의하면 노수에 사는 창신猖神들이 장난을 치는 것이라고 하는데, 창신을 달래어 무사히 강을 건너기 위해서는 제사를 지내야 한답니다. 꼭 강을 건널 목적이 아니더라도 거센 겨울바람을 피하기 위해 이곳 사람들은 제물을 바쳐 제사를 지내는데 그러면 다음해에 반드시 풍년이 든다고 합니다."

제갈량이 다시 물었다.

"제물은 무엇을 쓴답니까?"

"옛날부터 전해내려오는 방법은 마흔아홉 사람의 머리와 아무런 상처 없는 검은 소와 흰 양 한 마리씩을 제물로 삼아 노수에 바치는 것이었는데 요즘은 어떻게 바뀌었는지 모르겠습니다."

맹획의 말에 제갈량의 얼굴이 어두워졌다.

"이제 겨우 전쟁이 끝나 평화가 시작됐는데 어찌 무고한 백성의 생명을 제물로 바칠 수 있겠소?"

제갈량은 맹획과 함께 노수에까지 가서 주변의 기상을 관찰했다. 위연이 보고했던 대로 강가엔 광포한 바람이 불고 집채만한 강물이 일렁이고 있었다. 제갈량은 부하들을 시켜 인근에 사는 원주민을 불러 눈앞에 보이는 갑작스런 현상에 대해 물었다. 원주민이 쭈뼛거리며 말을 아끼자 성질 급한 맹획이 다그쳤다. 그러자 원주민이 상세히 설명했다.

"승상께서 대군을 거느리고 이 강을 건넌 이후부터 해만 지면 물가에서 귀신들이 모여 울부짖는 소리가 들렸습니다. 귀신들이 해질 무렵에 시작하여 날이 밝을 때까지 끊이지 않고 울어대는 바람에 이곳 사람들은 어두워지면 절대 강가에 나오지 않습니다. 뿐만 아니라 요즘은 귀기가 서린 안개마저 부쩍 심해져 많은 마을 사람들이 집을 버리고 이주했습니다."

원주민의 말을 들은 제갈량은 깊은 한숨을 쉬었다.

"이것이 모두 나의 죄 때문인 듯하오. 전에 우리 장수 마대가 촉병을 거느려 이 강을 건너다가 1천 명이나 물에 빠져 죽었으니 한밤에 모인다는 귀신들은 바로 그들일 것이오. 또 이번 원정에서 남만 사람을 수도 없이 죽이고 다치게 했으니 그 원귀들의 한이 나를 못 가게 막는 것이오. 그러니 나는 오늘 밤 이곳에서 그들의 원혼을 위무하는 제사를 지내야겠소."

원주민이 옆에서 말했다.

"전에는 사람을 마흔아홉이나 죽여 그 머리를 잘라 노수에 던졌으나, 요즘엔 인구가 줄어 가능할지 모르겠습니다."

"원귀란 사람이 죽어서 되는 것인데 원귀를 달래고자 어찌 또 다른 원귀를 만든단 말이오? 제물은 내가 알아서 처리하겠소."

제갈량은 곧 군사들의 음식을 담당한 자에게 소와 말을 잡아 고기를 다지고 밀가루를 반죽하여 그 속에 고기를 넣어 사람 머리처럼 모양을 내게 했다. 음식 담당관이 남만 사람들의 머리를 대신할 커다란 만두饅頭 아흔아홉 개를 다 만들자 제갈량은 해가 지기를 기다려 노수 강변에 제상을 차리고 향을 피웠다. 그리고 옥등잔 마흔아홉 개를 준비하여 불을 밝히고 옥으로 만든 대접 위에 만두 마흔아홉 개를 제물 대신 올려놓았다. 밤 11시가 되자 머리에 금관을 쓰고 학창의를 갖춰입은 제갈량이 친히 제사를 지내기 위해 단 앞에 섰다. 곧이어 동궐董厥이 제문을 읽었다.

대한大漢 건흥建興 3년(서기 225년) 가을 9월 초하루, 무향후武鄕侯 익주목益州牧 승상 제갈량은 정성껏 제물을 마련하여 나라와 국왕을 위해 목숨을 바친 촉의 장병들과 남인들의 영령 앞에 향흠합니다.

대한 황제의 위업은 5패五霸에 떨쳤고 밝으신 덕성은 3왕三王에 이어졌습니다. 지난날 멀리 있던 남방의 무리들이 군사를 일으켜 경계를 침범하여 마치 꼬리를 휘젓는 전갈처럼 방자하게 굴어 천하의 법도가 흐려졌습니다. 이에 나는 황제의 교지를 받아 그들의 죄를 묻기 위해 대군을 일으키니 각처의 영웅들과 군사들이 구름 모이듯 했고 그들과 함께 나가 날뛰던 오랑캐 무리들을 평정하니 적도들의 역심이 꺾였습니다.

원정에 나선 군사들은 피가 끓는 젊은이들로 구주九州의 호걸들이요, 장수들은 모두가 사해四海의 영웅이었습니다. 이들 군사는 주인이 부르기 훨씬 전에 무예를 닦아 만반의 준비를 갖추었으며 주인이 부르자 기꺼이 응하여 나와 함께 일곱 번이나 만왕을 사로잡는 데 진력을 다하였고 충언을 아끼지 않았습니다. 그러나 뜻하지 않게 많은 병사들이 적의 간계에 빠져 물에 휩쓸려 떠내려가 구천에 묻히게 되었으며 어떤 병사는 칼과 창에 찔려 천리 타향에서 불귀의 객이 되었습니다. 아아, 이들이야말로 살아서는 용맹을 떨치고 죽어서는 이름을 빛낸 자들이 아니고 무엇이겠습니까?

전쟁이 끝나 개선가를 높이 부르며 돌아가려는 때에 그대들의 영령을 위해 제사를 지내고 제물을 바치려 하니 그대들의 신성한 영령이 존재한다면 이 간곡한 기원을 들어주십시오. 우리는 나라를 위해 몸바쳐 죽은 그대들의 영령들을 개선 행렬에 함께 모시려고 합니다. 우리는 그대들의 영령을 그대들의 고향과 가족에게 인도하여 대대손손 제사를 받게 하겠습니다. 그러니 만리 타향 이역 지방을 헤매는 혼령이 되지 마십시오. 나는 반드시 천자께 청하여 그대들의 죽음에 보답하기 위해 매달 옷과 양곡을 녹으로 내려 그 가족들을 먹고 살게 하여 그대들의 근심을 없애겠습니다.

또한 본토의 토지신과 남방의 신령들도 들으십시오. 어쩌다 우리가 창검으로 서로 피를 흘려 땅을 더럽혔던 것을 너그러이 용서하시고 저희들에게 맺힌 원한을 풀어주십이오. 이 땅에 살아남은 자들은 모두 같은 황제의 은혜 아래서 평등하게 살게 될 것이며, 죽은 자들 또한 그의 가족과 친지가 평안해지므로 반드시 그 덕을 볼 것입니다. 그러니 전화에 쓰러져간 모든 영령들은 편히 눈을 감으시고 해원을 하십시오. 이에 정성을 다하고 경건을 다해 제상을 진설陳設합니다. 오호애재嗚呼哀哉, 복유상향伏惟尚饗.

제문 읽기가 끝나자 제갈량은 목을 놓아 통곡했다. 그 애절함이 얼마나 극진했는지 그것을 들은 촉병들이 모두 따라 울었고 맹획과 그의 수행원들도 함께 통곡했다. 그러자 하늘에 잔뜩 끼어 있던 검은 구름과 안개가 어디선가 불어오는 부드러운 바람에 사방으로 흩어졌다.

구름과 안개로 먹통같이 캄캄했던 하늘이 말끔해지자 휘영청한 달빛이 온 누리를 비췄다. 제갈량은 제관 역할을 하기 위해 제사상 주변에 시립해 있던 장수들과 병사들에게 명령하여 마흔아홉 개의 옥대접을 들고 노수로 가서 거기 담겨 있던 만두를 제물로 바치게 했다.

다음날 아침, 제갈량이 대군을 거느리고 노수의 남쪽 해안에 이르렀을 때 강변에는 바람 한 점 없었으며 강물은 넓은 비단을 펼쳐놓은 듯 잔잔히 흐르고 있었다. 촉병들은 노수를 건너면 바로 고향에 당도하는 양 신이 나서 북을 울려댔고 개선가를 드높였다. 강을 건너 영창永昌에 당도하자 제갈량은 왕항과 여개에게 그곳의 4군四郡을 지키게 하고, 강 건너까지 배웅을 해준 맹획에게는 부하들을 거느리고 돌아가 인덕을 쌓고 선정을 베풀며 특히 농사에 힘쓰라고 당부했다. 맹획은 제갈량의 두터운 은혜에 다시 한번 절하며 석별의 정을 못내 아쉬워했다.

넉 달 만에 남만을 평정한 제갈량은 개선군을 거느리고 성도에 도착했다. 제갈량이 개선한다는 보고를 받은 유선은 친히 수레를 타고 성밖 30여 리까지 나가 수레에서 내려선 채 제갈량이 도착하기만을 기다렸다. 천자가 길 한복판에 서서 기다리고 있는 것을 본 제갈량은 황급히 수레에서 내려 길바닥에 엎드려 유선에게 말했다.

"신의 능력이 부족하여 속히 남방을 평정하지 못하고 폐하께 근심을 끼쳐드렸습니다. 신이 큰 죄를 지었으니 관작을 깎아주십시오."

유선은 제갈량이 말을 다 마치기도 전에 두 손으로 제갈량을 일으켜세우고 함께 수레에 올라 성으로 돌아왔다. 황제와 승상이 함께 탄 수레 뒤에서는 개선한 병사들이 북소리에 맞추어 보무 당당하게 행진했으며 개선가 또한 드높았다.

성도에 도착한 제갈량은 유선에게 그간에 있었던 전황과 원정의 결과를 상세히 보고했다. 유선은 크게 기뻐하며 제갈량은 물론이고 원정을 다녀온 장수들에게 후한 상을 내리고 병사들에게도 연회를 베풀어주었다. 며칠째 계속된 개선 연회가 끝나자 제갈량은 전사한 군사들의 집을 일일이 찾아가 가족을 위로하고 의복과 양곡을 주어 생활하는 데 불편함이 없도록 했다. 촉군이 남방을 평정했다는 소식이 변방 곳곳에까지 번져가자 자진해서 조공을 바쳐오는 나라가 200여 군데에 이르렀다. 이에 조정과 백성들은 크게 기뻐했으며 평화롭고 융성한 시절을 누렸다.

출
사
표
를
쓰
는
제
갈
량

촉의 승상 제갈량이 성공적으로 남만을 평정하고 나라의 기초를 튼튼히 할 무렵인 서기 226년, 위의 조비는 제위에 오른 지 7년이 되었다. 조비의 첫째 부인 견씨甄氏는 원소의 둘째 아들 원희袁熙의 아내였는데 조비가 업성業城을 손에 넣었을 때 그 미모에 반해 자기의 아내로 삼은 여인이다. 견씨 부인은 조비에게 재가하여 아들 하나를 얻었는데, 이름은 예叡이고 자는 원중元仲이었다. 예는 어려서부터 매우 총명하여 조비는 원중을 총애했다. 허창에 사는 신하 안평安平 광종廣宗 사람 곽영郭永에게는 딸이 하나 있었는데 미모가 매우 빼어났다. 그리하여 곽영은 딸이 걸음마를 할 때부터 "내 딸은 여자 가운데서 왕"이라고 자랑하고 다녔다.

그런 까닭에 그녀의 별호는 여왕女王이 됐다. 이 소식을 들은 조비가 곽영에게 청하여 그 딸의 모습을 보니 과연 미모가 뛰어났을 뿐 아니라 여왕 같은 기품이 있었다. 조비는 자연히 곽영의 딸을 귀비로 맞이하여 극진히 사랑했다. 그러자 견씨 부인은 조비로부터 점점 멀어졌다. 그러자 곽씨는 왕후가 되고자 욕심을 부려 조비의 신임을 받는 신하 장도張韜를 불러 계책을 협의했다. 이때 조비는 병이 들어 앓고 있었으므로 장도는 그것을 이용하여 견씨를 모함하는 수작을 부렸다.

먼저 작은 오동나무 인형에 조비의 곤룡포를 본뜬 옷을 입힌 다음 조비의 생년월일과 태어난 시를 적고 무수히 많은 바늘을 꽂아 견씨 부인이 거처하는 궁전 뜰 앞에 파묻고 나서, 길흉을 점치는 복사卜師에게 그 오동나무 인형을 찾아내게 귀띔했다. 조비는 장도와 곽씨 부인이 수작을 부린 줄도 모르고 크게 노하여 견씨 부인에게 사약을 내리고 곽귀비를 왕후로 삼았다.

그러나 왕후가 된 곽귀비가 태자를 낳지 못하자 조비는 견씨 부인 소생인 예를 더욱 가까이하며 총애했다. 그러면서도 조비는 자신의 건강을 확신해서인지 설불리 그 누구도 사자嗣子로 삼으려 하지 않았다.

조예는 어린 시절부터 명민하고 활달했다. 조예의 나이 15세가 되던 봄 2월, 조비는 활쏘기와 말타기에 뛰어난 재주를 가진 아들 예를 데리고 함께 사냥에 나섰다. 조비와 조예가 말 머리를 나란히 하고 사냥터가 있는 산골짜기로 접어들었을 때, 갑자기 어미사슴과 새끼사슴이 뛰쳐나왔다. 이를 본 조비가 놓치지 않고 활에 살을 메겨 어미사슴을 쏘았다. 화살을 맞은 어미사슴이 버르적거리며 쓰러지자 새끼사슴은 도망치다가 말고 어미 곁에 돌아와 구슬퍼 울었다. 이를 본 조비가 조예에게 활을 당기라고 말했다. 그러나 조예는 부친의 말을 듣고도 활을 들어올리지 않고 고개를 숙였다. 조비는 영문을 모르고 조예에게 호통쳤다.

"활을 쏘지 않고 뭘 망설이느냐?"

그러자 말 위에서 조예가 울면서 말했다.

"폐하께서는 이미 어미사슴을 죽이셨습니다. 그런데 그 곁으로 달려온 새끼사슴마저 죽이는 것은 너무 잔인하지 않습니까?"

아들의 말을 듣던 조비는 활을 땅에 던지며 흐뭇해했다.

"너는 어질고 덕이 있는 임금이 되겠구나!"

궁으로 돌아온 조비는 조예를 평원왕平原王에 봉했다. 그리고 그 일이 있은 지 얼마 되지 않은 5월 여름, 조비는 학질에 걸려 또다시 자리에 누웠다. 시골 구석까지 샅샅이 뒤져 용하다는 의원을 모조리 불러들였으나 병세는 나아지지 않았다. 그러자 죽음을 예견한 조비가 중군대장군 조진, 진군대장군 진군, 무군대장군 사마의를 불러들이고 조예까지 함께 부른 다음 이렇게 당부했다.

"짐의 병이 중하여 좀체 호전되지 않소. 그래서 경들에게 후사를 부탁하려 하니 잘 귀담아들으시오. 내 아들 예는 황제가 될 소질을 가졌으나 아직 나이가 어리니 경들은 나를 보살피듯 해주시오."

조비의 침상에 시립한 세 장군이 머리를 조아리며 말했다.

"폐하께서 어찌 그런 상서롭지 못한 말씀을 하십니까? 신들은 천추만세에 이르도록 있는 힘을 다해 폐하를 섬기고자 합니다."

조비가 고개를 저었다.

"금년에 아무런 까닭 없이 허창의 성문이 무너진 것을 보지 못했소? 짐은 그것을 보고 내가 죽음에 이르렀다는 것을 짐작했소."

이때 내시가 들어와 정동대장군征東大將軍 조휴가 입궁하여 문안을 드리려 한다고 전했다. 조비가 조휴를 들게 하고 다시 말을 이었다.

"경들은 모두가 이 나라에 없어서 안 될 기둥이요, 주춧돌과 같은 신하들이오. 다시 한번 부탁건대 그대들이 힘을 합하여 진심으로 짐의 아들을 돕는다면 짐은 편안히 눈을 감을 수 있을 것이오."

이렇게 말을 마친 조비는 네 명의 신하와 아들 조예의 손등을 한 차례씩 만지고는 이내 눈을 감았다. 조비의 나이 40, 제위에 오른 지 7년째 되는 때였다. 조진·진군·사마의·조휴 등은 예법에 맞게 조비의 장례를 성대히 치르고 조예를 옹립하니 곧 위의 2대 황제가 됐다. 황제에 오른 조예는 아버지 조비에게 문황제文皇帝라는 시호를 올리고 그의 생모 견씨에게는 문소황후文昭皇后의 시호를 올렸다.

새로 황위에 오른 조예는 자신을 보좌해줄 근신들을 중심으로 새 내각을 꾸몄으니 종요를 태부太傅에, 조진을 대장군大將軍에, 조휴를 대사마大司馬에, 화흠을 태위太尉에, 왕랑을 사도司徒에, 진군을 사공司空에, 사마의를 표기대장군에 봉하고 대소 문무관료들도 새로 작위를 내리거나 조정했다. 그리고 전국에 사면령을 내려 감옥에 갇힌 죄수들을 풀어주었다.

표기대장군의 작위를 받은 사마의는 마침 옹주雍州와 양주凉州를 책임지고 있던 자사가 죽어 공석이 되자 상소를 올려 서량 방면을 지키겠다고 자원했다. 사마의를 허창에 두고 싶지 않았던 조예는 내심 사마의의 뜻을 반기며 그를 옹주와 양주의 제독提督에 봉하여 그곳을 방어하게 했다. 사마의가 임지로 내려갔다는 소식이 성도에 전해지자 제갈량이 크게 걱정하며 말했다.

"조비가 죽고 그 아들 조예가 제위에 오른 것은 하등 두려울 것이 없으나, 사마의같이 지략이 뛰어난 인물이 옹주와 양주의 병마를 지휘하게 되었다니 여간 걱정이 아니다. 그가 서량에 버티고 있으면서 근면히 군사를 훈련시킨다면 장차 촉의 후환거리가 될 것이다. 그가 양병을 하기 전에 우리가 먼저 군사를 일으켜 선수를 치는 게 좋겠다."

제갈량이 크게 걱정하자 옆에 있던 참군 마속이 진언했다.

"승상이 근심하는 까닭을 모르는 바 아니지만, 남방에서 전투를 치르고 돌아온 지 얼마 되지 않아 군마들은 아직도 피로에 지쳐 있습니다. 그런데 어찌하여 다시 전쟁을 하려고 하십니까? 저에게 위나라 황제 조예로 하여금 사마의를 죽이게 하는 계책이 있으니 그것을 써보십시오."

제갈량이 마속에게 그 계책이 무엇이냐고 묻자 마속이 대답했다.

"사마의는 비록 위국의 대신이지만 위의 황제 조예는 사마의가 반역을 일으킬지 모른다고 늘 두려워했습니다. 그러니 남몰래 낙양과 업도에 세작을 보내어 유언비어를 퍼뜨린다면 조예는 반드시 사마의를 의심할 것입니다. 그때 사마의가 쓴 것처럼 꾸민 방을 붙이면 그러잖아도 의심이 가시지 않던 조예는 그것을 빌미로 사마의를 죽이려 하지 않겠습니까?"

제갈량은 마속의 말에 따라 은밀히 낙양과 업도로 사람을 보내어 유언비어를 퍼뜨리도록 했다. 며칠이 지난 어느 날 업도의 성문 위에 방이 하나 붙었다. 성을 지키던 문지기가 이를 발견하고 깜짝 놀라 방문을 떼어 조예에게 달려가 바쳤다. 방문엔 이렇게 씌어 있었다.

옹주와 양주 두 주의 군마를 거느린 표기장군 사마의는 오직 신의로 천하에 고한다. 지난날 태조 무황제 조조께서 나라를 세우시고 진사왕陳思王 자건子建(조식)에게 사직을 맡기려 했으나 불행히도 간악한 무리들에 의해 제위를 탈취당했다. 지금의 황제 조예는 비록 황손皇孫이지만 폐비의 자식으로 원래가 덕이 없는 인물이면서 망령되이 제위에 올라 망부에 계신 태조의 뜻을 저버리고 있다. 나는 지금 하늘의 명에 응하고 백성들의 뜻에 따라 군사를 일으켜 만백성이 바라는 민의에 따르고자 한다. 방문을 보는 즉시 크고 작은 문무 신하들은 진사왕을 옹립하는 데 힘쓰라. 태조의 녹을 먹었으면서도 이 일에 무관심한 자는 구족을 멸할 것이다. 이에 방을 붙여 먼저 알리니 모두 알아서 처신하라.

방문을 읽어본 조예는 안색이 새파랗게 질려 두 손을 부들부들 떨었다. 곧 대책을 협의하기 위해 근신을 모으니 태위 화흠이 먼저 입을 열었다.

"사마의가 표를 올려 옹주와 양주 변방으로 자진해 보내달라고 한 까닭을 이제야 알겠습니다. 오래전에 돌아가신 태조께서 신에게 언질하며 당부하시길 '사마의의 눈매는 매나 이리의 눈과 같으니 그에게 병권을 맡겨서는 안 된다. 그의 골상은 반역을 할 상이니 머지않아 조정에 화근이 될 것이다'라고 하셨습니다. 이제 그의 흑심이 온전히 드러났으니 속히 불러 치죄를 하십시오."

옆에서 듣고 있던 사도 왕랑이 말했다.

"사마의는 육도삼략六韜三略을 깨우친 자로 계책과 모략에서는 아무도 그를 당할 자가 없습니다. 이처럼 병법에 밝은 자에게 서량의 병권을 맡겼으니 잘못하다간 예상치도 못한 큰 화근을 불러올 수도 있습니다. 그러니 잘 알지도 못하고 그를 치죄하는 것보다 먼저 그의 의중을 제대로 확인해보고 거기에 따라 대응하는 것이 좋겠습니다."

조예는 왕랑의 만류에도 불구하고 친히 군사를 거느려 사마의를 치러 나가려 했다. 그러자 이번에는 대장군 조진이 조예를 말렸다.

"신중히 생각해보십시오. 돌아가신 문황제께서 신을 비롯한 네 명의 신하에게 어리신 폐하를 의탁하셨습니다. 그런데 사마의가 어떻게 딴마음을 품을 수 있겠습니까? 사실을 제대로 확인해보지도 않고 누구의 입에서 나왔는지도 모르는 소문과 누가 썼는지도 알 수 없는 방을 보고 군사를 일으킨다는 것은 경솔한 행동이 분명합니다. 혹시 촉이나 오가 군신을 이간질시켜 우리를 자중지란에 빠트려놓고 공격하고자 술수를 쓴 것일 수도 있습니다. 그러니 황제께서는 괜한 오해로 나라를 결딴낼 수도 있는 이 상황을 깊이 살피시기 바랍니다."

마음을 돌린 조예가 누그러진 목소리로 반문했다.

"사마의가 정말 반기를 든다면 어떻게 하면 좋겠소?"

"폐하께서는 너무 염려하지 마십시오. 저에게 한 가지 계책이 있으니, 그것은 폐하께서 친히 안읍安邑까지 순행하시는 것입니다. 사마의가 역심을 품었다면 폐하를 영접하러 나오지 않을 것이고, 방의 내용이 사실무근이라면 폐하를 영접하러 나올 것이니 그 결과를 보고 다시 논의해도 결코 늦지 않을 것입니다."

조예는 조진의 간언에 따라 그에게 조정 일을 맡겨놓고 친히 어림군御林軍 10만을 거느리고 안읍으로 순행했다. 황제가 갑자기 안읍에 오는 까닭을 모르는 사마의는 급히 자기가 거느리는 병마의 위엄을 보이기 위해 갑옷으로 무장한 수만의 군사를 이끌고 황제를 영접하러 나왔다. 그러자 조예와 동행한 근신이 말했다.

"소문대로 사마의는 역심을 품은 게 분명합니다. 그렇지 않고서야 어쩌자고 저렇게 많은 군사를 거느리고 올 수가 있겠습니까?"

조예는 사마의가 거느린 군사를 보고 급히 조휴에게 영을 내려 나가 싸우게 했다. 한 무리의 병마가 앞으로 달려오는 것을 본 사마의는 황제께서 친히 수레를 타고 오는 것이라 생각하고 말에서 내려 길에 엎드렸다. 그러나 뜻밖에도 사마의 앞에 멈춘 사람은 황제가 아닌 조휴였다. 그가 길에 엎드린 사마의를 보며 소리쳤다.

"중달은 듣거라. 돌아가신 선제께서 너를 중히 쓰시며 어리신 황제를 의탁까지 하셨는데 무엇이 섭섭해서 역심을 품는단 말이냐?"

갑작스레 나타난 조휴가 대역죄를 들먹이며 치죄하자 사마의는 깜짝 놀라 온몸에서 땀이 비오듯 했다. 잘못하다간 아무런 변명도 못하고 집안이 송두리째 없어지는 큰 화를 입을 수도 있다고 생각한 사마의가 정신을 가다듬고 황제께서 그렇게 생각하시는 연유를 물었다. 조휴가 허창에서 있었던 일을 세세히 들려주자 사마의는 그제야 고개를 끄덕이며 입을 열었다.

"이것은 오나 촉이 사람을 시켜서 군신간을 반목하게 하려는 반간계反間計가 분명합니다. 그들은 우리가 자중지란을 일으킨 틈을 이용하여 국경을 넘보려는 것입니다. 문열文烈(조휴의 자)께서 저를 황제께 데려다주신다면 제가 직접 해명하겠소."

조휴가 사마의를 말에 태워 황제의 수레까지 데려다주자 사마의는 말에서 내려 조예의 수레 밑에 엎드려 눈물을 흘리며 간청했다.

"신은 선제로부터 폐하를 돌보라는 중임을 받았습니다. 그런 몸으로 어찌 제가 두 마음을 품겠습니까? 이것은 분명히 군신간을 떼어놓으려는 오나 촉의 술책입니다. 바라옵건대 10만의 군사를 주시면 먼저 촉을 격파하고 오를 토멸하여 선제와 폐하의 은혜에 보답하겠습니다. 그러면 천하가 저의 충성스러움을 알지 않겠습니까?"

조예는 그래도 의심이 풀리지 않아 어찌해야 할지 단안을 내리지 못했다. 옆에 있던 화흠이 황제에게 진언했다.

"사마의에게 병권을 맡기면 언젠가 반드시 후회하실 날이 있을 것입니다. 그렇다고 해서 아무 죄가 없는 신하를 죽일 수는 없으니 다만 그를 파직시켜 시골에서 농사나 짓게 하십시오."

조예는 화흠의 말에 따라 사마의를 파직시켜 고향으로 내려가게 했다. 그리고 조휴에게 옹주와 양주의 군마를 관장하라고 영을 내린 후 낙양으로 돌아갔다. 이러한 사실은 촉의 세작을 통해 제갈량에게 상세히 전해졌다. 제갈량은 안도의 한숨을 쉬며 시자를 불러 지필묵을 가져오게 했다.

"내가 오래전부터 위를 정복하려고 벼르고 있었으나 사마의가 옹주와 양주의 병권을 쥐고 있어 쉽게 거병할 수 없었다. 그런데 범 같은 중달이 삭탈관직하여 시골 사람이 됐으니 이제 무엇이 두렵겠는가?"

다음날 아침, 문무백관이 황제를 모시고 조례당에 모였을 때 제갈량은 어젯밤에 쓴 출사표出師表를 올렸다.

신 제갈량이 황제께 고합니다. 선제께서 나라를 창업하시고 천하 통일에 진력하셨으나 안타깝게도 일을 완수하지 못하시고 도중에 돌아가시니, 아직까지 천하가 삼분된 채로 있습니다. 그러던 중에 익주가 위급한 처지에 놓이게 되어 가만히 보고 있을 수 없습니다. 다행히 폐하를 받드는 신하들은 하나같이 안팎으로 애쓰며 충성스런 뜻을 지닌 선비들은 몸을 바쳐 도우니, 이는 모두가 선제에게 받은 은혜를 갚으려 함입니다. 폐하께서는 신들의 말에 귀를 기울이시어 선제의 유덕遺德을 밝게 하시고 지사들의 기상을 크고 넓게 하시어, 신하들이 스스로 의를 잃고 망령되이 굴거나 충성스럽게 간하는 것을 잊지 않도록 하십시오. 궁중과 부중이 상벌을 가리는 데 서로 손발이 맞지 않는다면 어찌 원만히 국사를 돌볼 수 있겠습니까? 만일에 간계를 꾸며 죄를 범하는 자나 나라에 충성하고 백성에게 선을 베푸는 자를 상과 벌로써 다스리지 않는다면 누가 나라를 위해 충성하려 들겠습니까? 폐하께서는 밝은 곳과 어두운 곳을 두루 살피시어 안과 밖의 법이 다르지 않게 하십시오.

시중시랑侍中侍郎 곽유지郭攸之 · 비위 · 동윤 등은 모두가 어질고 착실하며 생각이 깊을 뿐만 아니라 충성스럽고 순정한 사람들이므로 선제께서 발탁하신 이후로 폐하의 대에까지 이르렀습니다. 신의 어리석은 생각으로는 궁중에서 일어나는 일은 크고 작음을 가릴 것 없이 모두 그들에게 물으신 후에 시행하시되 모자라고 차지 않는 점이 있으면 좀더 분발하게 하십시오. 그들은 반드시 부족한 점과 빠진 점을 보완하고 가다듬어 폐하의 의도에 부합할 것입니다. 장군 상총向寵은 성품과 행실이 맑고 변함없으며 군사軍事에 밝고 뛰어나 선제께서 그를 능한 인물이라고 여기시고 여러 군데 중용하셨으며 많은 사람의 천거에 따라 그를 도독都督으로 삼으셨습니다. 신이 생각건대 군영의 일은 대소사를 불문하고 모두 그와 상의하신다면 사람마다 우열을 가려 걸맞은 지위를 맡길 것이니 군사를 부리는 일에서 득을 크게 하고 화는 작게 할 수 있을 것입니다.

어진 신하를 가까이하고 소인을 멀리했기에 전한前漢은 흥하고 융성하게 되었으며, 소인을 가까이하고 어진 신하를 멀리했기에 후한後漢은 기울어 무너진 것을 저는 알고 있습니다. 언젠가 선제께서 살아계실 때 신하들과 이 일을 논의하시며 환제桓帝와 영제靈帝 때의 일에 대하여 통탄을 금치 못하셨던 적이 있습니다. 지금 시중侍中 · 상서尚書 · 장사長史 · 참군參軍의 벼슬에 있는 신하들은 모두가 절개를 지켜 나라를 위해 죽도록 충성할 신하들입니다. 원컨대 폐하께서는 이들을 가까이 두고 믿으신다면 한나라 황실의 융성은 반드시 이루어질 것입니다.

신 제갈량은 원래 무명옷을 걸치고 남양에서 밭 갈며 난세에 생명을 보전할 수 있기를 바랐을 뿐 어느 제후에게도 영달을 구하지 않았습니다. 선제께서는 비루하기 짝이 없는 신을 비천하게 여기지 아니하시고 스스로 몸을 굽히시어 세 번이나 신의 초가를 찾으셨고 당세의 일을 일개 서생에 불과한 신에게 물으셨으니 신은 이에 감격하여 선제를 위하여 몸을 바쳐 일할 것을 수락하였습니다. 21년 전 제가 처음 군사를 맡은 뒤 신의 능력 부족으로 여러 차례 적군에게 쫓겨다닐 때에도 선제께서는 저에게 맡긴 신뢰를 거두지 않으셨습니다. 오히려 신의 근신함을 아시고 승하하실 때에 이르러 신에게 막중한 대사를 맡기셨습니다.

신이 선제로부터 명을 받은 이래 항상 우려의 마음을 금치 못하고 부탁하신 대사를 이루지 못할까 노심초사하며 행여 선제의 위대하신 뜻에 손상을 입히지나 않을까 두려워했습니다. 지난번에 신이 굳이 노수를 건너 불모의 땅 남방까지 깊숙이 들어갔던 것은 바로 그 때문이었습니다. 이제 남방은 평정되어 후방이 안정되고 군사와 물자 또한 풍족하니 삼군을 거느려 북으로 쳐들어가 중원을 평정하고 재주를 다하여 간흉을 물리친 다음 다시 한 황실을 일으켜 옛 도읍지로 돌아가는 것만이 신이 선제의 은혜에 보답하고 폐하께 얻은 신망을 헛되이 하지 않는 길이라 생각됩니다. 그러니 폐하께서는 역적을 토벌하고 한 황실을 다시 부흥시키려는 저의 하나뿐인 마음을 헤아려주십시오.

폐하께서 신에게 적을 토벌하여 한 황실을 다시 일으키는 일을 맡기셨는데도 신이 노둔하여 성과를 거두지 못한다면, 폐하께서는 신의 죄를 물어 다스리시고 선제의 영령 앞에 저의 불충을 고하십시오. 만일 곽유지·비위·동윤 등이 제대로 폐하를 보좌하지 못하고 조정을 어둡게 할 때는 그들의 허물을 꾸짖어 태만함을 일깨우십시오. 폐하께서는 어느 것이 옳은 길인지 항상 묻고 정도를 취하시되 귀에 달콤한 말은 잘 생각하시어 가려들으십시오. 판단하기 어려운 일이 있을 때는 선제의 유조遺詔를 깊이 되새겨보십시오. 신이 받은 은혜는 백골이 되더라도 결코 잊지 못할 것입니다. 신 량은 먼 원정길을 떠나기 전에 눈물을 머금고 엎드려 표表를 올리니 폐하께서는 저의 충정을 헤아려주십시오.

출사표를 읽은 황제는 제갈량을 향해 입을 열었다.

"상부께서는 연전에 멀리 남방까지 원정을 나가시어 갖은 고생을 겪으셨습니다. 습하고 무더운 남만 땅에서 돌아와 아직 피로도 다 풀지 못하셨는데 다시 북벌에 오른다 하시니 병을 부르는 게 아닐는지요?"

제갈량이 대답했다.

"신이 선제로부터 폐하를 돌보라는 중임을 맡은 후 한시도 태만에 빠져본 적이 없었습니다. 안으로는 나라의 기틀이 잡혔고 밖으로는 남방을 평정해놓았으니 무엇을 더 걱정하겠습니까? 이런 기회에 중원으로부터 역적을 쓸어내지 못한다면 두고두고 한이 될 것이 아니겠습니까?"

이때 여러 중신 중에서 천문에 밝은 태사 초주가 나와서 유선에게 간언했다.

"신이 간밤에 천문을 살피니 북쪽 하늘에 왕성한 기운이 어려 있고 별빛도 유난히 형형했습니다. 이는 조적의 무리가 아직까지 강성하다는 뜻이니 승상께서 북벌을 단행하셔서도 얻는 게 없으실 줄로 압니다."

말을 마친 초주는 제갈량을 향해 다시 입을 열었다.

"승상께서는 천문을 즐겨 보시는데 간밤의 천기를 보시고도 어찌하여 북벌을 나설 결단을 하셨습니까? 이제라도 마음을 바꾸실 수는 없는지요?"

제갈량이 설명했다.

"원래 천도란 시시각각 변화무쌍하고 해석하기에 따라 저마다 다른데 어찌 천도만 따져 국사를 처리한단 말씀이오? 설령 내가 움직인다 하더라도 한중에 군마를 주둔시켜놓고 적의 동정을 살핀 후에 때를 보아 행동에 옮길 것이니 염려 마시오."

초주가 재차 만류했으나 제갈량은 듣지 않았다. 그는 자신이 성도를 비운 사이 궁중의 일을 총괄하도록 곽유지·동윤·비위·진진 등에게 시중 벼슬을 내리고 상총을 대장으로 삼아 어림군을 맡도록 했다. 또 장완을 참군으로 삼고 장예를 장사에 봉하여 승상부의 일을 맡아보게 했으며 두경을 간의대부諫議大夫에, 두미杜微와 양홍楊洪을 상서에, 맹광孟光·내민來敏을 좨주에, 윤묵尹默·이선李譔을 박사에, 각정郤正·비시를 비서에 임명하고 초주를 태사에 봉했다. 제갈량은 원정길을 떠나기 전에 100여 명의 문무백관을 새로 조각하고 자신이 없는 사이에 나랏일을 책임지고 맡아보게 했다. 그 일이 끝나자 제갈량은 황제의 조서를 받고 승상부로 돌아와 여러 장수들을 불러 각자에게 새로운 군무를 맡겼다.

전독부前督部는 진북장군鎭北將軍 승상사마丞相司馬 양주涼州 자사 도정후都亭侯 위연에게 맡기고, 전군도독은 부풍扶風 태수 장익에게 맡겼다. 또 아문장牙門將에는 비장군裨將軍 왕평을 임명하고, 후군은 병사兵使 안한장군安漢將軍 건녕建寧 태수 이회에게 거느리게 하고, 정원장군定遠將軍 한중漢中 태수 여의呂義를 이회의 부장으로 뽑았다. 겸관

운량좌군兼管運糧左軍에는 병사 평북장군平北將軍 진창후陳倉侯 마대를 임명했으며 비위장군飛衛將軍 요화를 그의 부장으로 삼게 했다.

우군은 병사 분위장군奮威將軍 박양정후博陽亭侯 마충과 진무장군鎭撫將軍 관내후關內侯 장의에게 맡겼으며, 행중군사行中軍師에는 거기대장군車騎大將軍 도향후都鄕侯 유염이 발탁됐다. 중감군中監軍에는 양무장군揚武將軍 등지가, 중참군中參軍에는 안원장군安遠將軍 마속이, 전장군에는 도정후 원림袁琳이, 좌장군에는 고양후高陽侯 오의가, 우장군에는 현도후玄都侯 고상高翔이, 후장군에는 안락후安樂侯 오반吳班이 임명되었다.

장사長史에는 수군장군綏軍將軍 양의楊儀가, 또 다른 전장군에는 정남장군征南將軍 유파劉巴가, 전호군前護軍에는 편장군 한성정후漢成亭侯 허윤許允이, 좌호군左護軍은 독신중랑장篤信中郞將 정함丁咸이, 우호군右護軍은 편장군 유민劉敏이, 후호군後護軍은 전군중랑장典軍中郞將 관옹官雝이 임명됐다.

행참군行參軍에는 소무중랑장昭武中郞將 호제胡濟와 간의장군諫議將軍 염안閻晏, 편장군 찬습爨習, 비장군裨將軍 두의杜義, 무략중랑장武略中郞將 두기杜祺, 수군도위綏軍都尉 성돈盛敦이 뽑혔다.

종사에는 무략중랑장 번기樊岐가, 전군서기典軍書記에는 번건樊建이, 승상영사丞相令史에는 동궐이, 장전帳前 좌호위사左護衛士에는 용양장군龍驤將軍 관흥이, 우호위사右護衛士에는 호익장군虎翼將軍 장포가 임명됐다.

장수들에게 새로운 직책과 임무를 맡긴 평북대도독平北大都督 승상 무향후 익주목 지내외사知內外事 제갈량은 북벌을 떠나기 전에 동오를 견제하기 위해 나가 있는 이엄에게 글월을 보내 천구川口를 단단히 지키도록 분부를 내렸다. 모든 준비를 마친 제갈량은 서기 227년 봄 3월 병인날에 위를 정벌하기 위해 군사를 일으켰다. 이때 아무런 임무를 받지 못한 노장 한 사람이 제갈량 앞으로 나서서 큰 소리로 따져 물었다.

"내 비록 늙기는 했으나 아직 염파廉頗(전국시대 조나라의 명장)의 용맹을 지녔으며 복파장군 마원과 무예를 겨룰 만하오. 염파와 마원 두 고인은 늙어서도 나라를 위해 싸웠거늘 나는 왜 부르지 않으시오."

원망에 찬 목소리로 따지고 나선 사람은 조운이었다. 제갈량이 대답했다.

"내가 남방을 평정하고 성도로 돌아와보니 마맹기馬孟起(마초의 자) 장군이 병으로 세상을 떠나 마치 한쪽 팔을 잃은 것처럼 안타까웠습니다. 선제께서 임명하신 오호장군 가운데 이제 남은 사람은 자룡밖에 없습니다. 연세가 많으신 장군께서 행여나 이번 전쟁에서 화를 당하신다면 북벌을 완수하기도 전에 촉병의 예기가 꺾일까 두렵습니다."

조운이 다시 소리쳐 말했다.

"승상께서 말씀 한번 잘하셨소. 나는 선제를 따른 이래로 싸움터에 나가 물러선 일이 없으며 전쟁터에선 항상 선봉에 섰소. 장수가 싸움터에서 죽는 것은 더없이 다행스러운 일인데 만에 하나 실수가 있어 죽는다 해도 무엇이 그리 한스럽겠소? 나의 마지막 소원이니 부디 선봉에 세워주시오."

제갈량이 거듭 만류해보았지만 조운은 듣지 않았다.

"나를 선봉에 세워주지 않으시면 이 자리에서 섬돌에 머리를 부딪쳐 죽겠소!"

조운이 굽히지 않자 제갈량도 어쩔 수 없었다.

"장군께서 굳이 선봉에 서시겠다면 함께 할 부장을 선택하십시오."

제갈량의 말을 듣고 한 장수가 자원했다.

"제가 큰 능력은 없지만 노장군께서 선봉에 서신다면 그 옆에서 사력을 다해 적을 격파하겠습니다."

그는 바로 등지였다. 등지가 노장군 조운을 돕겠다고 나서자 제갈량은 그제야 안심이 됐다. 제갈량은 정병 중 5천을 뽑아 조운에게 맡기니 등지는 또 다른 부장 10여 명을 대동하고 조운과 함께 북벌군의 선봉에 나섰다.

제갈량이 대군을 거느리고 출사하자 황제 유선은 100여 명의 문무백관을 거느리고 군사들이 출병하는 북문 밖 10여 리까지 나가 제갈량을 전송했다. 제갈량이 환송을 나와준 황제에게 예를 차려 작별을 고하고 나서 군사들에게 진군을 명령하니 치켜든 깃발은 거대한 산을 이뤘고 창검을 든 병사들은 거침없이 밀려오는 파도와 같았다. 촉의 군사들은 한시도 쉬지 않고 곧바로 한중을 향해 진격해갔다.

제갈량이 쳐들어온다는 소식은 삽시간에 위나라 전체에 퍼져나갔다. 조회를 하고 있는 조예에게 근신 하나가 급히 보고를 올렸다.

"변방에서 들어온 소문에 의하면 촉의 제갈량이 20여 만의 군사를 거느리고 한중으로 진격해오고 있다고 합니다."

그러자 또 다른 근신이 다급하게 말했다.

"조운과 등지는 이미 선봉대를 거느리고 위의 국경을 침범했다고 합니다."

조예는 연이은 보고를 듣고 깜짝 놀랐다.

"누구 나가서 촉병을 물리치겠느냐?"

조예의 말이 끝나기도 전에 한 장수가 앞으로 나왔다.

"신의 부친이 한중에서 죽어 오늘까지 이를 갈고 있었지만 원수를 갚을 기회가 없었습니다. 마침 촉병이 국경을 침범했다고 하니 신에게 선봉을 맡겨주신다면 사력을 다해 싸우겠습니다. 관서關西에 있는 군사들은 훈련도 잘되어 있는데다 강병이니 그들을 거느리고 나가 촉병을 격파하겠습니다. 그리하여 위로 나라에 충성하고 아래로 부친의 원수를 갚는다면 비록 신이 만 번 죽는다 해도 아무런 여한이 없겠습니다."

그렇게 말한 사람은 하후연의 아들 하후무夏侯楙였다. 하후무의 자는 자휴子休로 어려서 하후돈의 양자로 들어갔다가 그후에 하후연이 황충에게 목이 잘려 죽임을 당하자 조조가 하후무를 가엾게 생각하여 그의 딸 청하공주淸河公主를 시집보내어 부마駙馬로 삼았다. 하후무는 황제의 공주와 결혼하는 바람에 하루 아침에 주변의 흠모와 존경을 받게 되었으나 사람 됨됨이가 옹졸하고 성미가 아주 급했다. 또 부마라는 신분으로 병권을 손에 쥐게 되었지만 한 번도 싸움터에 나가본 적이 없는 애송이였다. 그러나 하후무가 부친의 원수를 갚겠다며 자신있게 선봉을 자원하자 조예는 그를 대도독에 임명하고 관서에 있는 모든 군마를 거느리고 적을 맞아 싸우라고 명령했다. 그러자 사도 왕랑이 조예를 말리고 나섰다.

"이 일은 사사로이 결정할 게 못됩니다. 하후무 부마께서 부친의 원수를 갚겠다는 것은 칭송할 일이지만 한 번도 실전을 치른 경험이 없으니 이런 대임을 맡길 수 없습니다. 더욱이 제갈량은 병술이 귀신 같으셨던 태조께서도 어려워한 상대였습니다. 그러니 폐하께서는 신중히 생각하셔야 합니다."

옆에서 듣던 하후무가 왕랑을 꾸짖어 말했다.

"사도가 그 따위 말을 하는 것은 제갈량과 내응하고자 함이 아닌가? 나는 어려서부터 부친에게 육도삼략 등의 병법을 깊이 익혔는데 네놈이 어찌 감히 나를 멋모르는 애송이 취급을 하는가? 내가 만일 제갈량을 사로잡지 못한다면 맹세코 살아서는 궁궐의 문을 다시 넘나들지 않겠다."

하후무가 큰소리를 치며 왕랑을 윽박지르자 신하들 가운데 어느 누구도 감히 나서서 그의 무모함을 말리지 못했다. 더 이상의 이견이 없자 조예는 즉시 칙서를 주어 하후무를 관서로 내려보냈고, 관서에 당도한 하후무는 여러 성과 고을에 주둔중인 20만 병사를 모아 제갈량과 싸우러 국경으로 떠났다.

〈9권에 계속〉